LES ÉVEILLÉES

AVEC JACQUES RAVENNE :

ROMANS :

Le Rituel de l'ombre, Fleuve noir, 2005.
Conjuration Casanova, Fleuve noir, 2006.
Le Frère de sang, Fleuve noir, 2007.
La Croix des assassins, Fleuve noir, 2008.
Apocalypse, Fleuve noir, 2009.
Lux Tenebrae, Fleuve noir, 2010.
Le Septième Templier, Fleuve noir, 2011.
Le Temple noir, Fleuve noir, 2012.
Le Règne des Illuminati, Fleuve noir, 2014.
L'Empire du Graal, Lattès, 2016.
Conspiration, Lattès, 2017.
Le Triomphe des ténèbres, Lattès, 2018.
La Nuit du mal, Lattès, 2019.
La Relique du chaos, Lattès, 2020.
Résurrection, Lattès, 2021.
Marcas, Lattès, 2021.
669, Lattès, 2022.
Le Royaume perdu, Lattès, 2022.
Le Graal du Diable, Lattès, 2023.
La Clef et la Croix, Lattès, 2024.
Le Livre des merveilles, Lattès, 2024.

NOUVELLE :

In nomine, Pocket, 2010.

ESSAI :

Le Symbole retrouvé : Dan Brown et le Mystère maçonnique, Fleuve noir, 2009.
Trois minutes pour comprendre les cinquante piliers de l'ésotérisme, Guy Trédaniel, 2017.

DE ÉRIC GIACOMETTI :

Pannes de cœur, Fleuve noir, 2004.

www.editions.jclattes.fr

Éric Giacometti

LES ÉVEILLÉES

Roman

JC Lattès

Design de couverture : Studio Off.

Images de couverture : Michelangelo Buonarroti /
Bridgeman Images, Shutterstock.
Images intérieures : Shutterstock.

ISBN : 978-2-7096-7426-3

I

Sifflements

Se sentir différent, c'est le premier pas du chemin.
Être différent, c'est le second pas du chemin.
Vivre autrement est le chemin.

Le chant de l'Œil soleil

Il existe trois catégories d'êtres humains. Les ignorants qui ne se posent jamais de questions et n'auront jamais de réponses. Les arrogants qui ne se posent pas de questions, mais qui ont les réponses. Les éveillés qui se posent des questions et acceptent les réponses, même si elles ne leur conviennent pas.

Le chant de l'Œil soleil

1

Mexique
Site archéologique sacré de Teotihuacán
Temple du Soleil
De nos jours

Les tambours battaient une cadence lente, sourde et profonde. Comme si un cœur gigantesque grondait, tapi quelque part sous les ruines immémoriales. Les vingt musiciens étaient alignés devant la majestueuse pyramide du Soleil, leurs bras virevoltaient et martelaient les *huehuetls*, des tambours joufflus à la peau de jaguar tendue. Tous vêtus de tenues aztèques traditionnelles. Les femmes portaient le *huipil*, tunique de laine bariolée, les hommes la cape *tilmatli* en coton bruni.

Le soleil s'était invité au concert. Le disque étincelant comme un bouclier semblait flotter au-dessus du sommet de la pyramide baptisée en son nom. Les organisateurs de la conférence internationale interreligions n'avaient pas choisi l'heure par hasard. L'heure magique, celle du zénith, gage de bonne fortune selon les anciennes traditions.

Le rythme des huehuetls augmenta crescendo, la cérémonie rituelle allait s'achever. Le front en sueur, les artistes redoublaient de vigueur. L'assistance assise en arc de cercle retenait son souffle, puis la dernière salve jaillit. Il y eut un court moment de silence, suivi d'un tonnerre d'applaudissements. La centaine d'invités triée sur le volet se leva au fur et à mesure pour acclamer les musiciens.

Une femme aux cheveux noirs, habillée d'une longue tunique orangée brodée de lisérés multicolores, monta la volée de marches qui menait à une plateforme de pierre surplombant l'assistance. Un micro sur trépied avait été posé entre deux immenses blocs de pierre sombre sculptés. Le dieu soleil illuminait la silhouette d'Estella Mendoza. Elle paraissait minuscule et fragile entre ces monolithes. Les invités remirent leur paire d'écouteurs dans les oreilles. La voix claire et chaleureuse de la directrice de l'ONG Hope, organisatrice du colloque, monta dans le ciel d'azur.

— Je remercie le groupe Sol y Sombra[1] pour ce sublime voyage sonore. Il est midi, notre colloque se termine. Dans ce site magnifique et symbolique. Teotihuacán signifie « le lieu où ont été créés les dieux ». Réunir les représentants d'une multitude de religions fut un chemin rude, mais nous y sommes arrivés. Bouddhistes, chrétiens, hindous, musulmans, juifs, taoïstes, shintoïstes ainsi que les courants spirituels du monde entier, dont ceux des peuples premiers et des religions tribales. Pardonnez-moi de ne pas tous vous nommer. Peu importe notre couleur de peau, notre pays de naissance, notre statut social, notre tribu, nous partageons toutes et tous un point commun... le sacré.

Estella Mendoza laissa planer quelques secondes de silence, puis reprit d'une voix plus forte.

— Cette croyance fondamentale en un monde invisible et protecteur. En un esprit transcendant, ou une force, donnez-lui le nom que vous voulez, qui imprègne chaque atome de l'univers. Un esprit supérieur et omniprésent. Pas de malentendu, je ne parle pas de l'IA.

Au fur et à mesure du temps de traduction dans la kyrielle de langues des participants, des rires fusèrent.

— Avant de clôturer nos travaux, je suis heureuse de vous annoncer la naissance du premier réseau social dédié à la spiritualité : Infinity. En ces temps de guerre,

1. Soleil et ombre.

d'angoisse climatique et de peur de l'avenir, Infinity démontre qu'un dialogue peut exister entre les religions. Nous n'avons pas le choix. Songez au lieu sacré dans lequel je m'exprime. Ce temple témoigne d'une civilisation disparue, antérieure aux Aztèques, dont le nom s'est évaporé de notre mémoire. Puisse l'humanité ne pas connaître le même sort.

*

Assis à l'une des dizaines de tables dressées en retrait des pyramides, le cardinal Talastiera finissait ses délicieuses quesadillas aux poivrons, oignons et patates douces marinés dans un jus de citron vert, agrémentées de cumin et de paprika, une spécialité de la vallée de Mexico. Il écoutait la discussion entre ses deux voisins assis à sa droite. Un imam venu de l'université du Caire, la plus haute autorité en théologie musulmane, et un chercheur français, spécialiste de physique quantique, invité à présenter ses travaux.

— Si des mondes parallèles existent dans des dimensions différentes de celles de l'univers, argumentait le scientifique, alors l'entité que vous nommez Dieu se manifeste aussi sous des formes innombrables. Dans un autre univers, les conquistadors n'ont pas colonisé le Mexique. La religion des Aztèques domine le monde et vous officiez en tant que prêtre du dieu Soleil en Égypte.

— Quelle horreur, professeur. L'univers est un tout. Allah ne peut pas être multiple, sinon il n'est pas Allah.

Talastiera trouvait la conversation passionnante, mais la fatigue le terrassait. Quelle idée saugrenue d'Estella Mendoza d'organiser le déjeuner en plein soleil, sous une chaleur écrasante.

Une main se posa sur son épaule.

— Je voulais vous remercier de votre présence, cardinal.

La directrice de l'ONG Hope s'était penchée vers lui.

— Sa Sainteté a été seule décisionnaire, répondit-il avec bienveillance, je lui transmettrai vos remerciements.

— Ne soyez pas modeste. Tout le monde connaît votre passion pour le dialogue entre les religions et les ponts à bâtir avec la science. Vous êtes un homme bon, cardinal Talastiera. Un ange gardien du Vatican.

Le cardinal secoua la tête vigoureusement.

— Laissez les anges au paradis et moi sur la terre.

Une serveuse brune, au visage enjoué, vint déposer devant les convives des petits gobelets en carton ornés du masque de Quetzalcóatl, le dieu serpent à plumes aztèque. La directrice de Hope prit le sien et s'adressa à la tablée.

— Je vous propose de boire à la santé d'Infinity. C'est une horchata, boisson mexicaine à base d'eau de riz aromatisée de cannelle et de vanille. À avaler d'un coup. Elle n'est pas alcoolisée.

Chacun s'exécuta. Le cardinal fit une grimace en reposant le gobelet, l'âpreté du breuvage lui racla le palais et la gorge, au point qu'il avala un verre d'eau en urgence.

— Vous n'aimez pas ? demanda un rabbin, assis à sa gauche, c'est pourtant délicieux.

— Je préfère le vin de messe, répondit Talastiera, l'air contrarié.

Il consulta sa montre, avec un peu de chance dans moins d'une demi-heure il s'accorderait une sieste réparatrice. Il appréhendait le voyage de retour à Rome et les réunions qui devaient s'enchaîner. Ses voisins, eux, étaient repartis dans leur discussion scientifico-théologique.

Une voix féminine résonna à son oreille et l'interrompit dans ses pensées.

— La déesse serpent te salue.

Talastiera tourna la tête. La serveuse se tenait debout derrière lui, le regardant fixement, les yeux rieurs, une expression ironique sur son visage enfantin.

— Pardon ?

— La déesse serpent, murmura-t-elle une deuxième fois tout en reculant.

Le cardinal avait pâli. Le sang refluait de son visage. La serveuse tourna les talons et s'éloigna d'un pas vif. Il reposa son verre, le regard figé.

— Tout va bien, cardinal ? On dirait que vous venez de rencontrer le diable, demanda l'imam.

L'envoyé du pape ne répondit pas et se leva d'un bond.

2

Paris
De nos jours

Bâtir vos rêves, notre plus belle ambition.

La devise de Kanso Consulting se détachait en lettres capitales noires sur un fond virevoltant de papillons multicolores, version IA. Assise dans le salon d'accueil, Agathe ne détachait pas son regard de l'imposant écran plat accroché au mur, le cœur gonflé d'impatience.

Son téléphone vibra. Message de Charlotte, son amie du service contentieux.

Ma Queenie. Call me après l'entretien. Ton heure de gloire est arrivée.

La porte du bureau du PDG s'ouvrit enfin. Adrien Kanso surgit, le sourire éclatant, le visage radieux. Le quadragénaire aux cheveux noirs soigneusement ondulés portait son habituel pull blanc. La cravate était interdite de séjour chez Kanso.

— Ah, mon plus beau papillon… Entre, je te prie.

Le tutoiement prévalait dans la Kanso Family. Les consultants portaient tous le surnom de « papillons ». Agathe s'assit devant la longue plaque de marbre noir faisant office de plan de travail.

Le PDG s'assit à son tour et la fixa, les mains croisées sous son menton.

— J'ai pris ma décision.

Le téléphone d'Agathe vibra à nouveau. Irritée, elle jeta un œil sur l'écran.

Numéro inconnu.

Elle raccrocha.

— Un friend ? demanda Adrien Kanso.

Agathe secoua la tête. Chez Kanso Consulting, les clients étaient surnommés des « friends », la bienveillance dégoulinait depuis le bureau du patron jusqu'à l'accueil, au rez-de-chaussée. L'homme au pull immaculé hocha la tête et reprit sur un ton chaleureux.

— Agathe, tu as vraiment la Kanso attitude. Tu sublimes l'écho vibratoire de nos clients. Leurs rêves deviennent réalité. Quoi de plus beau ?

Rêves, vibration... Agathe adhérait à cette vision de management décalé. À la différence des autres grands cabinets de consultants, Kanso avait capté l'air du temps. Good vibing, peaceminding et autres concepts en *ing* étaient le miel dans lequel ils trempaient leurs tartines managériales. Agathe savait pertinemment que les *rêves* des clients n'étaient en réalité que de banals objectifs de vente ou des parts de marché, peu importait le domaine : couches-culottes, pneus ou cartons d'emballage industriel.

Enfin.

Deux mois qu'elle se battait pour prendre le poste de responsable clientèle grands comptes. Son labeur acharné parlait pour elle. La bonne élève s'était surpassée. Sa spécialité ? Le *nudge*[1], ou l'art marketing subtil d'inciter les consommateurs à prendre la décision d'achat ou de changement de comportement. *Qui domine le nudge, domine le monde*, avait coutume de dire son professeur à l'école de commerce.

Elle en aurait bientôt fini avec les déplacements matinaux en train et les nuits passées dans des hôtels loin de

1. En français, le « coup de coude », incitation par la bienveillance. Inventé par Richard Thaler. Les entreprises et les gouvernements utilisent le nudge pour influencer le consommateur. Barack Obama, Emmanuel Macron ont fait appel à des consultants nudge pour leur campagne électorale.

chez elle. C'était du passé. Elle en avait assez de prodiguer ses conseils de nudge girl, elle voulait manager des équipes. Les signaux encourageants émis par la DRH avant l'entretien laissaient présager une issue radieuse.

Elle doublerait son prochain salaire. Dès qu'elle sortirait du bureau, elle achèterait un champagne hors de prix, puis un énorme bouquet chez Gastier et elle s'enivrerait. Tant pis pour Théo, son ex qui avait rompu, exaspéré par ces heures dilapidées selon lui, pour enrichir l'actionnaire principal de Kanso.

La voix d'Adrien l'extirpa de ses pensées.

— Agathe, tu es un modèle pour notre Family.

Son cerveau passait en mode combustion.

Elle proclamerait sa victoire sur Instagram. Le monde entier applaudira à son triomphe avec des rafales de likes énamourés. Elle était la reine de l'univers. Enfin... du sien. Ce qui n'était pas si mal.

— Je te remercie, je suis touchée...

Le sémillant quadra leva la main pour l'interrompre. Son sourire étincelait toujours.

— Mais je ne te donnerai pas le poste.

Agathe se raidit. Les mots qui sortaient de la bouche de son patron n'entraient pas dans son cerveau. Le PDG de Kanso se cala sur son siège.

— J'ai décidé d'engager Rob, reprit-il, tu le connais, il travaille dans notre agence de Lyon.

— Mais... Il a vingt-cinq ans, balbutia-t-elle.

— Vingt-six dans un mois... J'ai trop besoin de toi à ton poste de spécialiste du nudge. Rob, quant à lui, évolue sur une voie différente, celle du management.

Un courant froid monta le long de la colonne vertébrale d'Agathe. Son patron se rapprocha de quelques centimètres, le regard compatissant.

— Je mesure ta déception. Mais comme le dit le dalaï-lama, mon mentor, un rêve s'allume toujours au bout du tunnel.

Elle restait muette. Le petit Rob devenait son supérieur, dix ans de moins qu'elle. La mauvaise blague. En plus, il s'appelait Robin, pas Rob. Rob, c'était fake, mais ça sonnait anglais.

— Je te remercie pour ce conseil, s'entendit-elle enfin répondre, mais tu comprendras ma peine. Je me suis donnée à fond dans mon travail, mes résultats le prouvent.

— Oui, mais Rob sort d'une école de commerce à la pointe sur l'IA et les nouvelles technologies. Rassure-toi, chez Kanso rien n'est plus important que l'humain. Ton engagement ne doit pas faiblir. Aussi, je te gratifie d'une augmentation. Tu toucheras cent quarante euros bruts de plus par mois. Je ne peux pas faire plus, tu sais que la conjoncture nous oblige à serrer la vis. Estime-toi privilégiée.

Elle n'en croyait pas ses oreilles.

— Privilégiée ?

— Oui, avec l'IA, je dois laisser s'envoler le tiers de mes papillons. Toi, tu gardes ton poste. Voilà.

Sans attendre sa réponse, il consulta sa montre et se leva. Son visage rayonnait toujours d'empathie.

— Hélas, j'ai un autre rendez-vous, reprit-il en la raccompagnant vers la porte. Tu sais, j'entends ta colère silencieuse. Chasse-la. N'oublie pas : ensemble, nous sommes plus forts !

En moins de trente secondes, elle se retrouva dans la salle d'attente. Le cerveau congelé. Elle leva les yeux sur l'écran plat. Le décor avait changé, avec des photographies défilant en surimpression. Elle reconnut la *team building* à Zagora. L'équipe de consultants exubérants se déhanchait devant une tente marocaine, avec en toile de fond des dunes rougeoyantes. Tous riaient à gorge déployée, les mains levées vers le ciel. Elle s'aperçut sur la droite, l'une des filles les plus excitées du groupe. Celle qui y croyait vraiment. En tee-shirt Wolverine jaune pétard, génération Y finissante. Les cheveux châtain sable indisciplinés, le regard vif et clair, la silhouette fine. En règle générale, elle détestait se voir en photo, mais là elle s'était trouvée *pas mal du tout.*

Mais maintenant, plantée comme un palmier au milieu de la banquise, elle contemplait, hébétée, son double hilare.

Bâtir vos rêves, notre plus belle ambition.

La phrase magique ondulait sur l'écran. Chaque mot, chaque lettre résonnait comme une insulte. Ses rêves s'étaient évaporés, ses ambitions consumées. En à peine cinq petites minutes.

Cent quarante euros brut.

Une aumône.

Le visage amical d'Adrien Kanso dansait devant ses yeux. C'était comme s'il l'avait poignardée à vif, enfonçant la lame dans son ventre, jusqu'à la garde. Mais avec un sourire chaud et bienveillant.

À cet instant précis, elle eut envie de vomir. Sur son patron, sur la Kanso Family, sur les papillons, le Dalaï-Lama et la terre entière.

3

Mexique
Teotihuacán
De nos jours

L'esprit en feu, le cardinal aperçut la serveuse devant le buffet. La directrice de Hope qui l'avait vu se lever précipitamment l'interpella, mais il fit semblant de ne pas l'avoir entendue et courut vers la mystérieuse femme.

La déesse serpent. Pas après tant d'années. Ici. Au Mexique.

Il devait lui parler. La serveuse avait posé son plateau sur une desserte de buffet, puis se retourna pour lui adresser un petit signe de la main.

— Attendez ! lança le cardinal d'une voix essoufflée.

Il lui sembla entendre un rire et elle disparut derrière l'une des tentes du traiteur. Son cerveau bouillonnait. Il bouscula l'un des serveurs qui faillit jeter son plateau à terre et vit la femme s'éloigner en direction des pyramides.

Estella Mendoza fit un signe à un agent de sécurité. Le site archéologique avait été bouclé pour prévenir toute tentative d'enlèvement, une spécialité lucrative dans cette région du Mexique. L'organisatrice du colloque ne pouvait se permettre le moindre incident.

— Surveillez discrètement le cardinal. Il est parti en direction de la pyramide de Quetzalcóatl.

— Je l'intercepte ?

— Non, il a le droit de visiter le site.

Le costaud en costume noir ajusta son oreillette, hocha la tête et fila d'un pas souple.

*

Talastiera avançait au milieu de l'impressionnante *calzada de los Muertos*, l'allée des Morts, une allée aussi large qu'une autoroute et qui reliait les deux pyramides principales du site, celles de la Lune et du Soleil.

De chaque côté de la piste de terre presque noirâtre, s'élevaient à perte de vue des structures pyramidales tronquées, gardiennes silencieuses d'un passé oublié des dieux et des hommes.

Il la vit.

La serveuse brune l'attendait au pied des marches d'un des temples de pierre. Alors qu'il se rapprochait, elle se mit à gravir d'un pas alerte les marches en chantonnant.

Serpiente... Serpiente[1].

Il pressa le pas, mais s'arrêta au bas des marches pour reprendre son souffle. Le cœur du cardinal n'était pas programmé pour courir, et encore moins après une jeune femme. Une douleur sourde gronda dans ses intestins, son ventre aussi se rebellait. Il se maudit d'avoir repris une double portion de quesadillas.

La masse sombre et imposante de la pyramide différait de ses voisines. Plus haute d'une vingtaine de mètres, mais surtout ornée, de chaque côté de l'escalier principal, d'une multitude de têtes de démons grimaçants, aux bouches garnies de crocs et aux yeux exorbités.

Il leva le regard vers le sommet. La mystérieuse serveuse se tenait déjà sur la plateforme arasée de la pyramide. Il n'y avait pas d'autre escalier, elle ne pouvait pas s'enfuir.

Serpiente... Serpiente.

Elle chantonnait à nouveau, comme un air de comptine.

1. « Serpent » en espagnol.

Ce nom resurgissait des limbes de son passé. Un passé qu'il croyait enfoui à tout jamais. Un passé maléfique où Dieu lui-même n'avait pas été le bienvenu. Il hésita quelques secondes, prit une nouvelle inspiration pour se donner du courage et entama la montée de l'escalier de pierre ébréché par le temps et les pluies séculaires. Chaque pas lui coûtait. Les marches avaient trois fois la hauteur de celles d'un escalier normal. À mesure qu'il grimpait, il s'aperçut que les gargouilles de pierre représentaient des serpents.

Il s'arrêta à mi-hauteur pour souffler et s'appuya sur la tête d'un crotale de la taille d'un ballon de basket. Soudain, une chose étrange se produisit. Un long serpent, noir et visqueux, sortit de la bouche de la gargouille. Il se tortilla sur lui-même jusqu'au moment où il tomba sur la pierre, à moins d'un mètre de Talastiera.

Des sifflements jaillirent au niveau de ses chaussures, le cardinal baissa les yeux et aperçut avec effroi deux cobras verts onduler sur la marche de pierre. Son cœur s'accéléra, il bondit sur le côté et tourna la tête vers le bas. Une masse informe de serpents grouillait sur l'escalier, de toutes les tailles et de toutes les couleurs. Ils sortaient de partout, des interstices entre les pierres, des trous dans la roche, des yeux et des bouches des statues. Talastiera resta figé et terrorisé. Il fut pris d'une envie de vomir irrépressible. Paniqué, il reprit l'ascension à toute vitesse. Il fallait qu'il trouve refuge au sommet.

Serpiente...

La serveuse brune se dressait à quelques mètres au-dessus de lui, sa chevelure d'ébène ondulait sous une brise légère. Elle lui tendit sa main droite, l'invitant à monter encore. Au-dessus d'elle, deux disques scintillaient comme si le soleil s'était dédoublé.

Talastiera était sur le point d'arriver aux dernières marches, il sentait son cœur cogner, aussi fort que s'il voulait s'extirper tout seul de sa poitrine. La voix acidulée résonna à nouveau. Il eut l'impression qu'elle parlait dans sa tête.

— Viens me rejoindre. Je te dirai tout.

Il arriva enfin sur la plateforme en rampant, ses jambes étaient des blocs de plomb fondus. Le visage contre la pierre, il ne voyait que les bottes de l'inconnue.

Elle l'aida à se relever.

Son visage inspirait confiance. Les traits fins, le regard doux mais triste, les lèvres dessinées dans une moue presque boudeuse. Une expression juvénile plaquée comme un soupir. Une pensée étrange traversa Talastiera, c'était le visage d'une sainte.

Elle portait une tunique de velours bleu nuit qui descendait jusqu'à ses chevilles. Un panier en osier était posé à ses pieds.

— Pourquoi as-tu parlé de la déesse serpent ? questionna-t-il, le cœur au bord des lèvres.

— Tu ne t'en doutes pas ?

Trois soleils se découpaient désormais dans l'espace, mais ils étaient teintés de rouge écarlate. Rouge sang.

Il vivait un cauchemar.

— Que m'avez-vous fait ? Ça n'a pas... de sens.

De curieux gémissements montaient du panier. La femme se pencha et prit un bébé dans ses bras. Il était enveloppé dans des langes de la même couleur que sa robe. Elle l'embrassa sur le front, puis le posa délicatement sur une table de pierre sillonnée d'une longue entaille.

— Sais-tu quelle était la spécialité des prêtres du culte aztèque ? demanda-t-elle d'une voix presque enfantine.

— Non...

Elle sortit alors du panier un poignard au manche qui ressemblait à de l'obsidienne. La lame plate renvoyait des éclairs d'argent sous le soleil.

— Les victimes montaient ici pour être sacrifiées, reprit-elle, hommes, femmes et enfants étaient attachés au sol. Le prêtre plongeait le poignard sacré dans leur poitrine, puis en sortait le cœur encore palpitant pour le jeter à la foule de fidèles.

Le cardinal se tenait maintenant debout. Il vacillait sur lui-même, presque hypnotisé.

La femme décrivait de grandes arabesques avec son couteau, frôlant parfois le bébé. À la manière d'une danse absurde.

— Vous n'allez pas...

— Je vais te confier un secret, prêtre. Tu te trouves sur la pyramide de Quetzalcóatl, le dieu serpent à plumes, le dieu à l'origine du monde. Il protégeait les humains, mais un dieu, cruel, l'a chassé dans un autre monde. Et a exigé le sang d'innocents pour empêcher le retour de Quetzalcóatl.

Elle arrêta net son bras à la verticale du bébé et approcha la pointe effilée de son ventre rebondi.

— Non ! Ne faites pas ça, hurla le cardinal.

Sans réfléchir, il se jeta à terre et prit la pauvre petite chose dans ses bras. Le bébé le regardait avec des yeux écarquillés. Talastiera recula d'un pas, mais il sentait les serpents s'enrouler autour de ses chevilles.

La femme brune s'avançait vers lui.

— Tu te soucies de cet enfant, Talastiera... Tu veux te faire pardonner un péché ?

— Qui vous envoie ?

— J'ai un message pour toi. Le serpent s'est réveillé.

Le visage du cardinal s'empourpra de colère.

— Non ! Au nom de Dieu tout-puissant.

— Ton dieu est sur le point de mourir. Tu le sais.

Il entendit alors un sifflement dans ses mains. Il baissa les yeux et vit avec effroi la bouche du bébé s'entrouvrir, laissant s'échapper une langue fourchue. Un sourire blafard éclairait le visage fripé du nouveau-né.

La femme prononça alors un seul mot. Un prénom.

— Virginia.

Talastiera poussa un cri d'effroi et lâcha le bébé sur le sol, comme s'il avait tenu Satan entre ses mains.

Le cauchemar continuait. Une douleur aiguë lui cisailla la poitrine.

Fuir.

Il se retourna pour descendre l'escalier vertigineux, grouillant de serpents. Il essaya de respirer, mais ses poumons n'étaient plus que deux blocs de pierre.

Il vacilla quelques secondes sur lui-même, tenta d'appeler à l'aide, puis tomba dans le vide.

L'inconnue se pencha pour contempler le corps désarticulé qui gisait vingt mètres plus bas. Elle sourit. Un sourire enfantin et cruel.

Agence Reuters

01 h 45 PM. Bureau de Mexico. Diffusion immédiate.

Le cardinal Talastiera, l'envoyé du pape au colloque œcuménique Hope, a trouvé la mort sur le site archéologique de Teotihuacán. Pour une raison inconnue, il a grimpé au sommet de la pyramide de Quetzalcóatl et se serait jeté du haut des marches. Les premières constatations du médecin légiste ont conclu à un arrêt cardiaque, précédant la chute.

La directrice de Hope international, Estella Mendoza, a fait part de sa profonde tristesse face à ce drame. « Le cardinal Talastiera était investi avec une énergie rare pour faire aboutir ce colloque interreligions. C'était un homme de cœur et de dialogue. Il nous a soutenus pour le lancement de notre réseau social, Infinity. Il lui sera dédié. »

4

Paris
De nos jours

Lorsque les portes de l'ascenseur s'ouvrirent à l'étage des papillons, la stupeur d'Agathe s'était liquéfiée en incompréhension. Rob, avec son sourire enjôleur et ses bouclettes blondes de petit page, le ravi de la crèche que personne n'avait vu venir, l'avait coiffée au poteau. Il ne pouvait y avoir qu'une seule explication. Le père du gamin était l'un des plus gros clients de Kanso. Il jouait tous les trois au golf, le week-end, avec le boss. Non seulement Rob était né avec une cuillère en argent et un bol en or pour y tremper ses croissants, mais en plus, il lui volait la place.

C'était injuste. Aussi injuste que les ouragans tropicaux qui balaient les bidonvilles et laissent intactes les villas de luxe.

L'open space était désert, elle traversa l'espace *Joy and Pride*, la salle de détente des employés avec baby-foot, console de jeux vidéo et panneau de basket, puis arriva dans son bureau, un cube de cinq mètres carrés décoré de décalcomanies géantes de papillons verts et bleus.

Son smartphone vibra. Son père. Probablement pour connaître l'issue de l'entretien. Depuis le décès de sa mère, six mois plus tôt, il s'était rapproché d'elle. Parfois trop. Elle décrocha et articula d'une voix raide :

— Négatif.

— Les salauds… Cela ne m'étonne pas. Ta boîte d'allumés repose sur de fausses valeurs. Comme la dynastie royale des Valois, à la chute de Philippe le Bel.

— Bien sûr, papa.

Agathe s'agaça. Ce n'était pas le moment de lui donner des leçons. Son père, professeur d'histoire médiévale à l'université, avait toujours considéré son métier de consultante avec dédain.

— Je te l'ai répété maintes fois. Ta mère aussi, que Dieu ait son âme…

— N'en rajoute pas. Laisse Dieu dans son paradis imaginaire.

Ses deux parents, catholiques pratiquants, l'avaient baptisée et élevée dans la foi chrétienne, mais Agathe s'en était détachée dès l'adolescence pour ne jamais y revenir. Plus par désintérêt que par opposition. Ils avaient essayé de l'emmener en pèlerinage à Lourdes, mais elle avait refusé net.

— Je dois te laisser, papa.

— Ça ira ?

— Bien sûr. Merci d'avoir appelé, on se voit vite.

Elle raccrocha, la gorge nouée, le cœur amer.

Elle n'osait même pas appeler Léa, sa meilleure amie depuis trois ans. Un record de longévité. Elle se sentait… honteuse.

Un visage blond et joyeux surgit dans l'entrebâillement de la porte.

— Je peux entrer ?

Oh non… Pas lui.

La tête à bouclettes dorées, et à claques, s'avança au milieu de la pièce, un tote bag à la main.

— Je mesure ta déception, murmura le blondinet, tu méritais ce poste plus que moi. Le destin en a décidé autrement.

Le destin s'appelle papa, et il a un gros compte en banque, pensa Agathe.

— Et donc ? répliqua-t-elle d'une voix atone.

— Mobilisons nos énergies. Tiens, c'est pour toi. Cadeau.

Il sortit de son sac un bocal de verre dans lequel était cloué un pauvre papillon aux ailes charbonneuses, épinglé sur une longue aiguille de fer. Elle considéra le lépidoptère avec un dégoût dissimulé. Elle détestait les insectes naturalisés. Ça puait la mort.

— Un *Papilio deiphobus*, reprit-il, fier de lui, un porte-bonheur. Il symbolise les ténèbres avant l'arrivée de la lumière. La renaissance.

Elle le contempla, incrédule, se demandant un instant s'il se moquait d'elle. Mais non, il y croyait. Il y croyait vraiment. Une seule envie la tenaillait : arracher les ailes du papillon, planter la tête de Rob sur un pieu et le mettre dans un bocal. Son sourire béat figé pour l'éternité. Elle se contenta de répondre avec un faible sourire.

— Je te remercie.

Elle maudit sa lâcheté alors que Rob la prenait par l'épaule. Le parfum du jeune consultant rappelait la senteur d'une vinaigrette bio coupée avec du jus d'orange. Le pire, c'est qu'il était sincère. Elle ne pouvait même pas lui en vouloir. C'était un gentil mec. Elle aurait mille fois préféré se faire doubler par un salopard et lui cracher sa haine.

Il disparut de son bureau dans un dernier sourire. Agathe s'appuya contre la cloison. Elle se sentait comme ce malheureux cadavre de papillon dans le bocal. Morte et empalée sur le pieu de ses défuntes ambitions.

Son téléphone vibra dans sa poche. Elle prit l'appel sans réfléchir.

Numéro inconnu.

Il y eut un léger sifflement, suivi de sons aigus, semblables aux modulations du poste radio de ses parents lorsqu'on changeait de fréquence. Une voix sortit comme en écho.

— Zmiya.

Une voix masculine, âgée.

— Vous faites erreur, je ne suis pas Zmiya.

La curieuse mélodie s'éleva à nouveau, puis à nouveau la mystérieuse voix.

— Zmiya, je suis si heureux. Si heureux.

— OK, bonne journée.

Elle coupa l'appel. Le mot étrange rebondissait dans sa tête telle une balle de ping-pong.

Zmiya. Zmiya. Zmiya.

Soudain, un éclair de douleur lui traversa le crâne.

Elle vacilla sur elle-même et s'accrocha à l'étagère, manquant de faire tomber le papillon de la Famille Adams. C'était comme si on lui enfonçait une aiguille de fer rouge dans le cerveau. Agathe poussa un cri de douleur et s'affala sur sa chaise, le souffle coupé. Elle n'osa pas bouger d'un centimètre de peur de raviver la douleur. Ses yeux restaient fixés sur le papillon noir. Puis, lentement, très lentement, elle prit une inspiration. Elle agita une main, puis un bras. Soulagée, elle se leva de son siège. Les migraines lui râpaient parfois le cerveau, mais jamais avec une telle intensité. Le plus étrange, c'était cette sensation d'inflammation au centre de son crâne, comme un point incandescent.

Quelques minutes s'écoulèrent. La douleur s'était évaporée. Elle avait besoin de griller un cigarillo parfum fraise, ramené de Madrid, sa meilleure foutue méthode pour évacuer le stress.

Agathe prit son sac, sortit de son bureau et se dirigea vers la terrasse de la boîte. Après avoir emprunté un long couloir, les bureaux des autres consultants étaient presque tous vides à cette heure tardive, elle ouvrit une baie vitrée coulissante qui donnait sur une longue dalle de béton noyée d'humidité.

Le panorama était époustouflant, avec vue imprenable sur les toits du 9e arrondissement, la colline de Montmartre et le dôme dodu et laiteux du Sacré-Cœur. Des oliviers de Sibérie aux feuilles argentées, de faux palmiers émeraude en pots, des canapés et fauteuils d'extérieur, une décoration à la cool : Kanso prenait soin de ses papillons. Elle s'assit sur le canapé d'extérieur blanc éclaboussé par les averses parisiennes et s'alluma son shoot de fraise vénéneuse.

Deux ans à bosser comme une damnée. Pour rien. Néant. Elle devait absolument s'échapper de cette volière de papillons foireux. Et vite. Elle soupira et repensa à l'étrange appel.

Zmiya.

Par curiosité elle tapa le mot sur son smartphone. Les résultats s'avérèrent maigres : un char de combat russe, un groupe de musique canadien et un parfum bulgare. La plupart des autres résultats étaient rédigés dans des langues fleurant bon les marches orientales de l'Europe. Elle tapa *zmiya* sur une appli d'IA.

Zmiya.

Une traduction instantanée apparut.

Serpent.

Le mot *zmiya* était illustré avec la photographie d'une inquiétante vipère striée de jaune et marron, enroulée comme un ressort.

Vipera dinniki. Une espèce répandue dans le sud de la Russie. Agathe l'observa avec intérêt, sans éprouver la moindre répulsion. Depuis son enfance, elle avait développé un attrait profond pour les reptiles. Dans la résidence d'été de sa famille, près de Gourdon, dans le Lot, elle capturait des couleuvres et les relâchait dans les chambres pour effrayer les invités de ses parents. Son mystérieux interlocuteur avait dû se planter de numéro de téléphone.

Un jeune homme vêtu d'un costume coûteux, mais sans cravate, avait surgi sur la terrasse. Victor, un des autres consultants, aussi brillant que langue de vipère. Ses pupilles dilatées trahissaient une inhalation toute fraîche de cocaïne.

— Agathe, j'ai entendu que Rob avait eu le poste. Comment tu le prends ?

— À merveille. J'hésite encore sur le modèle de corde pour me pendre.

— On va t'organiser une soirée pour te remonter le moral. Tu ne crois pas que…

Il s'interrompit brusquement, les yeux écarquillés.

— Il y a un problème ? demanda-t-elle alors qu'elle écrasait sa cigarette dans le pot de l'olivier.

— Ton nez…

— Quoi mon nez ?

— Du sang. Tu pisses le sang.

5

Rome
Pinacothèque du Vatican
De nos jours

— Vous connaissez l'expression : les apparences sont trompeuses. Cette sage maxime est valable en amour comme en peinture. Contemplez ce chef-d'œuvre de Michel-Ange prêté par le musée des Offices de Florence. Il s'agit de la Sainte Famille, aussi référencée comme le *Tondo Doni*. Dites-moi si un détail insolite vous interpelle dans cette œuvre à vocation religieuse.

L'homme en veste de tweed assortie à ses cheveux argentés s'écarta pour laisser le petit groupe d'invités américains contempler le tableau. Il représentait au premier plan l'Enfant Jésus entouré de Joseph et de Marie.

L'ambassadrice des États-Unis leva le bras avec un regard malicieux.

— Dottore Frascatti, ne serait-ce pas la présence de ces hommes nus et musclés en arrière-plan ?

— Félicitations. L'interprétation officielle est la suivante : ces apollons, des *ignudi*, représentent l'Antiquité et l'Ancien Monde païen. La Sainte Famille, elle, incarne le Nouveau Monde catholique pétri de vertu. La morale chrétienne est sauve. Mais ça, c'est la version pour le bon peuple.

Le conservateur en chef des musées du Vatican laissa planer quelques secondes de suspense, puis reprit sur le ton de la confidence.

— À Florence, Michel-Ange fréquentait un étrange groupe d'érudits, de savants, d'artistes et d'aristocrates que l'on appelait « l'œil de Platon » en référence au philosophe. Il y avait même des femmes, quelle audace ! Ils professaient des idées hérétiques, par exemple que le beau, comme le bien, serait une manifestation du divin. Ce mouvement, protégé par la puissante famille des Médicis, eut une influence extraordinaire dans l'essor de la Renaissance. Cette société discrète, à défaut d'être secrète, encourageait les artistes à diffuser ses enseignements secrets dans leurs œuvres. Sous forme codée. À la barbe de l'Église de Rome qui voyait d'un mauvais œil l'influence de ces arrogants florentins.

Un petit homme au visage rose et poupin leva la main, goguenard.

— Vous nous refaites le coup du message spirituel caché dans le tableau d'un grand maître ? C'est quoi cette fois, les apôtres pratiquaient le naturisme ? Jésus est une femme ? Ne me dites pas que le conservateur des musées du Vatican croit à ce genre de foutaises.

L'ambassadrice le foudroya du regard. Le journaliste politique du *New York Times* invité pour couvrir sa visite au Vatican ne cachait pas son ennui à coups de bâillements sonores depuis leur entrée à la Pinacothèque. Le dottore Frascatti ne broncha pas et continua d'une voix la plus diplomatique possible. Dans le groupe se trouvaient des chefs d'entreprise, futurs mécènes potentiels.

— Si seulement c'était le cas, j'écrirais un best-seller mondial et je siroterais un délicieux bardolino dans mon palais en Toscane. Hélas, je me contente modestement de faire le guide pour arrondir mes fins de mois.

Des rires fusèrent du groupe, le conservateur continua.

— Bref, la véritable signification de cette toile est la suivante. Les hommes nus représentent la volupté et les passions charnelles. C'est *l'amour féroce*. Le chérubin qui sort de terre, juste devant les éphèbes, et derrière Joseph, est saint Jean-Baptiste. Il incarne l'équilibre amoureux, fusion de joie et de communion d'esprit dans le couple, c'est *l'amour parfait*. Et la Sainte Famille, elle, incarne l'aspiration à se détacher des biens matériels, à la spiritualité, *l'amour divin*. Le message caché néoplatonicien nous incite à vivre ces trois états amoureux, gages d'épanouissement : le *féroce*, le *parfait* et le *divin*. Un concept audacieux pour l'époque.

L'ambassadrice hocha la tête, puis se tourna vers le journaliste.

— Greg, au vu de vos frasques dans la boîte de nuit de la piazza Navona, hier soir, j'ai l'impression que vous restez toujours bloqué au stade de l'amour féroce. Non ?

Le visage du journaliste s'empourpra. Frascatti sourit et continua.

— Comme souvent avec les œuvres d'art de la Renaissance, il faut les interpréter au-delà de leur signification apparente. Et Michel-Ange comme Léonard de Vinci ne s'en privaient pas. Les messages occultes recèlent…

Il s'interrompit. Dans l'encadrement de la porte, une petite jeune femme rousse lui adressait des signes et brandissait son portable. C'était son adjointe.

— Veuillez m'excuser, je vous laisse admirer les autres toiles un instant.

Il s'inclina et fila en direction de son adjointe. Le conservateur était un homme affable, mais il détestait deux choses dans la vie. Les téléphones portables et être interrompu pendant un exposé. Les deux étaient réunies.

— Que se passe-t-il ?

Son adjointe lui tendit l'appareil.

— C'est le cardinal Mandatore. Urgent.

Le conservateur prit l'appareil et s'éloigna de son adjointe. Le prélat n'appelait jamais pour prendre des nouvelles, il était chargé de toutes les questions de sécurité au sein de la curie.

— Cardinal, avec tout mon respect, j'ai un groupe VIP, la nouvelle ambassadrice des États-Unis et une brochette de chefs d'entreprise, mécènes potentiels.

— Je le sais, Sa Sainteté a reçu la délégation américaine en audience ce matin. Je dois vous voir de toute urgence.

De longues secondes de silence s'écoulèrent avant que l'interlocuteur de Frascatti ne reprenne d'une voix blanche.

— Le cardinal Talastiera est décédé. Au Mexique, lors d'un colloque entre les religions. On vient de me prévenir.

— Quelle horreur !

Le visage de Frascatti se voila. Il perdait non seulement un protecteur au sein de la curie, mais aussi un ami. Mandatore continua d'une voix tendue.

— Il a été assassiné.

— Comment ça ?

— On ne sait pour quelle raison, Talastiera est monté sur l'une des pyramides. Il a chuté du sommet. Un agent de sécurité a aperçu brièvement une femme avec lui mais elle a disparu. L'ONG Hope, l'organisateur, a tu cette information pour éviter que le colloque finisse dans les rubriques faits divers.

— Quelle est la version officielle ?

— Crise cardiaque.

— Mais qui aurait pu en vouloir à Talastiera ? Des terroristes anticatholiques ?

— Non. Le serpent. Il est de retour.

— Impossible. Pas après toutes ces années…

— Le serpent qui rêve de mordre jusqu'au sang le sein de notre mère l'Église. Mesurez-vous l'ampleur du danger ?

Le conservateur s'entendit répondre mécaniquement.

— Oui. Son venin infectera le corps du Christ et celui de l'humanité entière.

6

Paris
De nos jours

Agathe baissa les yeux sur le canapé. Des petites taches écarlates s'épanouissaient sur le revêtement crème. Elle se leva d'un bond et passa la main sur ses narines. Du sang poisseux tachait ses doigts. Victor lui tendit un mouchoir en papier.

— Ça va ? Tu veux aller à l'infirmerie ?

— Non, répondit-elle en relevant la tête en arrière, ça s'arrête. L'émotion sans doute.

Soudain, un serpent à tête triangulaire, semblable à une vipère, mais aux écailles vermillon, apparut dans son champ de vision. Elle cligna des yeux plusieurs fois. Le reptile disparut comme par enchantement.

Et maintenant, j'ai des putains d'hallucinations. De mieux en mieux.

*

Le bus 39 filait à toute allure sur le boulevard Pasteur, soulevant à intervalles réguliers des gerbes d'eau qui aspergeaient copieusement les passants sur le trottoir. Tassée sur un siège de la dernière rangée, Agathe ressassait son échec, les yeux perdus sur la vitre voilée par la pluie. Elle n'avait qu'une envie, rentrer chez elle et s'engloutir sous la couette. Oublier ce jour pourri.

Elle tourna la tête et contempla ses compagnons de voyage. La plupart rentraient chez eux après leur journée de travail. Et ça recommencerait le lendemain, puis le surlendemain jusqu'à la fin des temps. Elle songea à tous ces voyageurs qui l'avaient précédée sur cette ligne et à tous ceux, pas encore nés, qui la prendront un jour. Condamnés à subir leur vie.

Comme elle, sûrement tous des bons élèves qui avaient cru dans les règles de la société.

Pas assez brillants pour conquérir le pouvoir par leur charisme, pas assez audacieux pour l'arracher à ceux qui le détenaient.

Son voisin, un homme d'une soixante d'années au visage mal rasé, était plongé dans un livre à la couverture aussi défraîchie que sa veste.

La Coupe de l'abondance, ou comment changer son destin, Éditions du Miracle.

Elle se retint de lui demander si sa méthode marchait.

Le bus s'arrêta à un feu rouge, juste devant un immeuble en travaux dont la façade était recouverte d'une toile publicitaire. Une sublime femme noire, vêtue d'un tailleur crème, caressait un sac à main posé sur les fesses d'un homme blanc et nu. Un sac qui coûtait trois fois son salaire mensuel. Le slogan de la marque, astucieusement éclairé par un projecteur, brillait dans la nuit.

Le luxe ? Juste une question de volonté.

C'était peut-être ça, le souci, Agathe souffrait d'une carence en volonté. Volonté pour s'imposer, pour écraser les autres, pour décrocher sa place au soleil. Agathe admira, le moral en serpillère modèle entrée de gamme, le mannequin, sûre d'elle et conquérante, puis elle se tassa sur son siège. Elle n'avait jamais rêvé d'une vie de luxe, juste d'une vie meilleure. Et ce salaud de Kanso avait douché ses espérances avec un bon coup de kärcher à l'acide chlorydrique. Elle se sentait insignifiante. Comme sa vie.

Comme tous ces visages flous et entassés dans ce bus minable.

Elle prit son téléphone et ouvrit Instagram pour scroller son fil. Elle était abonnée à des tas d'influenceuses. Avec un mélange assumé d'agacement, de fascination et de masochisme, les stories lui vidaient le cerveau. Miami, Dubaï, les fjords, les soirées dans des palaces somptueux, les balades sur des plages de cocotiers, les selfies avec les célébrités. Insta ou la vie rêvée.

Elle s'arrêta sur *mavie5étoiles*, le pseudo d'une jeune influenceuse française aux seins et aux lèvres fièrement artificiels. La fille bronzait en bikini sur la proue d'un voilier, cette fois sur une mer aussi vert émeraude que ses lentilles de contact colorées. Dans la dernière story, elle arborait une tenue de plongée en compagnie de son petit copain du moment, Nast, l'influenceur alpiniste le plus en vogue. Mignon et branché spiritualité, il approchait les cent millions de vues.

Saoulée par ce bonheur exaspérant et en toc, elle se déconnecta. Le bus arriva enfin à Issy-les-Moulineaux, au niveau de la station de métro Corentin-Celton. Elle descendit, le cœur lourd et sale comme une plaque d'égout après la pluie. La nuit était tombée, les boutiques fermaient les unes après les autres. Elle longea un kebab et se dirigea vers un carrefour plongé dans une semi-obscurité. Les lampadaires étaient éteints depuis une semaine à la suite de travaux sur les canalisations.

Son téléphone sonna à nouveau dans son blouson. Sa copine Léa à tous les coups. Elle décrocha de guerre lasse.

Il y eut une sorte de modulation aiguë comme dans les postes radio, mais qui résonnait en écho.

Elle regarda l'écran.

Numéro inconnu.

Puis un son aigu, strident comme le sifflement d'un fouet en acier, retentit alors qu'elle traversait la rue à un carrefour.

Elle voulut raccrocher, mais ne put détacher l'oreille de son téléphone. Le son perforait les parois de son crâne. Sa vue se brouilla, tout devint flou, comme si on lui avait mis des lunettes de myope. Elle se figea en plein milieu de la chaussée.

Le feu allait passer au vert, mais ses jambes refusaient d'obéir.

Elle cligna des yeux, des éclairs fluorescents, électriques, jaillirent autour d'elle. Un scooter passa et l'évita de justesse en klaxonnant. La machine et son conducteur étaient nappés de pourpre. Comme s'ils avaient été plongés dans un pot de peinture. Elle tourna la tête vers l'immeuble qui lui faisait face. Rouge.

Le son insupportable s'arrêta net. Remplacée par une voix masculine et familière.

— Zmiya. Pardonne-moi...

Elle cligna des yeux. Le ciel avait viré à l'écarlate lui aussi.

Qu'est-ce qui m'arrive ?

Une aiguille de feu lui transperça la tête. Sous le choc, elle vacilla sur elle-même et laissa tomber son téléphone à terre. Un goût infect de fer rouillé envahit sa bouche.

À ce moment précis, un camion-citerne tourna à l'angle et roula vers elle. Le conducteur semblait ne pas l'avoir vue. Sur le trottoir, à l'angle d'une des rues, une femme qui promenait un chien hurla dans sa direction avec des grands gestes de la main.

— Le camion ! Attention !

Agathe avait entendu l'avertissement, mais ses jambes ne lui obéissaient plus. Une nouvelle décharge électrique lui cisailla le crâne.

Elle s'effondra sur le bitume. La femme courait sur le trottoir pour lui porter secours. Couchée sur le côté, la joue collée au bitume, le regard d'Agathe se posa sur l'enseigne d'une banque. Vertes, jaunes, bleues, violettes, les lettres clignotaient de toutes les couleurs.

L'étrange voix sortit à nouveau du smartphone qui gisait à quelques centimètres de sa tête.

— Zmiya.

Elle tenta de lever la tête, mais aucun de ses muscles ne répondait. Sa chair se liquéfiait. Seuls ses yeux semblaient posséder une vie propre.

À quelques mètres d'elle, quelque chose se tortillait sur la chaussée luisante et s'approchait d'elle. Longue, sinueuse, la créature ondulait dans sa direction. Agathe était comme hypnotisée. C'était un serpent rouge sombre, avec une tête rectangulaire, ses yeux paraissaient démesurément élargis. Ni une couleuvre ni une vipère. Il avait une sale tête d'espèce venimeuse.

Le reptile était désormais à portée de main et sa langue fourchue sortit dans un sifflement aigu. Derrière le serpent, la gueule d'un camion envahit tout son champ de vision. Agathe voulut hurler, mais aucun son ne sortit de sa gorge paralysée. Un hurlement de freins explosa dans sa tête. Elle perdit connaissance sans savoir qu'un filet de sang coulait de ses narines.

7

Vatican
De nos jours

— Rejoignez-moi le plus vite possible à mon bureau, murmura le cardinal Mandatore avant de raccrocher.

Le conservateur restait figé.

Talastiera assassiné. Il pouvait à peine le croire. Son vieil ami. Il lui devait tout. Ou presque.

— Ça ne va pas, Dottore ? demanda son adjointe.

— Je dois interrompre ma visite, prenez le relais. Je vous rejoindrai à la Sixtine.

Il retourna auprès du groupe, se composa un visage de nouveau avenant et s'inclina devant l'ambassadrice.

— Une urgence m'oblige à m'absenter quelques instants, mais ce ne sera pas long. Mon adjointe va continuer la visite de l'aile ouest de la Pinacothèque et ses trésors. Je vous retrouve à la chapelle.

— Vous ne nous abandonnez pas, Dottore ?

— Certainement pas, je compte bien vous faire les poches pour redorer le lustre de ce prestigieux musée. Et les gardes suisses ont ordre de ne pas vous laisser sortir du Vatican.

— Le Saint-Siège risquerait l'incident diplomatique pour nous rançonner ? demanda l'ambassadrice dans un demi-sourire.

— Il y a eu des précédents, plaisanta le conservateur. Pour la plus grande gloire de l'Église, le pape Jules II, le commanditaire des fresques de Michel-Ange, a déclaré la guerre à la France, le royaume le plus puissant d'Europe. Et quant aux rapines, il a ruiné César Borgia, le seigneur le plus retors d'Italie, qui avait servi de modèle au prince de Machiavel. Nous détroussons toujours pour la bonne cause.

L'ambassadrice partit d'un grand éclat de rire.

Frascatti regarda le petit groupe s'éloigner, son sourire se liquéfiant à la vitesse d'un cube de glace sur une plaque de cuisson. Il sortit du bâtiment pour arriver au niveau d'une barrière de sécurité et montra son badge frappé des armoiries du Saint-Siège. Le garde suisse l'examina avec attention comme s'il était un étranger. L'honorable Dottore en avait pris son parti, les gardes suivaient les consignes de sécurité à la lettre. Depuis quinze ans qu'il officiait, le conservateur ne s'offusquait pas de cette discipline toute militaire, mais en son for intérieur il se sentait comme un voleur qui aurait subtilisé une toile de maître.

Il marcha vers une petite place ornée d'une fontaine surmontée d'un lion de marbre à la patine vénérable. Deux voitures immatriculées au Vatican, des Fiat Uno, étaient garées devant l'entrée d'un édifice de pierres grises, en partie lézardées. Les temps avaient bien changé depuis son arrivée au Saint-Siège, à l'époque où les princes de l'Église disposaient de Mercedes munies de drapeaux sur chaque aile du capot.

Au moment où il s'approchait du bâtiment, un homme replet vêtu de la pourpre cardinalice descendait le perron. Il avait le cheveu rare, mais le menton et les sourcils généreux. Avec ses épaules massives et son torse puissant, le cardinal Mandatore tenait plus du joueur de rugby que de l'homme d'Église. Au Vatican, on lui avait donné le surnom de *il Carro*. Le char d'assaut.

Le cardinal affichait un visage impavide, et avançait à la manière d'un demi de mêlée.

— Frascatti, allons à la Pigna, nous deviserons en chemin. Je préfère parler hors de mon bureau.

Les deux hommes passèrent sous un porche et croisèrent deux sœurs de la congrégation des Franciscaines missionnaires de Marie, reconnaissables à leur foulard gris. Le cardinal les salua et attendit qu'elles s'éloignent avant de reprendre à voix basse.

— J'ai vu le Saint-Père. Je ne vous cache pas sa préoccupation.

— J'imagine. Les conséquences de cette affaire pourraient se révéler fâcheuses, mais je n'y crois pas.

Le cardinal ne répondit pas, se contentant de secouer la tête. Ils arrivèrent à l'entrée d'une vaste cour, celle de la Pigna, la pomme de pin, encerclée par les bâtiments des musées de la papauté. Les touristes avaient déserté les lieux, chassés par les gardes. C'était à la tombée de la nuit que le Vatican arborait sa véritable nature. Ses habitants reprenaient possession des lieux, les intrus s'étaient évanouis avec le soleil. Frascatti croyait depuis toujours que le temps subissait une distorsion au crépuscule, le passé chassant le présent.

— Et si le serpent se révélait moins dangereux que nous le pensions ?

Les deux hommes s'arrêtèrent devant un escalier imposant surmonté d'une pomme de pin de taille impressionnante, comme si elle était tombée d'un arbre géant. Le cardinal contempla la sculpture en affichant une expression contrariée.

— Notre Saint-Père ne partage pas votre avis. Je ne trahirai pas sa pensée en résumant toute cette affaire par un mot.

— Lequel ?

Mandatore fixa le conservateur avec un regard grave et lui posa la main sur l'épaule.

— Tsunami. Mon ami… Un tsunami spirituel.

Frascatti ne répondit pas, il en était arrivé à la même conclusion, même s'il n'avait pas voulu le montrer au cardinal. Mandatore leva les yeux vers le ciel étoilé, la mine aussi sombre que les caveaux des papes, s'attarda sur le sommet de la pomme de pin comme s'il y cherchait un signe de réconfort, puis revint sur Frascatti.

— Un tsunami qui engloutira la chrétienté. Vous allez m'écouter attentivement.

Un vent chaud remontait la cour de la Pigna et balayait des feuilles et des détritus laissés par les touristes. Le soir était tombé, les faisceaux des projecteurs plantés dans les pelouses nappaient les façades d'une douce lumière blanche et crémeuse. Seules les sculptures exposées çà et là restaient illuminées de couleurs vives.

— Nous devons empêcher cette catastrophe à tout prix.

— Comment savez-vous que le serpent a tué Talastiera ?

— C'est lui qui nous a prévenus.

Frascatti ne put masquer sa surprise.

— Comment ça ?

— Il nous a envoyé un mail par une adresse anonyme. Il y a une semaine.

Mandatore sortit son portable, pianota rapidement et tendit l'écran sous le nez de son interlocuteur.

— Lisez.

À l'attention des cardinaux Mandatore et Talastiera.

Je m'étais engagé à ne pas révéler de mon vivant le secret qui nous lie. Mais je suis condamné par la médecine. Je n'en ai que pour très peu de temps. Ma mort me déliera de mon serment et apportera la lumière aux hommes. Sur la croix, au moment de mourir, le Christ a dit : Tout est accompli. Je vous laisse le soin d'expier vos péchés.

Il serpiente

Frascatti relut le message deux fois pendant que le cardinal poursuivait.

— La signature authentifie son message. *Il serpiente.* Pour tout vous dire, nous n'avons pas pris ce message au sérieux. Jusqu'à ce soir. Je m'en veux à un point que vous ne pouvez pas imaginer.

— Vous aviez mis Talastiera au courant, avant son départ au Mexique ?

— Évidemment, mais il n'a rien voulu savoir. Il était entêté.

Le cardinal tenait ses mains jointes.

— Nous aurions dû régler le sort du serpent il y a longtemps.

— Je sais. Et je me souviens aussi de la solution que Talastiera avait préconisée.

Mandatore crispa les poings, son regard se fit plus dur. Frascatti observa la métamorphose du prélat et il n'aimait pas son expression. Il reprit.

— Me permettez-vous d'émettre une hypothèse ?

— Je vous écoute.

— Même si le serpent met sa menace à exécution post-mortem, les temps ont bien changé. Le monde ne va pas s'empêcher de tourner si le secret est révélé. Je conviens qu'il y aura des remous, probablement des indignations et des menaces. Mais l'Église en a vu d'autres. Elle est bâtie sur un roc, sur saint Pierre lui-même.

Le cardinal secoua la tête vigoureusement.

— Je ne veux pas prendre ce risque et le Saint-Père encore moins. Il est intraitable, sur certains aspects. Souvenez-vous de sa réaction, juste après son accession au pontificat, quand Talastiera et moi lui avions fait part de ce dossier, à l'instar de ses prédécesseurs.

— Il ne vous a pas crus.

— Et il n'y croit toujours pas, mais c'est un ancien dominicain, il ne veut prendre aucun risque.

Une ombre voila le visage du conservateur.

— J'espérais que toute cette histoire était définitivement derrière nous.

— Le passé ne s'efface jamais. Vos Américains arrivent, je suppose qu'eux aussi ne veulent voir que le maudit plafond de la Sixtine.

— Le ciel de Michel-Ange.

Le cardinal prit une expression énigmatique.

— Je déteste cette œuvre. Parfois, j'aurais aimé que ce maudit barbouilleur dégringole de son échafaudage et que ce plafond soit resté aussi nu qu'à l'origine.

— Que comptez-vous faire ?

— J'ai chargé le GIR de mener l'enquête à Mexico. Je vous ferai aussi assigner un agent de protection.

Frascatti hocha la tête. Le Gruppo d'Intervento Rapido était l'unité spéciale de la gendarmerie pontificale en charge de l'antiterrorisme et des missions spéciales. Une section d'élite qui ne dépendait pas des gardes suisses et n'avait de compte à rendre qu'au patron de la gendarmerie et à la curie.

— Après ce qui est arrivé à Talastiera, vous ne craignez pas pour votre vie ? demanda le conservateur.

— Je prends le risque.

— Comment comptez-vous agir avec le serpent ? Vous connaissez son lieu de résidence…

— Pour le moment rien. Je n'ai aucune preuve, excepté ce mail. Je vais laisser les agents du GIR enquêter et aviser par la suite. Nous devons faire preuve d'une grande prudence.

Frascatti afficha un sourire ironique.

— D'autant que le serpent, même malade, a toutes les cartes en main. Son jeu est meilleur que le vôtre. Non ?

— La chance tourne, même pour les meilleurs joueurs, répondit le cardinal sur un ton sec, puis en tournant la tête vers la cour : je vous laisse à vos Américains. Je vous tiens au courant.

Frascatti s'inclina et regarda Mandatore s'éloigner d'un pas lourd pour disparaître dans la nuit. Le groupe de l'ambassadrice s'approcha de la pomme de pin géante, guidé par son adjointe. Frascatti plaqua un sourire mécanique sur son visage, l'opération séduction devait continuer. Le musée avait besoin de son million d'euros. L'art avant tout. Il les attendit en bas de l'escalier, les mains jointes dans le dos. L'ambassadrice arriva la première et désigna la gigantesque pomme de pin.

— Quelle est cette curieuse œuvre ? Un symbole chrétien ?

Le petit groupe fit une halte, entourant le conservateur. Celui-ci secoua la tête.

— Non, un trophée de guerre.

— Vraiment ? Et contre quel adversaire ?

— Le paganisme ! À l'origine, cette œuvre était fixée sur le toit du dôme du Panthéon à Rome. La basilique Saint-Pierre pour les dieux de l'Olympe. Le symbole de la déesse Cybèle vénérée par les Romains. Un pape l'a ensuite déboulonnée pour l'installer au Vatican et affirmer la victoire du christianisme sur l'Ancien Monde.

À peine avait-il prononcé ces mots qu'il songea au Nouveau Monde cauchemardesque qui se profilait. Un monde dans lequel l'Église serait balayée comme le furent les anciens dieux de Rome.

Le monde du serpent.

II

L'œil du serpent

Les certitudes sont des fondations pour les uns
et des sables mouvants pour les autres.

Le chant de l'Œil soleil

Les insomniaques sont des êtres inquiétants,
ils assassinent leur sommeil chaque nuit
et laissent le cadavre dans leur lit.

Le chant de l'Œil soleil

Le monde exige que tu portes le masque de l'adulte.
Que tu contrôles ta vie, que tu cadenasses tes rêves,
que tu ne montres aucune faiblesse.
Mais dans l'enclos de ta solitude, tu trembles,
tu pleures, tu t'émerveilles, tu t'excites, tu t'indignes,
tu veux être aimée, tu aimes, tu jouis, tu ris... tu vis.
Jette le masque de l'adulte dans le puits, laisse-le couler
jusqu'au fond. Puis contemple ton véritable visage.
Il miroite à la surface de l'eau de la vérité.

Le chant de l'Œil soleil

8

Journal de l'Œil soleil
Juillet 1990

Je rassemble ici les notes sur les événements que j'ai vécus à Rome. La version originale de ce journal ainsi que les enregistrements audio seront mis en lieu sûr.

Anthropologue et athée, j'ai toujours privilégié une approche scientifique dans mes travaux. Et pourtant, malgré leur nature stupéfiante, les faits relatés ici se révèlent authentiques. Ma raison s'est fracassée comme un miroir brisé et ses fragments se sont dispersés dans les profondeurs de ma conscience. Je n'arrive pas à y croire, encore aujourd'hui.

Je dois maintenant examiner minutieusement mon journal et reconstituer les événements survenus dans la ville éternelle. Leur donner un sens. Une fois ce puzzle assemblé, je prendrai ma décision.

Le temps presse. Mes ennemis me traquent et ne me feront aucun cadeau. J'ai peur. Peur de mourir. Mais quelle importance représente ma courte existence face au secret éblouissant que je pourrais révéler à l'humanité ?

Le secret de l'œil soleil.

Paris
10 juillet 1990

11 heures
Je termine mes recherches sur la dernière mission effectuée en mars à Salvador de Bahia, en collaboration avec l'Instituto Carlino de São Paulo. Il s'agit de la huitième expédition annuelle depuis ma nomination en tant que chef du département d'ethnologie d'Amérique du Sud. Comme le disait une prêtresse candomblé de Bahia, le temps file comme un ruisseau sans retour… La semaine prochaine, j'enverrai une première version à mes collègues brésiliens pour qu'ils puissent ajouter leurs observations. Je suis impatient. Cette nouvelle étude éclairera d'un jour nouveau le rite candomblé, une fusion entre les cultes païens introduits par les esclaves africains au XVIe siècle et la religion catholique imposée par leurs maîtres portugais. La singularité de ces rituels repose sur l'usage de drogues, de danses, qui conduisent à des transes collectives. Les dieux invisibles, les *orixas*, prennent alors possession des prêtres et prêtresses du culte. Ces derniers délivrent des prophéties et des messages spirituels.

Dans mon étude j'établis des parallèles avec les cultes vaudous, à Haïti, et ceux de l'Ayahuasca au Pérou. Les officiants voyagent dans des mondes invisibles et tutoient le divin lors de phases psychotiques. Comme chez les prophètes hallucinés de la Bible ou les grands mystiques de la chrétienté. Si je professe le plus grand respect pour ces cultes, je suis convaincu que la croyance en Dieu, ou en toute autre divinité, s'explique par des mécanismes neurologiques précis. En d'autres termes, je propose l'hypothèse audacieuse selon laquelle la foi n'est qu'un état de conscience alterné. Je ne cherche pas à choquer ou à offenser qui que ce soit, j'espère que mes collègues brésiliens partageront mon point de vue.

Le travail m'épuise. Je dois établir un budget pour mon département. Le conseil de l'université exige des efforts importants. Notre bâtiment est rempli d'amiante, l'argent sera prioritairement alloué aux travaux de mise aux normes pendant les trois prochaines années. En attendant, on va nous loger dans des préfabriqués. J'ai l'impression que l'âge d'or des expéditions sur les terres de l'Eldorado touche à sa fin.

15 heures

J'ai reçu un appel insolite. Un professeur italien de l'Académie des beaux-arts de Rome m'a contacté. Il avait lu mon article sur ma mission au Pérou, paru l'année dernière dans la revue *Ethnology and Research*. Il propose de me rencontrer à Rome pour discuter de ce sujet. Tous les frais seraient pris en charge par Spina, une fondation privée basée à Rome. Je suis submergé de travail et j'hésite à accepter. Je l'ai remercié et lui ai promis de répondre sous deux semaines.

17 heures

Je viens de quitter le bureau du recteur, furieux et anéanti. La direction de l'université a refusé mon budget. Pire, elle m'a informé de la suppression de mon département en raison des restrictions financières. Le recteur m'a consacré un quart d'heure de son temps précieux pour m'en faire part. Le comité scientifique a conclu que les études sur les populations d'Amérique du Sud ne sont plus pertinentes. À moins que je ne trouve une entreprise mécène ; la mode est aux partenariats public-privé. Autant dire que c'est mort : quelle société française investirait dans des recherches ethnologiques en Amazonie ? Les peuples premiers ne sont pas rentables. J'ai annoncé la mauvaise nouvelle à mes deux assistants de recherche vacataires, qui vont perdre leur emploi, ainsi qu'à mon groupe d'étudiants.

Leurs réactions m'ont fait chaud au cœur. Ils veulent organiser une manifestation devant les bureaux du recteur. L'un d'entre eux souhaite même prévenir un ami, journaliste dans un grand quotidien. La fougue et la naïveté de ces étudiants m'ont attendri, mais je doute que les médias s'intéressent à la disparition d'un petit service de recherche en ethnologie.

Je ne pourrai plus mener à bien des expéditions scientifiques d'envergure. Je vais activer mon réseau, mais les baisses de crédits frappent toutes les universités. Je vois mal quel autre établissement pourrait m'accueillir.

J'ai décidé de prendre une semaine de vacances pour essayer de me retrouver dans ce brouillard. Peut-être irai-je passer quelques jours chez ma demi-sœur à Majorque. Elle a ce don unique de me calmer. Elle gère un petit centre de yoga niché dans les montagnes de la Tramuntana, un endroit magnifique, gorgé de soleil comme une orange.

Peut-être devrais-je réévaluer ma situation personnelle. Je pourrais partir à l'étranger, je n'ai aucune attache. Claire et moi nous sommes séparés depuis un mois. Peut-être devrais-je retourner au Pérou ou au Brésil, où j'ai tissé de profonds liens d'amitié, et écrire un livre à propos de mes recherches.

Pour l'instant, je me sens surtout découragé.

J'ai reçu un nouvel appel de Benvenuto Frascatti, l'enseignant d'art romain. L'Italien est insistant. Il a piqué ma curiosité en me laissant miroiter une collaboration lucrative, sans toutefois en révéler les détails.

19 heures

J'annule Majorque. Je pars à Rome dans deux jours. Décision prise sur un coup de tête. Qu'importe la proposition de Frascatti, au pire, je visiterai le Colisée et le Panthéon à peu de frais. Je n'y ai jamais mis les pieds. J'aimerais m'y rendre le cœur léger, mais au fond de moi je ne digère toujours pas la décision prise à mon encontre. Mes pairs m'ont signifié que mes travaux ne valaient rien. Aucun collègue n'est venu me défendre auprès du conseil de l'université. J'ai consacré la majeure partie de ma vie à mes recherches. Et d'un trait de plume, elles finiront dans la poubelle de l'oubli.

Je me sens vide et seul.

9

Paris
Clinique Morpheus
De nos jours
Un mois après l'accident

— Réveillez-vous, il est 7 heures.

Agathe ouvrit lentement les yeux, mais voulut les refermer aussitôt. Son cerveau avait la consistance d'une pâte à crêpes remplie de grumeaux, son corps était un cocon de plâtre. Un discret ronronnement résonna à sa gauche, le volet roulant de la fenêtre remontait lentement, laissant se déverser une pâle lumière dans la chambre.

La veille, juste avant le coucher, on l'avait bardée de capteurs électroniques pour un examen détaillé : une polysomnographie. L'arme fatale des spécialistes du sommeil. Électroencéphalogramme pour mesurer les ondes cérébrales, senseurs appliqués sur les yeux, tension musculaire aux bras, aux jambes et à la poitrine, électrocardiogramme et même capteur du taux de saturation de l'oxygène dans le sang.

L'infirmier revint vers elle et lui retira la fine cagoule blanche et souple, truffée d'électrodes, qui enserrait sa tête.

— Ne bougez pas, mademoiselle, je vous enlève les autres capteurs.

— Combien de temps ai-je dormi ?

— Deux heures. Par intermittence.

— Pas terrible, répondit Agathe en bâillant.

— On a vu pire, et maintenant direction l'IRM pour un check-up complet du cerveau. Comptez quarante-cinq minutes et ensuite rendez-vous dans le bureau du Dr Aubert pour les résultats.

— J'ai le temps pour une petite toilette ?

— Bien sûr, mais pas de maquillage. Je reviens dans un quart d'heure.

Agathe attendit que l'infirmier disparaisse pour se lever, l'esprit un peu moins englué. Elle contempla la photographie punaisée sur le mur de la chambre. Une chouette était perchée sur une branche d'arbre, un œil fermé, l'autre ouvert, avec en arrière-plan un ciel nocturne constellé d'étoiles. Elle songea à tous ces patients qui l'avaient précédée sur ce lit. Ils souffraient du même mal : l'insomnie. Des professionnels de la nuit blanche. Trois heures de sommeil maximum. Elle avait rejoint cette étrange espèce mutante, celle des assassinés du sommeil, précisément depuis l'accident à Issy-les-Moulineaux, le mois précédent.

Il s'en était fallu de peu que l'énorme camion-citerne, un 16 tonnes, ne la réduise en bouillie. Le chauffeur avait braqué à l'ultime seconde et s'était encastré dans la devanture d'un magasin de BD, sans faire de victimes. Transférée à l'hôpital le plus proche, on lui avait fait des radios du crâne et une IRM. Rien. Elle n'avait aucune séquelle physique, excepté quelques bleus sur le coude et la cuisse. Mais à peine rentrée chez elle, les maux de tête étaient revenus, plus aigus que les épisodes précédents. Elle n'avait pas cessé de penser aux étranges appels reçus au bureau et dans la rue. Les violents maux de tête, le sang qui coulait de son nez, les hallucinations visuelles et son évanouissement, tout s'était déclenché après ces coups de fil. Ça n'avait aucun sens. Et ce mot gravé dans sa tête.

Zmiya.

Elle n'avait plus jamais reçu d'appel de ce mystérieux correspondant.

Depuis l'accident, ses nuits blanchissaient à la chaux. Son sommeil se tortillait tel un ver brûlé à l'acide de ses insomnies. Elle ne supportait pas les somnifères qui la transformaient en zombie. Au cœur de ses nuits solitaires et livides, elle se gavait de séries et de livres jusqu'au petit matin.

Elle se traînait à son travail, n'arrivait plus à se concentrer et affichait une mine aussi défraîchie que le papier peint d'un vieil hôtel de province. Rob l'avait placardisée au service analyse pour ne pas effrayer les friends avec sa mine de vampire leucémique. Terminé, le nudge. Un jour ou l'autre, elle se ferait virer. Avec bienveillance, certes, mais virer. Elle n'avait aucun doute là-dessus. Ses copines ne la reconnaissaient plus, elle refusait toutes leurs invitations à des dîners ou des soirées.

Avec l'enthousiasme d'un pendu avant son exécution, elle avait accepté le conseil de son père de faire des examens chez Morpheus, une clinique spécialisée du sommeil.

Agathe s'étira devant l'affiche de la chouette et envoya un message rapide à son père qui l'attendait à l'accueil. La réponse arriva dans la foulée, il patientait avec un bon bouquin. Depuis son accident il se faisait un sang d'encre et n'arrêtait pas de la bombarder de messages. Heureusement qu'il vivait en banlieue est, il aurait été capable de venir squatter chez elle.

Agathe rangea son téléphone et fila dans la salle de bains. Elle passa ses mains sous un filet d'eau froide qui la fit frissonner, puis lentement leva les yeux sur le miroir accroché au-dessus du lavabo. La femme qui apparut dans le reflet la déprima. Des cernes cendrées et creusées comme si on y avait écrasé des mégots, des yeux rougis, les joues émaciées. À ce rythme de décrépitude, elle serait fin prête pour tourner dans la nouvelle saison de *Walking Dead*. Dans le rôle de la fille zombie que l'on devinait mignonne avant d'avoir été infectée. Et dire qu'elle devait retourner au boulot. Rien que le mot papillon la faisait vomir.

Elle hésita à se tartiner de fond de teint pour présenter un visage potable devant le médecin, mais l'IRM passait avant tout. Si seulement le neurologue de la clinique parvenait à mettre fin à ses tourments...

Elle n'avait pas seulement perdu le sommeil. Elle perdait sa vie.

*

Agathe était assise dans le cabinet de consultation du Dr Zino Aubert, créateur de la clinique, mais se croyait dans celui d'un yogi. Tenture ornée d'un mandala flamboyant, photographie de temples à Lhassa, tableau d'une femme en méditation, à l'évidence le neurologue nourrissait une passion pour le bouddhisme. La soixantaine allégée et malicieuse, le regard acéré sans être agressif, l'air doux, mais assuré, le praticien inspirait confiance. Sur son bureau, devant son ordinateur portable, se dressait une curieuse sculpture en métal noirci. Un œil à moitié ouvert enchâssé dans un triangle.

— Désolé de ne pas vous avoir accueillie hier, je reviens d'un congrès sur le cerveau à Oslo. Comment s'est passée votre nuit ?

— J'ai à peine fermé l'œil.

— Si cela avait été le contraire, vous ne seriez pas ici.

Agathe se frotta les yeux et se cala dans le fauteuil.

— Docteur, vous voyez le bout d'une vie ? Eh bien je suis au-delà. En un mois, j'ai vieilli de dix ans. Et je risque de me faire lourder de mon job.

— Les insomnies prolongées engendrent des dépressions. Vous avez bien fait de venir. Nous avons l'habitude de traiter ce genre de situations. Surtout chez les femmes.

— Pourquoi ?

— La question qui tue... L'insomnie manifeste une misogynie évidente. Les études médicales montrent que les femmes souffrent de troubles du sommeil avec un taux de 40 % supérieur à celui des hommes. C'est peut-être lié à vos cycles hormonaux ou à vos charges mentales. En particulier sur le plan familial. Et pas seulement après la naissance d'un bébé.

— Je n'ai pas d'enfant, répondit-elle sur un ton poli.

Il avait posé les mains sur la table.

— Une autre théorie, plus audacieuse, fait remonter son origine à la préhistoire. Les hommes partaient chasser et s'endormaient fourbus alors que les femmes veillaient sur leur progéniture contre les prédateurs qui rôdaient la nuit, autour des campements ou des grottes. Ce rôle de sentinelle ancestrale serait inscrit dans vos chromosomes.

— Vertigineux... Et pour moi, sans aller jusqu'à Mme Cro-Magnon, que donnent les résultats de mes examens ?

Le médecin tapota sur le clavier de son ordinateur.

— Je n'ai pas encore obtenu les résultats de l'IRM, mais la polysomnographie nous a livré de précieuses informations. À l'évidence, votre sommeil est perturbé.

— Sans blague. Je ne m'en serais jamais doutée.

Le Dr Aubert avait perçu l'ironie, mais garda le même ton neutre.

— Vos ondes cérébrales sont anormales, même pour quelqu'un qui souffre d'insomnie. Comme si votre cerveau basculait sans arrêt en position thêta, puis gamma, mais déconnectait aussitôt pour revenir en bêta. Vraiment curieux.

— Traduction ?

— Désolé, sourit-il, voici l'extrait d'une brochure électronique destinée à nos patients.

Il tapota de nouveau sur son clavier, puis tourna le moniteur vers Agathe. Un cerveau stylisé apparut à l'écran, il était entouré de cinq ampoules électriques. Chacune clignotait d'une couleur différente.

— Notre cerveau produit des ondes, jour et nuit, un peu comme un émetteur radio. Chaque onde cérébrale correspond à un état de conscience bien défini. Il y en a cinq.

— J'émets trop d'ondes ?

— Laissez-moi terminer. Dans la journée, pour les tâches du quotidien vous émettez des ondes bêta. Si en revanche vous vous allongez sur votre canapé, et que votre conscience ralentit, il rayonnera en alpha. Vous me suivez toujours ?

— Continuez.

— Parfait. La nuit, c'est le même principe en fonction des phases du sommeil. Quand il est paradoxal, vous émettez des ondes thêta et si vous passez au sommeil profond, le sommeil le plus réparateur, le garant des nuits paisibles, c'est une modulation en ondes delta. Chez les personnes qui jouissent d'un sommeil harmonieux, les ondes se succèdent sur deux ou trois cycles. Chez les insomniaques, c'est différent.

— Et chez moi ?

— Je n'ai jamais vu ça. Zéro onde delta, pas de sommeil réparateur. Vous passez en thêta et en gamma, une onde rarissime, liée à une hyper concentration ou à une extase, puis ça s'arrête d'un coup. Votre cerveau bégaille, jusqu'au moment où vous réussissez à trouver un pseudo-sommeil. Vos courbes EEG feraient le bonheur d'un peintre surréaliste. J'ai jeté un œil à ma banque de données d'articles spécialisés, je n'ai trouvé aucun cas semblable au vôtre. Je vais envoyer un message groupé à des confrères pour rechercher des patients comme vous.

— À quoi servent ces ondes thêta et gamma ?

— Elles provoquent un état de conscience altéré. Outre le sommeil paradoxal, on les détecte pendant les phases de méditation ou les séances d'hypnose.

Agathe prit une expression dubitative.

— Je ne comprends pas, si c'était le cas je devrais être perpétuellement détendue.

— Votre cerveau veut se connecter en thêta et gamma, mais il cale à chaque fois. Comme si vous démarriez plusieurs fois votre voiture avec la batterie épuisée.

Le neurologue retourna à son clavier. Une image apparut sur le moniteur. Celle d'un homme vêtu d'un pagne, torse nu, assis en tailleur, les yeux grands ouverts. Une longue guirlande rouge ondulait autour de la colonne vertébrale, en remontant du sacrum vers le cerveau. Agathe remarqua que la guirlande était un serpent.

— Que représente le reptile ?

— La kundalini, l'énergie vitale présente en chacun de nous selon les bouddhistes. Le yoga favorise l'éveil du serpent et le fait remonter jusqu'au centre du crâne. C'est un symbole. Des expériences sur les ondes ont été pratiquées sur des moines tibétains et des chamanes d'Amérique du Sud. De véritables antennes émettrices. Mes confrères lui ont trouvé un nom plus évocateur.

— Lequel ?

— L'onde de Dieu.

10

Journal de l'Œil soleil
Rome
Juillet 1990

14 heures
J'ai été accueilli à l'aéroport de Fiumicino par le Dr Benvenuto Frascatti, un homme cultivé et érudit, spécialiste de Michel-Ange. Un passionné de la Renaissance. J'identifie dans ses yeux la même étincelle qui m'animait. Avant de nous rendre à la Fondation Spina, il a tenu à me faire visiter la chapelle Sixtine. J'en comprendrai la raison plus tard. La Sixtine est interdite aux touristes en raison des travaux de rénovation du chauffage, l'occasion idéale pour une balade guidée sans cohue. Frascatti a rédigé son mémoire de recherche sur les fresques de Michel-Ange et regorge d'anecdotes sur le peintre. J'ai appris que le pape Jules II, son commanditaire et mécène, l'avait bastonné à cause de son retard. Quatre longues années, dans des conditions épouvantables, il a travaillé étendu sur un échafaudage, le dos rompu, les muscles des bras tétanisés de douleur. Dans le chaudron de l'été, le corps trempé de sueur, et l'hiver glacial, enroulé de couvertures. En sortant de la Sixtine, Frascatti m'a expliqué que la présentation officielle des fresques avait scandalisé une bonne partie des cardinaux. Le plafond était truffé d'*ignudi*, des éphèbes nus et musculeux inconnus des saintes Écritures. J'ai aussi appris que Michel-Ange était un passionné d'anatomie, il

pratiquait des dissections sur des cadavres, et qu'il avait dissimulé des coupes d'organes dans certaines de ses œuvres. Dans sa célèbre fresque de la création d'Adam, le curieux manteau carmin qui entoure Dieu et ses angelots représenterait la coupe d'un cerveau humain.

En revanche, j'ai détesté la visite de la basilique Saint-Pierre, sombre et arrogante. Le Vatican suinte le moisi. Ses habitants, tous puceaux ou presque, ressemblent à des corbeaux. Et les femmes sont pour la plupart voilées. Mon opinion ne varie pas, c'est un État totalitaire, dirigé depuis des siècles par des vieillards bigots. Rien à voir avec la spiritualité débridée et joyeuse que j'ai ressentie pendant mes missions en Amazonie ou à Bahia.

Ici, Dieu punit. Là-bas, il jouit.

18 heures

Nous nous sommes rendus dans les bureaux de la Fondation Spina, situés sur les hauteurs du quartier du Trastevere. Elle est nichée dans un palais de la Renaissance, entouré d'un somptueux jardin à l'italienne. L'édifice offre une vue imprenable sur le Tibre en contrebas et l'autre rive, le centre de Rome.

Cette fondation, arrosée par des entreprises privées, finance des travaux de recherche sur l'art sous toutes ses formes. Elle fait appel à des spécialistes comme Frascatti, heureux de pouvoir compter sur des fonds qui leur font défaut dans les universités. Son bureau, tout en boiseries et en dorures, pourrait être celui d'un ministre. De grandes photographies des panneaux de la chapelle Sixtine ornent les murs. Le plus célèbre, celui dans lequel Adam tend le doigt vers Dieu, en occupe un pan entier. Un homme en soutane nous a rejoints. La trentaine, les épaules massives, les cheveux presque rasés, on aurait dit un militaire qui se serait déguisé en curé. Les yeux noirs. C'est le père Talastiera, un prêtre travaillant pour l'Académie pontificale des sciences. J'ai eu un moment de recul, et ça s'est vu. Bien que baptisé, j'exècre les religions. Pas tant en raison de leurs croyances, mais de leur emprise morale sur les fidèles. Je trouve cette institution archaïque et rétrograde. En toute franchise, mon aversion pour l'Église découle aussi de mon passage dans une école catholique, qui m'a laissé un goût amer. J'y ai subi quelques corrections qui m'ont guéri à vie de l'amour du Christ. Mais c'est une autre histoire.

Frascatti est entré dans le vif du sujet. Il a exigé une discrétion absolue sur notre entretien. Si je refusais sa proposition, il s'engageait à me dédommager pour mon « temps perdu ». J'ai accepté.

Il a alors laissé la parole à ce curieux prêtre. Je relate ici ses propos, de mémoire.

> *L'Académie pontificale rassemble des scientifiques de renom, dont certains lauréats du prix Nobel, tous chrétiens et désireux de réunir la science et la foi. Deux courants s'opposent au sein du Vatican depuis la Renaissance : l'un conservateur, attaché à la tradition et fidèle au dogme des Écritures saintes, et l'autre plus progressiste, ouvert à l'évolution et à l'innovation. Le premier prend au pied de la lettre les récits bibliques et refuse de se questionner sur l'évolution de la société. Pour eux, ce sont des faits établis. Le deuxième courant, plus ouvert à la science, a contribué à la création de l'Académie pontificale. Ce mouvement veut éliminer les superstitions, illuminer les recoins sombres de l'Église et favoriser un dialogue entre foi et compréhension de l'univers.*

Le père Talastiera se ralliait à cette approche. Je ne voulais pas être désagréable, mais je l'ai contredit : pour moi, croyance et raison sont aussi incompatibles que le feu et l'eau. Que Dieu s'occupe des âmes, la science, elle, de l'intelligence.

Talastiera n'a pas contre-argumenté et a poursuivi sa présentation. Il avait lui-même étudié les sciences avant d'entrer dans les ordres et de faire son chemin au Vatican. Il est actuellement le responsable de la veille scientifique au sein de l'Académie. Cette tâche herculéenne consiste à parcourir des milliers d'articles écrits par des chercheurs du monde entier. Heureusement, le service dispose d'ordinateurs de pointe qui leur simplifient la tâche.

Enfin, il est arrivé au cœur du sujet. Deux mois plus tôt, l'un de mes articles publiés dans la revue scientifique *Ethnology and Research* avait retenu son attention. En l'occurrence, ma mission chez les Indiens de la tribu Shipibo, une peuplade vivant dans une région de l'ouest du Pérou, aux portes de l'Amazonie. J'y décrivais les coutumes de cette population, mais le sujet central de mon étude était le rôle de la drogue hallucinogène Ayahuasca. Et j'en ai consommé. Sous la surveillance d'un *curandero*, un chaman shipibo. Le nom Ayahuasca est un terme générique issu de deux mots puissants. *Aya*, qui désigne l'âme ou l'esprit de l'ancêtre, et *huasca*, la liane ou le cordon. C'est donc le cordon de l'âme.

Le mot « drogue » n'est pas approprié. L'Ayahuasca, cette boisson sacrée, constitue une vision du monde, une pratique rituelle et un culte. C'est une conversation avec des divinités invisibles aux hommes et qu'ils nomment les Maninkaris. À mon sens, les visions sont provoquées par des interactions biochimiques semblables à celles d'autres substances hallucinogènes telles que le LSD ou les champignons mexicains.

J'ai demandé à Talastiera pourquoi mon article l'avait intéressé. Il m'a expliqué qu'un passage en particulier avait capté son attention.

Le serpent. L'omniprésence de la figure du serpent dans les visions chamaniques. De fait, le reptile, souvent un anaconda, incarne la plus puissante entité de ce culte. Il est à la fois Maninkari, mais aussi un intermédiaire entre le monde des hommes et celui de l'invisible. L'expérience du Serpent, qu'elle suscite de la frayeur ou de l'apaisement, constitue un passage crucial vers un niveau supérieur de perception.

J'ai vu moi aussi le dieu serpent et je le relate dans mon article. Un reptile vert, colossal, aussi grand qu'un gratte-ciel. Avec une particularité, il affichait une apparence féminine. Cette femme-serpent revient souvent dans les visions chamaniques. Plusieurs artistes shipibos l'ont d'ailleurs représentée sur des tableaux et des vases. Elle serait l'une des incarnations de la déesse mère universelle. On l'a surnommée « Pachamama », la mère suprême, celle qui donne la vie et régit le monde. Elle vit partout et nulle part. Les Indiens la désignent d'ailleurs comme : LA serpent. J'ai reproduit l'une des toiles dans l'article. Talastiera l'a vue et en a parlé à son ami de longue date, Frascatti.

À ce stade de notre entretien, je ne voyais pas le lien entre ma vision de la femme-serpent des Shipibos et l'œuvre de Michel-Ange. Devant mon incompréhension, Frascatti est intervenu et m'a alors montré une fresque de la chapelle Sixtine. *Le péché originel et l'expulsion du paradis terrestre d'Adam et Ève.*

L'œuvre se divise en deux parties. Sur la gauche, Adam et Ève, nus et innocents, savourent les délices du jardin d'Éden. Au centre, le serpent tentateur enroulé autour de l'arbre. À droite, le même couple, en larmes, expulsé du paradis. Un grand classique.

Frascatti m'a alors demandé : « Professeur, ne remarquez-vous pas un détail étrange ? Un détail nullement mentionné dans les saintes Écritures ? »

Je scrutais la photographie avec attention. J'avais quelques souvenirs de la Genèse ancrés dans ma mémoire. Adam et Ève vivaient heureux et insouciants dans le jardin d'Éden jusqu'au jour où Ève a désobéi à Dieu et croqué la pomme de l'arbre de la connaissance. Sous l'influence d'un serpent maléfique. S'était ensuivi un exil définitif sur terre, avec sa dure réalité. Le travail, le froid, la faim, la maladie et la mort. Et pareil pour leur progéniture, Caïn et Abel conçurent dans le péché et les humains crûrent et se multiplièrent. Ainsi, l'humanité vit le jour.

Depuis l'âge de raison, j'ai toujours trouvé cette histoire stupide et incohérente. Tant sur le plan philosophique que biologique. En quoi la connaissance devait-elle engendrer la ruine et le malheur ? Ève serait sortie de la côte d'Adam… Pourquoi la femme naîtrait-elle de la chair de l'homme alors qu'elle donne la vie ? Et sans compter l'inceste généralisé, censé avoir donné naissance à des milliards d'êtres humains…

J'allais abandonner et leur demander la réponse, un peu las de jouer aux devinettes, quand soudain un élément insolite m'est apparu. À mon expression ébahie, Frascatti et Talastiera ont échangé un regard approbateur.

C'était énorme, je l'avais sous les yeux.

Une anomalie stupéfiante. Hérétique.

11

Paris
Clinique Morpheus
De nos jours

Agathe se frottait les paupières, son mal de tête repartait de plus belle. Le Dr Aubert lui proposa une infusion qu'elle refusa. Toutes ces explications la troublaient.

— Si je comprends bien cette histoire d'ondes thêta et gamma, mon cerveau veut se connecter avec Dieu sans me demander la permission ?

— Disons qu'il passe en force pour basculer dans un état de conscience alterné. Comme dans une séance d'hypnose ou une méditation poussée.

Agathe le scruta avec scepticisme, elle n'avait aucune vision mystique depuis son accident. Ni Christ, ni vierge ou démon. Seulement un serpent.

— Je serais donc un poste radio défectueux qui diffuse des ondes divines, et ça me gâche mes nuits ?

— Oui, par effet de cascade votre cerveau ne régule plus le sommeil. Vos examens indiquent une sécrétion basse et chaotique de mélatonine. De vraies montagnes russes. C'est rare, mais j'ai déjà vu ça chez certaines patientes.

— La mélatonine... J'en ai pris, mais ça n'a pas marché.

— Vous connaissez son mécanisme ?

— Vaguement.

— La mélatonine ordonne au cerveau de s'endormir. Chez les personnes en bonne santé, cette hormone est sécrétée naturellement le soir, à la tombée de la nuit. L'absence de lumière active sa production qui à son tour coupe le courant dans les zones actives du cerveau. Au matin, c'est le contraire. La lumière excite la rétine qui envoie un signal inverse et bloque la sécrétion de mélatonine durant la journée. Or, dans votre cas, cette horloge biologique est complètement détraquée. Lumière ou non, votre cerveau n'en fait qu'à sa tête et sécrète la mélatonine à faible taux et selon une logique qui m'échappe. Il ne distingue plus le jour de la nuit.

— Et quelle serait la cause ?

— L'entretien avec votre patron a causé un stress énorme. Un classique. La moitié des cas d'insomnie que je traite résulte d'un stress ou d'angoisses. Sans compter l'addiction aux écrans, une catastrophe. Les portables, le meilleur ennemi du sommeil.

— Et les appels bizarres dont je vous ai parlé. Le serpent que j'ai vu sur la chaussée avant de tomber dans les pommes ?

Le Dr Aubert secoua la tête.

— Je n'ai jamais entendu parler d'insomnies provoquées par des coups de fil. Ou alors ce serait une première dans l'histoire de ma spécialité et je pourrais jouer les stars dans les congrès de neurologie. Pour le serpent, ne vous tracassez pas, les hallucinations sont plus fréquentes que l'on ne croit. L'IRM va nous éclairer. Les résultats ne vont pas tarder. Quelques minutes.

Agathe ne savait pas si elle devait garder espoir ou s'inquiéter. Un mélange des deux. Elle se pencha vers la sculpture du triangle avec son œil flamboyant.

— Mon ex fréquentait des sites conspis, selon lui c'était le symbole des Illuminati et des francs-maçons. Vous en faites partie ?

Le Dr Aubert sourit.

— Illuminati ? Non, pas vraiment. Cadeau d'un patient, sculpteur, Ravenne, guéri d'une insomnie chronique. Il s'agit d'un symbole chrétien, l'œil de la Providence, et devenu par la suite franc-maçon. Ravenne en fait d'ailleurs partie. En l'occurrence, cet œil symbolise le destin, la providence. C'est un message d'espoir. Les insomnies ne sont pas une fatalité.

— J'aimerais tant vous croire. Je veux juste dormir quelques heures de plus. Je n'ai pas besoin de beaucoup de sommeil.

Le médecin secoua la tête.

— Erreur fatale de notre société occidentale, obsédée par la performance. Le sommeil est considéré comme une perte de temps. Or, nous en avons tous besoin, au même titre que l'oxygène ou l'eau. Le sommeil, c'est notre fontaine de jouvence, la première source de régénération de notre corps. S'en passer, c'est mourir à petit feu.

— Vous exagérez pour justifier l'existence de votre clinique, non ?

— Pas du tout. Après quatre nuits blanches d'affilée votre cerveau disjoncte, il manifeste des signes de paranoïa, de schizophrénie ou de dépression. Votre corps se dérègle. Votre système immunitaire s'enflamme, les lymphocytes censés vous défendre contre des bactéries ou des virus changent de camp et vous attaquent sans pitié. Votre cœur s'affole, ses battements grimpent à une vitesse vertigineuse comme s'il était branché sur une prise de courant. Au bout de onze nuits, c'est la mort assurée.

Une discrète notification s'inscrivit sur l'écran. Le neurologue s'interrompit et tourna la tête vers l'écran.

— Enfin… L'IRM. On va en savoir plus sur vos nuits blanches. Voyons cela…

Au fur et à mesure qu'il parcourait l'écran, son visage se fermait. Agathe sentit son cœur s'accélérer.

— Vous avez trouvé ?

— Peut-être… Mais il faudra passer des examens plus poussés, je le crains.

— Expliquez-vous.

Il détourna son regard de l'écran pour la fixer. Agathe comprit aussitôt que quelque chose clochait.

— Une zone de votre cerveau présente une opacité anormale. Il pourrait s'agir d'un banal kyste, rien de grave. Mais qui perturberait le centre cérébral de régulation du sommeil. Je voudrais effectuer une biopsie pour m'en assurer.

— C'est-à-dire ?

— Il s'agit d'insérer une fine aiguille dans le crâne afin de récolter une infime partie de cet amas de cellules suspectes.

Agathe s'accrocha à son siège.

— C'est une plaisanterie ?

— Pas le moins du monde. La technique est éprouvée et se déroule sous anesthésie locale.

— Je ne suis pas venue ici pour me faire charcuter le cerveau.

Le médecin la regarda avec un sourire qui se voulait bienveillant.

— Je me suis mal exprimé. Vous ne pouvez pas refuser cet examen. Il en va de votre vie. Impossible de vous laisser dans la nature avec cette boule.

— Exprimez-vous clairement, docteur.

— Si ce n'est pas un kyste, alors c'est une… tumeur.

Agathe sentit ses lèvres s'assécher.

— Un cancer ?

— Je vous rassure. Rarissime dans cette zone cérébrale. Dans l'immense majorité des cas ce ne sont que des excroissances bénignes. Le risque de cancer est très faible, mais il vaut mieux s'en assurer.

Elle se tenait debout au bord d'une falaise. Et ce type en blouse blanche s'avançait vers elle, les deux mains en avant pour la faire basculer. En lui assurant que tout allait bien se passer.

— Je dois y aller, dit-elle d'une voix atone, j'ai besoin d'un peu de temps pour réfléchir. Votre plan gore avec l'aiguille dans le crâne, c'est obligatoire ?

— En principe oui, mais je demanderai l'avis de confrères oncologues. Peut-être pourront-ils donner un diagnostic plus précis avec l'IRM. Je vous appelle d'ici quelques jours. Par ailleurs, vous essaierez du Noctix 3000, un somnifère plus puissant prescrit uniquement en milieu hospitalier. Respectez scrupuleusement la dose. Et surtout ne conduisez pas.

— Je n'ai pas le permis.

— Même le vélo…

Il lui tendit une ordonnance et se leva. La consultation était terminée.

— Rassurez-vous, ici, nous apportons un soin particulier aux femmes carencées en mélatonine. Et le taux de guérison avoisine les trois quarts des patientes. Si, comme je le crois, ce kyste est à l'origine de tous vos soucis, il suffira d'une légère ablation et tout redeviendra comme avant.

— Je l'espère. Passer le reste de ma vie sous somnifères ne m'enthousiasme guère.

Ils sortirent du cabinet.

— Merci du temps que vous m'avez consacré. Vous êtes comme ça avec tous vos patients ?

— Non. Je vais vous confier un secret, j'adore me mesurer à mon ennemie. Ma bête noire. En l'occurrence, l'insomnie. Et quand je tombe sur des patientes récalcitrantes comme vous j'y vois un défi à relever. J'ai la chance d'exercer une spécialité médicale où l'on arpente plus souvent les sentiers de la guérison que ceux de la résignation.

Ils passèrent devant la photographie d'un étrange tableau. Une huile sur toile qui représentait une femme en robe rouge, les mains sur la poitrine. Elle avait trois visages et quatre immenses yeux, disproportionnés par rapport à la taille des visages. Agathe se pencha pour lire le nom de la toile.

— *Complicated Lady*… Un autre cadeau d'une patiente insomniaque ? demanda Agathe.

— Non, le tableau d'une artiste américaine des années 1960, Margaret Keane. Son mari la séquestrait dans leur maison pour qu'elle peigne et ensuite il s'attribuait son succès. Ce tableau m'a inspiré pour trouver un nom aux femmes divorcées de… leur sommeil.

— Les zombies ?

Le neurologue sourit en contemplant la toile, puis se tourna vers Agathe. Un voile énigmatique enveloppait son regard.

— Non. Les éveillées.

12

Journal de l'Œil soleil
Rome
Juillet 1990

Sous mes yeux. Au milieu de la fresque, sur l'arbre.

Le serpent était une femme.

Enlacé autour de l'arbre, l'être maléfique aux formes généreuses arborait une poitrine féminine. Je scrutais attentivement la toile. Cette créature avait des cheveux longs et bouclés, d'un blond éclatant, un visage délicat et, surtout, une poitrine bien dessinée. Aucune ambiguïté.

J'ai interrogé mes deux interlocuteurs : « Pourquoi Michel-Ange a-t-il représenté une femme sous les traits de ce personnage maléfique ? » Talastiera s'est épanché. La Bible n'a jamais fait mention d'un serpent à tête humaine, peu importe son sexe, bien que l'on trouve dans certaines œuvres chrétiennes des serpents femmes.

L'usage courant a associé, par la suite, Satan au serpent. Les rares théologiens interrogés ont émis deux hypothèses.

La première suggère l'influence d'un mouvement mystique juif médiéval. Dans cette tradition, le serpent symbolise Lilith, la première femme d'Adam, que Dieu a expulsée du jardin d'Éden avant l'arrivée d'Ève. Dieu l'a chassée parce qu'elle s'estimait supérieure à son mari.

Jalouse d'Ève, elle se serait métamorphosée en serpent pour la tenter. Ainsi, Lilith personnifie le mal dans sa manifestation féminine, tout comme Satan, son pendant masculin. Le problème, c'est que Michel-Ange n'était pas juif et n'a jamais témoigné d'intérêt pour la kabbale ou d'autres courants mystiques similaires au cours de sa vie.

La seconde théorie évoque une vieille secte chrétienne dissidente, les Ophiens. Ce terme dérive du mot grec *ophis*, qui signifie serpent. Ils croyaient que le serpent biblique représentait une bénédiction pour l'humanité, lui transmettant la connaissance et la capacité de distinguer entre le bien et le mal. Ce courant spirituel a disparu un bon siècle après sa création.

Frascatti est intervenu. Selon lui, cette seconde hypothèse se tenait. Une société secrète de la Renaissance aurait perpétué cet enseignement hérétique. L'Œil de Platon. Un groupe d'esprits libres, artistes, philosophes, prêtres ouverts, tous jouissant d'une position éminente, tous protégés par le puissant Laurent de Médicis, le seigneur de Florence, patrie de Michel-Ange. Ils vénéraient l'Antiquité et ses croyances, en particulier celles du philosophe Platon, et se désignaient comme des néoplatoniciens. Il y aurait eu des femmes, des aristocrates, parmi eux.

On sait de source établie que Michel-Ange les a fréquentés un temps avant de partir travailler à Rome sur la chapelle Sixtine. Et ce n'est pas la seule et unique fois qu'une œuvre d'art a représenté le serpent en femme. Un autre sculpteur, postérieur à la Renaissance, Pietro Bernini, a créé une œuvre intitulée *Adam et Ève, et le serpent à tête de femme*. Cette statue se trouve actuellement au musée du Louvre.

Frascatti a évoqué un incident étrange. Après la présentation de la fresque, le pape Jules s'était entretenu en privé avec l'artiste pour l'interroger sur ses choix. En particulier à propos du serpent à tête de femme. Des témoins relatent qu'il en est sorti fort troublé et n'a plus jamais évoqué le sujet.

Quand Frascatti a eu fini, il m'a demandé mon avis. J'ai joué la carte de la franchise. Le parallèle entre la femme-serpent de l'Ayahuasca et celle de Michel-Ange était indéniable, mais je ne voyais pas où il voulait en venir. Talastiera m'a interrogé alors pour savoir si les Shipibos avaient eu des contacts avec des missionnaires européens ou des conquistadors lors de la conquête de l'Amérique du Sud par les Espagnols. J'en doutais fortement. Ces Indiens ainsi que ceux d'autres tribus ne frayaient même pas avec les Incas qui régnaient alors au Pérou. Aux siècles suivants, au gré de l'expansion espagnole, les peuples autochtones fuyaient tout contact. Et leurs terres humides et sauvages n'intéressaient en rien les colons.

Frascatti n'a nullement paru surpris par mes remarques. Il s'était lui aussi documenté sur l'invasion des Espagnols au Pérou. Michel-Ange avait peint *Le péché originel* autour de 1510. La même année, l'armée du conquistador Francisco Pizarro envahissait l'Empire inca. Le contact s'avérait donc impossible. Dans un sens ou dans l'autre.

L'entretien se terminait provisoirement, Talastiera devait assister à une réunion à l'Académie pontificale, il nous retrouverait à la fin du dîner.

Frascatti m'a conduit à ma chambre. J'avais trois heures pour me reposer avant le dîner. Il en a profité pour m'offrir un beau livre relié sur Michel-Ange auquel il avait collaboré. Il repassera me chercher à 19 h 30 pour dîner. Et m'exposer enfin sa mystérieuse proposition.

19 heures

Ma chambre donne sur le Tibre et sur le centre de Rome. J'ai pris une douche bienfaisante et j'attends mes hôtes. Assis dans un fauteuil confortable devant la fenêtre, je regarde la nuit tomber sur la cité éternelle.

Rien que pour la vue, ce voyage vaut le détour. Rome scintille dans les ténèbres. Je feuillette l'ouvrage sur Michel-Ange et je tombe sur la fresque du péché originel. J'avoue que cette femme-serpent me trouble. Je remarque un autre détail qui ne m'avait pas sauté aux yeux la première fois.

Aucune pomme dans sa main.

La serpent tend son bras vers Ève et touche son doigt. Presque le même geste que celui de Dieu avec Adam. La position des doigts diffère, mais le geste reste le même. Rien de maléfique ou du moins rien qui symbolise une tentation. Frascatti m'avait expliqué que Michel-Ange se passionnait pour les détails. Rien n'était laissé au hasard et tout prenait un sens quand on savait interpréter correctement ses œuvres.

Quel pourrait être le lien entre ce serpent et celui du culte de l'Ayahuasca ? Une pure coïncidence. Ou fallait-il chercher l'explication dans un inconscient collectif selon Jung ? Dans toutes les religions du monde on retrouve des archétypes similaires, le serpent pourrait en faire partie, je n'ai jamais eu l'idée de chercher.

On peut aussi envisager une autre hypothèse sur la présence de cette créature à des milliers de kilomètres de distance. Michel-Ange avait ingurgité une substance hallucinogène. Et qui aurait provoqué des visions analogues. Pas l'Ayahuasca, c'était impossible, mais une autre substance.

Je m'aperçois que cette parenthèse romaine stimule à nouveau mes neurones.

Seule zone d'ombre au tableau, la présence du prêtre. Talastiera se montre plutôt ouvert et affable, mais quelque chose en lui me déplaît. Son regard est parfois fuyant et suspicieux. Comme si on l'avait contraint et forcé à nous rejoindre. Mais je dois me méfier de mes réactions, mon aversion à l'égard des curés et de l'Église parasite mon jugement.

Un autre détail me soucie. La présence de crucifix et de tableaux religieux un peu partout dans cette Fondation

Spina. Une présence discrète, mais réelle, bien que je n'aie vu ni curé, à part Talastiera, ni bonnes sœurs dans les parages. Même la photographie officielle du pape trône dans le hall d'entrée. Mais cette présence relève peut-être de la banalité dans un pays à la tradition catholique aussi ancrée.

J'ai rêvé pendant ma courte sieste. Je marchais sur un sentier herbeux, deux couleuvres jaunes me suivaient en parallèle, à l'arrière, leurs queues s'étendaient à l'infini, aussi longues que le chemin parcouru. Je n'avais pas peur.

Un avertissement du chaman shipibo me revint à l'esprit. *Une fois que La Serpent entre dans ta tête, elle y reste pour l'éternité. Elle dort le jour et s'éveille dans la nuit de tes songes.*

Minuit et des poussières

Je viens de rentrer de mon dîner avec Frascatti et Talastiera. Ce qu'ils m'ont proposé dépasse l'entendement.

Nous avons soupé dans un petit restaurant perché sur l'autre rive du Tibre, en plein cœur de l'ancien ghetto juif de Rome, tout près de la majestueuse synagogue. Le propriétaire de l'établissement, un ami de Frascatti, nous avait réservé une salle privée au premier étage. Après avoir dégusté une excellente *bistecca alla fiorentina* et des *carciofi alla giudia*, arrosés d'un remarquable bardolino, Frascatti a abordé ce qui lui tenait à cœur.

Le récit de mon expérience avec l'Ayahuasca l'avait enthousiasmé au plus haut point. En particulier, le rôle fondamental du serpent, gardien des mondes invisibles. Au début, le reptile sacré effraie le voyageur, puis il le guide pour trouver les réponses aux questions existentielles ou personnelles qui le taraudent. L'Ayahuasca n'est pas un truc de camé, c'est un voyage initiatique. Lors de mes séances avec le chaman shipibo, je voulais comprendre les croyances de ces tribus, là où la connaissance théorique ne suffisait pas.

J'ai jeté un coup d'œil à Talastiera, il n'avait pas bronché.

Frascatti, lui, était exalté. Il a mis cartes sur table.

Il voulait m'imiter ! Prendre de l'Ayahuasca, mais pour s'immerger dans le chef-d'œuvre de Michel-Ange. Voyager au cœur des fresques, s'y engloutir, fusionner avec les personnages, se fondre dans les couleurs.

Devenir Michel-Ange.

13

Paris
Clinique Morpheus
De nos jours

Le hall d'attente de la clinique était bondé, les trois rangées de sièges toutes occupées. Agathe aperçut de loin son père, assis au milieu des patients, et lui adressa un signe, mais il était en train de lire, la tête baissée.

Alors qu'elle se rapprochait, l'évidence lui sauta aux yeux. Excepté son père et une poignée d'autres hommes, la majorité des patients étaient des femmes. Jeunes ou plus âgées, elles affichaient toutes le même masque des invitées au grand carnaval de l'insomnie. Les yeux rougis et essoufflées, de sombres demi-lunes en guise de cernes, la fatigue en fond de teint. Toutes, des divorcées du sommeil.

Agathe se planta devant son père et s'efforça de dégainer son sourire le plus crédible.

— Ton bouquin semble passionnant.

Il sursauta légèrement et se leva en rangeant son livre dans sa parka.

— Alors ?

— Je vais te raconter, mais avant j'ai envie d'en griller une devant un bon café.

— C'est contre-indiqué dans ton état.

— Vu l'heure, le médecin m'a autorisée, mentit-elle avec aplomb.

Ils s'installèrent à la terrasse de la cafétéria de la clinique et elle lui fit le débrief de l'entretien avec le spécialiste. En omettant l'IRM et la présence du kyste. Son père l'écouta sans broncher, se contentant de hocher la tête, le visage tendu.

— Ne fais pas cette tête, papa, je n'ai pas un cancer, juste des insomnies.

— Je me fais du souci, c'est normal. Et pour la cause, il ne sait toujours pas ?

— Non, il continue d'investiguer. Et puis je vais essayer le nouveau somnifère. Si ça se trouve, c'était le stress au boulot. Rien de bien original. Sauf pour les coups de fil bizarres, mais il n'y croit pas une seconde.

Le professeur leva un sourcil.

— Quels coups de fil ?

— Je ne t'en ai pas parlé. Le jour de mon accident, j'ai reçu deux appels un peu flippants. Un type qui m'appelait et ensuite un son étrange, comme un sifflement. La première fois j'ai saigné du nez et la seconde je me suis évanouie.

Son père reposa sa tasse. Agathe crut déceler sur son visage une fugace inquiétude.

— Le type te racontait quoi ?

— Juste un nom, Zmiya. Du russe. Ça veut dire serpent. Un taré probablement.

Il ne répondit pas, le visage renfrogné. Il n'avait jamais eu un caractère commode et depuis la mort de sa mère ça ne s'était pas arrangé. Il passait son temps à regarder les chaînes d'info en continu et voyait le monde rempli de menaces.

— Et depuis tu n'as plus eu de messages de ce genre ? demanda-t-il avec insistance.

— Non. Heureusement.

— Tu as identifié ton interlocuteur ?

Il ne lâchait rien. Elle n'avait qu'une envie, c'était de rentrer chez elle sans se disputer.

— Le numéro était masqué. J'ai demandé à mon opérateur, mais ils ne pouvaient pas me renseigner. Ou alors, il fallait déposer plainte.

— Tu es en train de m'expliquer qu'un malade a récupéré ton numéro de téléphone. Tu as prévenu la police ?

— Pour leur dire qu'un type a prononcé le mot serpent et que je me suis évanouie ? Papa, c'est ridicule.

— Tu devrais changer de numéro.

— Impossible, je m'en sers aussi pour le boulot.

Paul Lantac haussa le ton.

— Tu es au courant du nombre d'agressions de jeunes femmes en France ? Tu veux qu'on te retrouve dans un terrain vague. Change de numéro, tu es irresponsable.

Leurs voisins de table tournèrent la tête dans leur direction. Agathe le regarda abasourdie.

— Euh... Faut se calmer. Je te remercie de te faire du souci pour moi, mais je sors de l'hosto. Et là je dois retourner travailler.

Son père changea d'expression.

— Pardon, ma puce, je n'aurais pas dû te parler de la sorte. Mais franchement, ce n'est rien de changer de numéro. Et ça me tranquilliserait.

— On verra, mentit-elle dans un faible sourire.

Il héla le serveur en levant la main.

— Je règle et j'appelle un taxi.

— Non, ce n'est pas la peine. Je peux y aller seule et je dois bosser.

*

Une demi-heure plus tard, après être passée dans une pharmacie récupérer sa boîte de Noctix 3000, Agathe arriva chez Kanso. C'était un cube de verre qui abritait la société et une dizaine de boîtes de la tech. Elle poussa la porte vitrée et pénétra dans le hall décoré d'immenses sculptures d'arêtes de sardines jaunes et roses. Elle n'avait qu'une envie, s'affaler sur le canapé de la salle de détente. Un doux rêve... Un triple café expresso à la machine ferait l'affaire. Plongée dans ses pensées, elle n'avait pas prêté attention à la jeune femme blonde engoncée dans une parka kaki qui était penchée sur son téléphone.

L'inconnue tourna la tête pour regarder Agathe disparaître au fond du hall. Puis elle fit demi-tour, ressortit, et traversa la rue pour se poster sur le trottoir opposé. L'inconnue resta immobile de longues minutes et finit par apercevoir la silhouette d'Agathe au quatrième étage du bocal.

Elle retira son téléphone de sa parka. Sur son poignet mis à nu se dessinait un petit tatouage noir, fin, représentant un serpent ondulant.

14

Paris
De nos jours

Agathe avala son deuxième expresso et songea à la montagne de travail qui l'attendait. Même avec l'IA elle en avait pour des heures. Elle posa sa boîte de Noctix 3000 sur la table et la contempla comme si elle avait trouvé le Graal.

Pourvu que ça marche.

— Bien dormi ?

La voix joyeuse de Charlotte la sortit de sa torpeur. La consultante du service contentieux, une grande perche au visage constellé de taches de rousseur, rayonnait de bonne humeur chaque jour de l'année. Agathe ne savait pas d'où elle tirait cette énergie.

— Très drôle.

— Houlà, c'est toujours pas la forme. Je vais te tirer une carte.

L'assistante se passionnait pour les oracles et les tarots depuis la naissance de son premier enfant, prédit par une voyante. Depuis, elle les collectionnait religieusement et tirait les cartes à tout le service. Elle sortit un étui de velours noir de sa veste et étala une vingtaine de cartes rouges au verso décoré de la tête d'une chouette blanche aux yeux démesurés. Agathe sourit, elle était poursuivie, et prit l'une d'entre elles entre les mains.

— L'oracle des Indiens hopis, commenta-t-elle. La dernière fois, c'était celui des Sorcières et tu m'avais prédit ma promotion. Belle performance...

— C'est juste une affaire de quelques mois, tu auras ta revanche. Tire une carte.

Agathe choisit une carte d'une main lasse et la retourna. Le dessin représentait un cheval qui galopait dans une plaine herbeuse à souhait. Sous le regard d'un chef indien.

— Le mustang fou, murmura Charlotte, intéressant...

— Je vais monter un haras à Issy-les-Moulineaux ?

— Crétine... C'est la carte de l'audace. Lis le livret d'explications.

Changez vos habitudes. Abandonnez toute méfiance.

Acceptez l'appel de l'inconnu. Affrontez vos peurs.

Au moment où Agathe finissait de lire les dernières lignes, son téléphone vibra à nouveau. Encore.

Numéro inconnu.

— Décroche, lâcha Charlotte, c'est un signe.

— Un signe de quoi ?

— L'appel de l'inconnu.

— *Bullshit*...

— Fais-moi plaisir.

Après quelques secondes d'hésitation, la curiosité fut trop forte. Agathe décrocha.

Une voix féminine, chaleureuse, résonna comme en écho.

— Je savais que tu prendrais mon appel.

— Euh... Vous êtes ?

— Virginia. Ton amie.

L'inconnue avait prononcé son prénom comme une évidence. Un petit accent nappait son phrasé mélodieux, subtil, mais Agathe n'arrivait pas à en identifier l'origine. Elle fronça les sourcils, aucune copine dans son entourage ne portait ce prénom. Elle racla une poignée de neurones dans sa mémoire, mais nulle Virginia n'apparut sous la croûte des souvenirs les plus récents. Ni au boulot ni en soirée chez des potes. Le prénom lui évoquait vaguement le titre d'une vieille chanson de Graeme Allwright que sa mère écoutait en boucle.

— Vous devez faire erreur. Désolée, je...

L'inconnue la coupa.

— Tu dois refuser leur cadeau.

— Pardon ?

— Écoute-moi attentivement. Ils vont te présenter ça comme un cadeau. Ne tombe pas dans leur piège. Tu ne sais pas à qui tu as affaire.

La voix devenait plus rapide, hachée, tendue. Elle poussa un soupir. La carte de l'oracle était mauvaise conseillère, quelle idée de céder à la curiosité.

— Je vais couper...

Charlotte secouait la tête, lui prit le téléphone et appuya sur la touche haut-parleur. Agathe lui lança un regard noir, mais se prêta au jeu.

— Virginia, je ne comprends rien, vous vous êtes trompée de numéro.

De longues secondes s'écoulèrent, comme si son interlocutrice s'était évaporée.

— Allô ? Vous êtes toujours là ?

Il y eut une sorte de soupir, puis la voix chuinta à nouveau.

— Tu es déjà éveillée et tu ne le sais pas. La morsure...

— Quoi ?

— Tu as été mordue et son venin coule dans ton sang. Dans ton cœur. Dans ton cerveau.

— OK, là, ça devient lourd. Je raccroche. Salut !

Elle coupa l'appel en secouant la tête, puis se tourna vers son amie.

— Charlotte, ne me refais plus le coup des cartes ! Répondez à l'appel de l'inconnu. Tu as filé mon numéro à l'une de tes copines ?

— Je te jure que non. Son histoire de morsure m'a filé la chair de poule. Trop excitant.

Le smartphone vibra à nouveau sur la table.

Numéro inconnu.

— Prends l'appel !

— Non.

Sans lui demander, Charlotte appuya pour décrocher, les yeux brillants de curiosité. Agathe, elle, contemplait le portable comme si c'était un serpent venimeux.

— C'est Virginia. Ton amie.

— Vous n'êtes pas mon amie ! Arrêtez ces conneries.

— Tu dois m'écouter, pour ton plus grand bien.

— Je vous donne dix secondes, après j'appelle la police et je dépose plainte pour harcèlement. Ils pourront identifier votre numéro.

— Les autres vont t'appeler, mais tu n'iras pas. Refuse la traversée.

Agathe écarta le téléphone de quelques centimètres.

— Virginia ou qui que vous soyez, ne m'appelez plus. Je vous ai prévenue.

— C'est moi qui te préviens...

Un petit rire, presque enfantin, retentit. Cette fois, ce fut sa mystérieuse interlocutrice qui raccrocha.

15

Journal de l'Œil soleil
Rome
Juillet 1990

J'observais Frascatti avec incrédulité. J'ai cru qu'il plaisantait, enivré par le bardolino, mais le visage fermé de Talastiera m'a détrompé. Il voulait prendre de l'Ayahuasca pour entrer dans la tête de Michel-Ange. Le rêve ultime d'un spécialiste de l'art. Tout le savoir et la raison ne pouvaient remplacer la perception de l'artiste. Comprendre et analyser une œuvre d'art, c'était comme voler autour d'un ouragan sans y pénétrer et disserter sur la force des vents.

S'introduire dans la tête de l'artiste, voilà le Graal absolu.

Il était persuadé que, pour le génie de la Sixtine, la femme-serpent apportait la connaissance. Elle aidait à franchir le seuil du monde invisible. Le véritable message de sa fresque du péché originel se trouvait là. Et cette créature immémoriale était la passeuse. Exactement comme la déesse serpent du Pérou. Il ne savait pas comment l'artiste avait connu ce secret, mais pour Frascatti, c'était une évidence.

Je restais muet, incrédule, fasciné.

Sa proposition consistait à organiser sous mon autorité des séances d'Ayahuasca, à Rome. Il avait tout planifié.

Je me suis alors tourné vers le prêtre pour qu'il dissuade son ami. À ma grande surprise, Talastiera approuvait le projet, mais avec une certaine réserve. Il exigeait une surveillance médicale et souhaitait y assister en observateur. Je lui en ai demandé la raison.

Il m'a répondu en choisissant ses mots avec soin. Après avoir abandonné la médecine pour entrer dans les ordres, il avait rédigé un mémoire au séminaire sur les extases des saints de l'Église. Il voulait disséquer une crise mystique en direct. Avec la technologie médicale de pointe, scanner du cerveau, contrôle de tous les paramètres biologiques, enregistrement vidéo du comportement. Il s'arrangerait pour que nous ayons accès à la Sixtine en toute sécurité et ensuite pour faire transporter Frascatti en ambulance dans un lieu médicalisé.

Sa hiérarchie en avait-elle connaissance ? Il a balayé la question, je ne devais pas m'en soucier. Sa réponse semblait trop évasive pour me rassurer.

J'ai alors essayé de raisonner Frascatti en le mettant en garde. L'Ayahuasca ne se prenait pas comme du LSD ou des champignons mexicains. Une séance nécessitait une préparation rigoureuse, avec un jeûne prolongé et des temps de méditation pour se purifier. En outre, des contre-indications sévères existaient. Un état dépressif ou une maladie mentale telle que la schizophrénie ou la paranoïa pouvaient entraîner des hallucinations dangereuses. Un bad trip puissance mille. Pour le décourager, j'ai même évoqué les vomissements après une séance mal conduite. Le ventre qui se recroqueville, les tripes qui brûlent, la purge des entrailles et du cerveau.

Frascatti est resté inflexible. Je lui ai proposé de partir au Pérou et de rencontrer un collègue de l'université de Lima qui m'avait mis en contact avec les Shipibos. Il a refusé.

Je veux être dans la tête de Michel-Ange. Ici, à Rome.

Je restais sceptique. Pas question de participer à cette histoire foireuse. Si par hasard Frascatti faisait un bad trip, je serais arrêté par les gardes suisses et jeté en pâture. Je voyais déjà les gros titres. Un ethnologue français arrêté pour trafic de drogue au Vatican. Je perdrais toute crédibilité et ma réputation.

Le dîner aurait pu en rester là, si Frascatti n'avait pas mis sur la table un ultime argument. Il savait, pour une raison inconnue, que mon département était sur le point de fermer. Il a donc sorti son argument massue. La Fondation Spina s'apprêtait à financer deux années de fonctionnement de mon service à travers une convention culturelle. Je recevrais en outre un défraiement personnel équivalent à six mois de salaire. La proposition me séduisait et m'ébranlait. Il sauvait mon département. Ma vie.

Je me sentais comme Faust face à Satan. Curieusement, la présence du prêtre ne me rassurait pas. Bien au contraire.

J'ai demandé une nuit de réflexion.

Avant de nous quitter et de me ramener à la fondation, il voulait savoir comment se procurer de l'Ayahuasca depuis le Pérou. Identifiée comme une drogue, elle était interdite en Italie. Je le rassurai. Je savais où je pouvais en trouver en Europe. Et c'était à moins de deux heures de vol de Rome. Chez ma sœur, à Majorque.

3 h 20

Les yeux grands ouverts, je tourne dans mon lit. Incapable de trouver le sommeil. Au milieu des draps chiffonnés, l'exemplaire du livre consacré à Michel-Ange, ouvert sur la représentation du péché originel. Le ventilateur tourne à pleines pales, mais il échoue à trancher l'épaisseur moite de l'air.

Ma raison hurle de ne pas accepter la proposition de l'Italien. Les pires scénarios se bousculent dans ma tête. J'imagine Frascatti finir à l'hôpital. Qu'avouer aux médecins ? Qu'il a bu de l'Ayahuasca, un puissant hallucinogène utilisé par les Indiens péruviens, pour jouer les Michel-Ange défoncés ? Je n'ai aucune confiance en ce Talastiera pour sauver ma peau en cas de pépin.

Mais la femme-serpent s'est réveillée. Je le sais, je le sens. Elle me tente. J'ai l'impression de revivre le rôle d'Ève.

4 h 50
J'accepte.

Paris.
11 h 15

Je sors du bureau du recteur. Ce crétin m'a félicité pour le nouveau partenariat conclu avec la Fondation Spina. La comptabilité a reçu la veille un virement d'un million de francs. Une première dans l'histoire de l'université. Non seulement mon département est sauvé, mais il compte médiatiser mes recherches. Je ne suis pas dupe, il veut se faire mousser. J'ai refusé catégoriquement. Du moins pour le moment. Il a masqué sa déception, mais je pouvais tout lui demander. J'ai obtenu l'autorisation de déléguer l'activité du département à mon adjoint et de passer deux semaines à Rome pour travailler dans les bureaux de la fondation. Il a accepté avec un grand sourire onctueux et dégoulinant. Je lui aurais demandé de coucher avec sa femme, il m'aurait donné les clés de leur appartement et préparé les draps. Le temps presse. Je dois maintenant m'occuper du plus important. Trouver l'Ayahuasca pour Frascatti.

16

Paris
De nos jours

Quand Agathe sortit de l'ascenseur, le hall était désert, les standardistes parties depuis une bonne heure. Elle passa son badge sur le portique de sécurité et aperçut le gardien en train de tapoter sur son portable. Elle lui adressa un rapide salut et émergea dans la rue.

Une pluie froide et fine nappait le trottoir qui bordait l'immeuble. Elle referma le col de sa parka et ouvrit son parapluie. Elle n'avait qu'une envie, rentrer chez elle et se réfugier dans son lit. Non, elle voulait vivre dans son lit. Son boss était venu la voir dans son bureau pour lui faire la morale. À coups de sentences spirituelles à deux balles balancées par l'IA. Il fallait qu'elle se ressaisisse. Il était navré et inquiet de la voir dans cet état. Et elle s'était aplatie, terrorisée à l'idée de perdre son job maintenant.

Elle marchait d'un pas vif et faillit bousculer un passant qui sortait d'une boulangerie.

Adrien Kanso avait osé lui faire le coup de la femme puissante.

Agathe, reprenez le contrôle de vous-même. Je peux vous conseiller de bons livres sur le sujet. Je veux des femmes puissantes dans mon équipe.

Des femmes puissantes mais payées avec un salaire faiblard.

Bien sûr qu'elle connaissait le sujet. Elle avait lu un livre là-dessus et écouté des podcasts. Des portraits d'exception. Simone Veil, Michelle Obama, Sarah Bernhardt, Simone de Beauvoir...

Elle était admirative, mais jamais elle ne ferait partie de cette race de femmes. Comme disait Charlotte, on naît brebis, louve ou panthère. Et Agathe entrait dans la première catégorie. Il fallait l'accepter.

Elle marcha d'un pas rapide. La bouche de métro n'était qu'à dix minutes à pied, mais le trajet lui parut une éternité. Il y avait aussi la folle du téléphone. Virginia. Heureusement, elle n'avait plus appelé depuis la matinée. La menace de déposer plainte avait dû la refroidir.

Elle dépassa une boutique de fringues et le vit.

Il était revenu. Le SDF chauve, costaud. Un croisement entre un soldat russe aviné et un boxeur défoncé. Il portait toujours son blouson craquelé et son jean noir de crasse. Assis au creux d'un porche, à l'abri de la pluie. Elle aurait dû changer de trottoir bien avant, mais c'était trop tard. Elle accéléra le pas, avec un peu de chance, il ne la reconnaîtrait pas, la station de métro n'était plus qu'à une trentaine de mètres.

— Salut la pute.

Elle passa devant lui, serra les poings dans sa parka et fit semblant de ne pas entendre.

— Tu suces ?

Agathe accéléra encore. Ça recommençait, elle croyait qu'elle s'en était débarrassée, que les flics l'avaient embarqué, mais non, il était revenu. Toutes les filles du bureau avaient subi ses remarques déplacées. Jamais elle n'avait eu la force de répliquer. Ce n'était pas dans sa nature. Le type lui faisait peur, c'était aussi simple que ça.

— Bonne soirée, la pute.

Elle s'engouffra dans la bouche de métro, une maigrelette colère teinta son humeur. Contre elle-même. Elle n'avait pas trouvé le courage de répliquer, comme avec son patron. C'était la double peine.

Arrivée sur le quai du métro, la colère avait disparu pour laisser place à l'abattement.

Elle jeta un coup d'œil autour d'elle. Il n'y avait que deux personnes sur le quai. Son regard se fixa sur un prêtre, assis un peu plus loin sur sa droite. Il avait des cheveux poivre et sel et une carrure plutôt étonnante pour un homme d'Église. Ce dernier croisa son regard quelques secondes, puis le détourna. Il portait son col blanc sous une chemise noire et une veste de tweed. Lui au moins n'allait pas la draguer lourdement ou l'insulter. Dommage, il était plutôt beau gosse. Le prêtre était plongé dans la lecture d'un épais livre de poche. Sûrement une bible. Elle marcha jusqu'au milieu du quai et s'assit à deux sièges d'une jeune femme, la tête compressée dans un énorme casque. Elle semblait chantonner en silence.

Agathe jeta un œil au panneau d'affichage du métro, encore cinq minutes avant l'arrivée en station. Une rame surgit sur la voie opposée, déposa un groupe de touristes chinois qui s'esclaffait. Elle les regarda s'éloigner vers la sortie. Le métro disparut, la station retomba dans le silence.

Agathe ruminait toujours. Elle tâta la boîte de Noctix 3000 dans sa poche.

Faites que ça marche, mon Dieu.

— Tu dors ?

Agathe tourna la tête sur sa gauche. Sa voisine lui adressait un sourire chaleureux, les mains dans les poches, et la contemplait avec le même sourire béat.

— Euh non.

L'inconnue se pencha vers elle. Instinctivement, Agathe recula sur son siège.

— As-tu conscience d'être endormie ? Comme tous les autres.

La jeune femme blonde émit un petit rire, son regard était punaisé sur le sien. Agathe sentit des picotements dans son dos.

Elle l'identifia. C'était la fille qui l'avait appelée.

Le numéro masqué.

Virginia.

Elle semblait camée.

— Si tu savais..., reprit la fille, je vois des merveilles.

Agathe se leva d'un bond comme si elle avait vu le diable.

— Écoutez, Virginia... C'est bien ça ? Vous vous êtes trompée, on ne se connaît pas. J'ai eu une journée merdique et...

La fille se leva à son tour, elle affichait un air bienveillant.

— Je suis venue pour te faire progresser.

— Comment avez-vous eu mon téléphone ?

— On s'en fout.

La jeune femme agrippa son poignet. Sa prise était forte. Agathe se sentait paralysée.

— Lâchez-moi ! balbutia-t-elle.

Elle voulait crier, mais c'était comme si ses cordes vocales trempaient dans un pot de mélasse.

Elle se dégagea et recula vers le quai.

Son sourire toujours aussi éclatant, l'inconnue sortit un couteau de sa poche et le pointa dans sa direction. La lame était plate, blanche et mate, comme ces couteaux de cuisine japonais en céramique qu'Agathe possédait dans sa cuisine. Le haut du poignet de la fille était tatoué. Un serpent noir sur une peau blafarde.

Sa main serrait solidement le manche de son couteau, sans trembler. Agathe ne savait pas si le plus terrifiant était la lame qui s'approchait de son ventre ou le sourire dément de l'inconnue. Elle eut soudain une pensée absurde, presque chaque jour les médias rapportaient des meurtres et des agressions au couteau. Elle fera peut-être l'ouverture de Google actus.

Celle qui se faisait appeler Virginia se rapprocha. Agathe pouvait presque sentir son haleine, tandis qu'elle passait son couteau sur la paume de sa main, comme si elle la caressait.

— Je vous en prie... Je ne vous ai rien fait, supplia Agathe.

La fille s'avança de quelques centimètres et chuchota.

— Zmiya.

III

Éveil

Les pensées négatives
sont les fleurs carnivores du jardin de notre âme.
Nous devrions les arracher jusqu'à la racine,
mais nous préférons les cultiver
avec l'obstination du fou.

Le chant de l'Œil soleil

Qui t'éveille ? Celui qui te parque
dans les verts pâturages
de la bienheureuse ignorance,
ou celui qui te montre
le sentier sec et ardu du libre arbitre ?

Le chant de l'Œil soleil

17

Majorque
Aéroport de Palma

Le ballet des avions restait discret. Ce n'était pas encore la pleine saison. Chaque année, dix millions de passagers débarquaient à Majorque pour profiter des plages et du soleil qui y prenait ses quartiers les trois quarts de l'année. Mais en février, c'était plutôt les basses eaux. À peine une centaine de vols.

Relié à l'une des passerelles du terminal C, l'Airbus A320 de la compagnie low cost n'avait pas encore chargé son flot de passagers à destination d'Orly. Les valises finissaient d'être acheminées par le tapis roulant accroché à la soute. Dans le cockpit, le jeune copilote jetait un œil maussade à la cargaison insolite posée sur un chariot élévateur.

— Tu savais qu'on embarquait un cercueil ? dit-il au pilote qui checkait les contrôles.

— Oui, et on se prend un retard d'au moins vingt minutes. Les douaniers procèdent à une inspection surprise du... colis.

— Je déteste piloter avec un cadavre dans la soute.

— Ce n'est que de la viande avariée, plaisanta-t-il, on ne risque rien.

En contrebas, le chariot élévateur venait d'arriver devant la partie inférieure du tapis roulant. Les employés de maintenance s'étaient écartés pour laisser passer deux douaniers et une femme élégante habillée en pantalon et veste noirs.

— Señora Nieves Almendra, m'autorisez-vous à procéder à une inspection ?

Le douanier se tenait devant le cercueil de bois grisé et laqué. Il venait de terminer la lecture de la liasse de documents remis par la femme brune aux cheveux épais et ramenés en arrière dans une queue de cheval.

— Les scellés ont été déposés par l'institut médico-légal, répondit la femme d'un air hautain.

— C'est la procédure, je dois vous demander l'autorisation.

— Et si je refuse ?

— C'est votre droit, mais j'appellerai la Guardia civil qui saisira alors un juge en urgence. Et le cercueil ne prendra pas ce vol pour Paris.

Nieves Almendra le fusilla du regard, puis hocha la tête en guise d'acceptation.

— Cet homme est-il votre mari ? demanda le douanier alors qu'il brisait les scellés.

L'un de ses collègues l'aida à ouvrir le couvercle avec précaution.

— Non, mon demi-frère, répondit-elle en détournant la tête.

Une senteur douceâtre et fleurie se répandit à l'ouverture du couvercle.

Un homme d'âge mûr gisait sur un velours violet. Le douanier eut un moment de surprise, le mort n'était pas habillé en costume comme le voulait la tradition, mais revêtu d'une tunique colorée, du cou jusqu'aux chevilles. Le tissu imprimé représentait des serpents de toutes les tailles, bleus, noirs et verts, aux écailles brillantes.

Ses deux mains reposaient sur son ventre. Le visage était cireux comme du plastique. Il n'osa pas se pencher.

— Curieux vêtement, commenta le douanier.

— La tenue rituelle d'un peuple d'Amazonie.

Le douanier prit un stylo et le passa sous le cadavre, puis il appuya sur le coussin en différents endroits. Un autre douanier arriva avec un chien qui jappait.

— Vous comptez lui faire renifler la dépouille de mon demi-frère ?

— Oui. Vous pouvez refuser, mais...

— C'est bon, je sais, le juge... Pourquoi autant de zèle ? Vous croyez vraiment que je vais faire de la contrebande avec son cadavre ? lança la femme agacée par le manège du douanier.

Le chien posa ses pattes avant sur le cercueil et enfouit sa tête à l'intérieur. Il farfouilla quelques secondes puis redescendit.

— Ne le prenez pas mal, le mois dernier nous avons découvert dans un cercueil analogue vingt kilos de cocaïne. La moitié dans le cercueil, la moitié dans le cadavre.

— Vous n'allez quand même pas regarder dans...

— Non. Ça devrait suffire. Je vois sur les papiers qu'il vivait sur l'île depuis plus de trente ans et qu'il avait la nationalité espagnole, pourquoi l'enterrer en France ?

— C'était son souhait le plus cher. Nous possédons un caveau familial à Paris depuis des lustres.

— On a tous besoin de racines, même quand elles se trouvent au cimetière. C'est bon pour moi, désolé pour l'inspection.

Il referma le couvercle avec précaution. Sur le tapis roulant, les dernières valises du vol montaient doucement vers la soute de l'Airbus A320. L'un des employés adressa un signe de tête à son collègue qui pilotait le chariot élévateur. Ce dernier leva le pouce et abaissa doucement le cercueil pour le déposer en bas du tapis, puis, son colis livré, il recula. L'embarquement n'était prévu que dans une demi-heure, mais la compagnie ne voulait pas que les passagers voient un cercueil embarquer dans l'avion qu'ils prenaient pour rentrer de vacances.

Le douanier en uniforme vert tendit une liasse de documents à la femme brune et apposa un sceau rouge sur l'une des charnières du cercueil.

— Quand vous arriverez à Orly, allez directement au poste de douane avant la sortie de la zone bagages et montrez-leur ces documents. Vous éviterez un nouveau contrôle. Je suppose que vous avez déjà prévu un transport pour l'emmener au cimetière ?

— Il sera conservé dans une morgue temporaire avant l'inhumation.

— Bon voyage, madame. Toutes mes condoléances. Vous devez repasser par la zone d'embarquement. L'un de mes collègues va vous accompagner.

— Je peux jeter un dernier regard ? Pour une ultime prière. Vous comprenez, l'avion...

— Bien sûr.

Nieves Almendra regarda monter le cercueil sur le tapis roulant puis disparaître dans les entrailles de la soute et baissa la tête. Si le douanier avait eu la curiosité de la regarder prier, il aurait vu un fin sourire se dessiner sur son visage. La femme brune fixait le cercueil avec un air énigmatique.

Un grondement de réacteur retentit, alors qu'elle s'éloignait vers la zone d'embarquement.

*

Au même moment, à mille cinq cents kilomètres de là, Benvenuto Frascatti venait d'atterrir à l'aéroport de Roissy. Il était sorti du terminal 2D et attendait dans un coin fumeurs, à côté d'un balayeur en pause. Les voyageurs allaient et venaient autour de lui, de toutes nationalités et de tous âges. Il avait toujours aimé l'ambiance aseptisée des aéroports. Une bulle hors du temps, tout fonctionnait parfaitement, sans insécurité, sans saleté, sans incivilité.

Il prit son téléphone et parcourut le dernier message du cardinal. Satisfait, il remit l'appareil dans sa poche et alluma un cigare Robusto Grand Cru Davidoff, le regard songeur.

Quand Mandatore l'avait convoqué la veille, il pressentait qu'il serait question du serpent. Un mois s'était écoulé depuis la mort de Talastiera. Il avait assisté à son enterrement en grande pompe au cimetière de San Miniato al Monte, à Florence, sa ville natale, dans le carré réservé aux prélats de haut rang, puis plus aucune nouvelle.

Le serpent était mort à son tour, et à sa grande surprise, le cardinal de fer lui avait demandé de se rendre à Paris pour les obsèques, au cimetière du Père-Lachaise.

Nieves, sa demi-sœur, assistera à l'enterrement. Négociez avec elle. Demandez-lui son prix. La nonciature de Paris vous donnera toutes les facilités. Je veux des résultats, notre Saint-Père me demande des comptes.

Il n'avait rien dit sur l'enquête au Mexique par les agents du GIR.

Il consulta sa montre, le chauffeur envoyé par la nonciature n'allait pas tarder. Il aspira une dernière bouffée et écrasa son cigare dans le réceptacle ensablé. Une Peugeot gris métallisé arriva à son niveau et s'arrêta. Le chauffeur, un homme en costume cravate sombre, en sortit pour saluer son passager.

— Bonjour, dottore, désolé pour le retard. Nous devrions arriver dans quarante-cinq minutes.

— Pas de souci.

Le chauffeur lui ouvrit la portière arrière, prit son bagage cabine et le déposa dans le coffre.

— Êtes-vous déjà venu à la nonciature apostolique de Paris ?

— Jamais. Je ne sais même pas où elle se trouve.

— Avenue du Président-Wilson dans le 16e arrondissement, non loin du palais de Tokyo, le musée d'Art moderne de Paris. Le nonce m'a dit que vous étiez le conservateur des musées du Vatican.

— En effet. Et pour le palais de Tokyo, pas de chance, je déteste l'art contemporain sous toutes ses formes.

La voiture démarra et arriva en moins de cinq minutes à la bretelle qui menait à l'autoroute A1. Frascatti observa quelques instants le paysage bétonné, puis se plongea dans son téléphone. Il ouvrit sa galerie photo et cliqua sur le fichier Sixtine. Il scrolla rapidement et finit par trouver la photographie qu'il cherchait.

La création d'Adam de Michel-Ange.

Dieu tendant son index vers le premier homme.

Et peut-être le dernier.

18

Paris
De nos jours

Un coup de vent frais s'était engouffré dans la station de métro, mais Agathe ne le sentit même pas. La folle la fixait, une expression béate plaquée sur le visage, comme si elle entrait en transe. Agathe voulut crier, mais aucun son ne sortait de sa gorge. Elle sentit son ventre se tordre d'angoisse. Ce n'était pas le couteau qui la terrifiait, mais le nom que cette femme avait prononcé.

— Zmiya. Tu as très bien entendu.

— Qu'est-ce que ça veut dire ?

Agathe tourna la tête de droite à gauche pour chercher de l'aide, le bord du quai se trouvait juste derrière elle. Quelques pas en arrière auraient suffi pour qu'elle chute sur les rails.

— Le serpent... il te transforme. Accepte son invitation.

Une onde de peur secoua Agathe. Sa vue se troubla d'un coup, comme si la station de métro plongeait dans la pénombre. Elle vit distinctement un cobra vert ramper à ses pieds puis se dresser devant elle. Il disparut comme par enchantement, puis les lumières se rallumèrent.

Virginia lui faisait toujours face.

Cette dingue était la responsable de ses insomnies, de sa déchéance.

Elle ne recula plus. Elle ne reculerait plus.

Soudain une voix d'homme retentit.

— Arrêtez !

Le prêtre courait vers les deux femmes.

Virginia détourna le regard et son visage se métamorphosa. Une expression de dégoût la défigura à la vue de l'homme d'Église.

— Un bâtard de curé...

Elle hésita quelques secondes, puis remit le couteau dans sa poche.

— On se reverra.

La jeune femme tourna les talons et s'enfuit pour disparaître dans un escalier qui menait à une autre correspondance. Le prêtre arriva pour soutenir Agathe qui vacillait sur elle-même, mais elle refusa sa main.

— Elle voulait de l'argent ? demanda le prêtre sur un ton inquiet.

— Non. C'était incohérent.

Le prêtre regarda l'escalier dans lequel la femme s'était engouffrée.

— Quelle misère ! Pauvreté et folie marchent ensemble. Voulez-vous que je vous accompagne au guichet de la RATP pour alerter la sécurité ? La station se trouve sous surveillance, ils pourront peut-être la retrouver...

— Non... Ça ira, dit Agathe en se relevant, je vais rentrer. Je déposerai plainte au commissariat à côté de chez moi.

Un grondement surgit du tunnel. Une rame arriva, la conductrice tournait la tête dans leur direction. Le cœur d'Agathe battait toujours comme un tambour quand la rame s'arrêta devant eux. Ils montèrent et s'assirent l'un en face de l'autre. Il la regardait avec bienveillance pendant qu'elle reprenait son souffle.

— J'ai entendu les dernières paroles de cette femme. Vous êtes sûre de ne pas la connaître ?

— Tout à fait. Une dingue. Encore merci pour votre intervention, je ne suis pas catholique. Navrée de ne pas vous appeler mon père.

— Croyante ?

Agathe fixait le prêtre. Son regard respirait le calme. Elle était partagée entre l'envie de se murer dans sa bulle et celle de se confier à cet inconnu. Ce n'était pas tant sa condition de prêtre qui l'inspirait, elle n'avait jamais eu d'atomes crochus avec la religion catholique, mais plutôt son expression de calme et de force.

— Pas en un dieu barbu. Plutôt une énergie, une force universelle. Mais en ce moment elle prendrait la forme d'un ventilateur à purin. Et je ne trouve pas le bouton d'arrêt.

— Dieu nous impose souvent des épreuves et nous n'en comprenons le sens que bien plus tard. Quel est votre prénom, sans indiscrétion ?

— Agathe et vous ?

— Nikolas, père Nikolas. J'officie à l'église Notre-Dame-du-Perpétuel-Secours.

— C'est de circonstance... Pour tout vous avouer, j'ai passé une fin de journée vraiment désastreuse au bureau. L'univers, ou Dieu, ne m'a pas à la bonne aujourd'hui. Et même depuis un mois. J'accumule les emmerdements à un point que vous ne pouvez pas imaginer.

Le prêtre hocha la tête et restait silencieux.

— Et là je suppose que vous allez me faire un sermon pour me rapprocher de Jésus et de la Sainte Vierge. Même pas en rêve.

L'homme éclata d'un rire chaud et communicatif.

— Je déteste le prosélytisme et je ne suis pas en service...

Agathe semblait presque déçue. Il avait vraiment une bonne tête avec ses yeux sombres et sa mâchoire bien dessinée. Un éclair de seconde elle s'imagina l'homme plutôt que le curé. Elle jeta un œil à la station qu'ils venaient de quitter.

— Vous êtes un curieux prêtre.

Le père Nikolas avait repris son air bienveillant.

— Nous ne sommes pas tous des vieux bonshommes racornis. Vous devriez venir nous voir.

— Vos paroissiennes ont bien de la chance... Je sors à la prochaine. Ravie de vous avoir rencontré. Vous me donnez envie d'aller à l'église.

Il lui tendit la main pour la serrer. Elle accepta, sa poigne se révéla chaude et ferme.

— Allez déjà voir la police, c'est plus urgent. Les voies du Seigneur sont impénétrables, nos chemins se croiseront peut-être à nouveau.

— J'en doute, j'irai mettre un billet dans le tronc de l'église à côté de chez moi.

— Grâce à moi vous remettrez les pieds dans la demeure de Dieu. Ma journée s'est avérée fructueuse.

— Juste pour régler ma dette, mon père. Ça s'arrête là.

Au moment où elle sortait de la rame, Agathe se tourna vers le prêtre.

— Père Nikolas, si vous pouviez adresser une petite prière à votre Dieu, je vous en serais reconnaissante.

— Je n'y manquerai pas, Agathe.

Elle s'éloigna sur le quai, le visage soucieux. Tôt ou tard, la folle la retrouverait. Elle devait prévenir la police.

Zmiya.

Virginia avait prononcé ce maudit nom et elle était au courant pour son accident. Tout ce qui lui était arrivé avait peut-être un sens.

Agathe aurait dû être apeurée, mais c'était le contraire. La colère n'avait pas disparu. Un démon qui s'était juste tapi dans un coin de sa tête. Prêt à jaillir. Et curieusement ce démon lui faisait du bien.

19

Journal de l'Œil soleil
Île de Majorque.
Juillet 1990

Nieves est plus que ma demi-sœur. Elle est une âme sœur. Ma mère. Ma confidente. Elle m'a toujours donné la force. Elle m'a encouragé à réaliser mon rêve d'Amérique du Sud avec mes études d'ethnologie alors que nos parents me voyaient ingénieur ou haut fonctionnaire.

Je passe quatre jours dans sa magnifique maison bohème, nichée sur le surplomb d'une falaise, face à l'immensité de la Méditerranée. Un havre de paix et de beauté hors du temps et de l'agitation des hommes. En plein cœur de la Tramuntana, un massif montagneux et sauvage qui borde la côte nord de l'île. Loin des plages bondées. Une finca, une maison ancienne, vaste, noyée dans un jardin quasi tropical. Héritée de son père majorquin et qu'elle a réaménagée avec goût. Le matin, je prends mon café avec en contrebas des criques rocheuses sublimes. Bleu nacré ou vert émeraude selon l'heure de la journée, mais toujours désertes. Vierges pour l'éternité.

Les promoteurs immobiliers ne pourront jamais les souiller de leur béton comme ils l'ont fait de l'autre côté de l'île. L'UNESCO a classé toute la région au patrimoine historique de l'humanité. Nieves se débrouille bien, sa réussite m'impressionne. Elle compte maintenant parmi sa clientèle des personnes aisées, des résidents et des étrangers, qui pratiquent le yoga, la méditation, la diète détoxifiante, le réveil énergétique. Je ne crois pas un seul instant à l'efficacité de ces thérapies alternatives, mais je dois admettre que ses patients en ressortent ravis. Sûrement l'effet placebo. Le bouche-à-oreille au fil des ans a suffi. La maison se trouve juste à côté du charmant village de Deia, qui voit passer une partie de la jet set internationale depuis des décennies. Mannequins, rock stars, artistes, femmes et hommes d'affaires inconnus du grand public mais gorgés de millions. Tous se retrouvent sur les hauteurs des collines avoisinantes dans des maisons louées ou achetées à prix d'or. Nieves a placardé dans sa chambre des photos d'elle en compagnie de célébrités. Sur l'une, Mick Jagger et David Bowie l'enserrent avec voracité, sur une autre, elle prend un cocktail à côté de Michael Douglas, qui possède une gigantesque villa dans les parages.

Grâce aux rentrées d'argent désormais régulières, Nieves compte augmenter la capacité d'accueil de son centre et l'ouvrir à une clientèle moins fortunée, avec des tarifs plus doux. *Le riche doit manifester la même générosité envers le pauvre que le soleil envers la terre. C'est une loi fondamentale de la nature*. Elle me fait rire, je l'adore.

Elle organise aussi des séances d'Ayahuasca, pour une clientèle sélectionnée, toujours en la présence de chamans péruviens. Deux fois par an, aux équinoxes de printemps et d'automne, quand le jour et la nuit s'équilibrent parfaitement. Au début, elle faisait venir l'Ayahuasca du Pérou, mais après un incident à la douane de l'aéroport de Palma, elle a décidé de cultiver sous serre les deux plantes composant le breuvage.

Je lui ai expliqué la nature de mon voyage à Rome. Elle s'est enthousiasmée. *Estupendo*[1]. Organiser un trip sous Ayahuasca pour traquer les secrets de Michel-Ange par-delà les siècles, voilà une idée de génie. Se mettre dans la tête d'un artiste avec l'esprit du Yagé, l'autre nom de

1. Stupéfiant.

l'Ayahuasca, elle n'y avait jamais pensé. J'ai aperçu une curieuse lueur dans ses yeux. Je sens qu'elle va tenter l'expérience elle aussi, sur l'île. Vu le nombre d'artistes qu'elle côtoie, elle peut tout imaginer…

En revanche, elle se méfie elle aussi de la présence du prêtre. Comme moi, elle ne les porte pas dans son cœur. Mais pour d'autres raisons. Dans son activité de thérapies alternatives elle se passionne depuis longtemps pour le monde des sorcières. Pas les figures maléfiques des contes de fées, mais celles qui communient avec la nature et détiennent, selon elle, depuis des millénaires la science des onguents et des potions. Elle avait mené des recherches sur notre famille et retrouvé une sorcière dans notre arbre généalogique. Je trouve que c'est une *gentille* sorcière.

23 h 30

J'ai vécu un moment prodigieux, hors du temps. Une ravissante musicienne d'origine ukrainienne a donné un concert de gongs, sous les étoiles. Quand je levais les yeux au ciel, la Voie lactée semblait m'aspirer. Sensation magique de ne pas exister et de faire partie d'un tout. Les ondes des gongs me submergeaient comme si je m'y baignais.

Valeria est une amie de Nieves. Elle passe un mois en résidence dans sa villa et travaille sur le pouvoir énergétique des gongs. Selon elle, tout instrument de musique émet des vibrations sur une certaine fréquence, qui agissent à leur tour sur des zones de notre cerveau. Chaque musique possède une fréquence spécifique et active des zones cérébrales précises. Elle nous a expliqué que les travaux scientifiques restent encore balbutiants. Les Russes mènent la danse : ils ont identifié que les pièces de musique classique de type *adagio* mettent le cerveau en ondes thêta, celles émises par les yogis en phase de méditation. J'avais remarqué, pendant ma mission à Salvador de Bahia sur les rites candomblé, que les tambours omniprésents favorisaient l'état de transe.

Valeria nous a appris qu'un gong émettait sur une échelle de fréquence allant de 300 à 3 500 Hz, mais pour provoquer un état méditatif il fallait jouer à 430 Hz. Un art subtil. Selon elle, nous n'en étions qu'au début sur le chemin des pouvoirs énergétiques de la musique et des sons. Un jour, peut-être, on pourrait guérir de maladies grâce aux sons. Je me montrais sceptique. Je ne nie pas les pouvoirs relaxants de la musique, mais je ne crois pas une seule seconde qu'un cancer puisse être guéri avec un solo de guitare ou un concerto de Mozart. Des sectes font leur miel de ce genre de théories incongrues. Je n'ai rien dit par politesse.

Nieves a remarqué que j'étais tombé sous le charme de la musicienne.

Après le concert, je suis resté seul avec Valeria. Elle m'a avoué qu'elle venait de quitter son compagnon au terme d'une liaison toxique et profitait du séjour pour reprendre des forces. Nous avons longuement discuté. Elle m'a raconté son parcours incroyable. Née à Kiev, elle a étudié au Conservatoire de Moscou pour devenir violoniste. Mais elle a été contrainte de quitter le pays juste avant la chute de l'Union soviétique après avoir été violée par un apparatchik haut placé. Elle aurait pu devenir une femme dure et pourtant sa douceur et sa résilience m'enchantent.

Nous avons fini la nuit ensemble. Ce fut tendre, sensuel et merveilleux.

4 h 40

Cette nuit, je me suis réveillé en sursaut. Un rêve. La femme-serpent est revenue. Sa langue de vipère sortait de ses lèvres dans un mouvement de succion obscène. Puis elle s'est baissée, est rentrée sous la couverture et elle est remontée entre mes jambes. J'étais paralysé, je voyais son corps tendre le drap vers le haut. Je n'osais regarder, tremblant de peur. Je n'étais pas dans ma chambre d'hôtel, mais dans une église.

Des moines entouraient le lit et psalmodiaient des chants étranges.

Au plafond, des myriades de serpents lumineux glissaient sur la voûte. Et puis le drap s'est soulevé au niveau de ma poitrine, le visage de la femme-serpent est apparu. Elle était devenue blonde avec un visage angélique de madone. Comme celles représentées par le peintre Botticelli. Elle souriait et s'approchait de mon visage, ses lèvres étaient pulpeuses, ses yeux brillaient de désir, ses seins étaient fermes et doux contre ma poitrine, pourtant je sentais son corps de serpent à partir de son buste.

Elle ouvrait la bouche et me parlait en italien, je ne comprenais pas ses paroles. Je levais la tête vers le plafond, les serpents avaient disparu, remplacés par des myriades d'étoiles plantées dans un ciel noir d'encre.

Valeria m'a réveillé et m'a apaisé. Nous avons refait l'amour.

14 heures

À l'ombre d'un figuier embaumant, je dévore le livre sur Michel-Ange. L'anatomie le passionnait. Il avait disséqué un nombre incalculable de cadavres pour mieux approcher la perfection dans ses œuvres. Son *David* exposé à Florence en est un parfait exemple. Il peignait parfois des détails anatomiques précis sur ses fresques, que personne ne pouvait comprendre. À la Sixtine, sur le panneau du déluge, on voit une femme à la poitrine dénudée avec le sein droit déformé, typique de ce l'on appellera plus tard un cancer. Cet homme avait un génie qui dépassait largement ses contemporains. Un Léonard de Vinci en beaucoup plus tourmenté.

J'ai reçu un appel en urgence de Frascatti. La chambre de l'hôpital Gemelli au Vatican qui devait l'accueillir après la prise d'Ayahuasca s'avère indisponible. Talastiera a trouvé un autre établissement en urgence. L'Ospedale San Giovanni Calibita Fatebenefratelli situé sur l'île Tibérine et qui dépend de l'Église catholique. La chambre se libère pour deux jours seulement, à partir de demain. C'est le seul créneau possible ou alors l'expérience doit être reculée d'un bon mois, car les hôpitaux sont surchargés en raison d'une canicule subite. Talastiera exige que son ami passe un scanner après chaque prise d'Ayahuasca, il se méfie des effets secondaires.

C'est non négociable. Le médecin-chef de l'hôpital a été mis dans la confidence.

À mon grand regret, je dois avancer mon départ. J'ai prévenu Valeria. Je ressens quelque chose de fort pour elle. Pour la première fois, depuis très longtemps, mon cœur bat à nouveau pour une femme. J'ai eu la tentation d'annuler mon voyage à Rome pour rester avec elle et profiter des merveilles de l'île. Je me suis ressaisi, mais j'ai promis que je reviendrais vite.

Le secrétariat de la Fondation Spina m'a trouvé un vol pour Rome via Barcelone, qui se trouve à seulement quarante minutes de Palma. Heureusement, Nieves avait préparé l'Ayahuasca dès mon arrivée sur l'île. Elle a d'abord fait bouillir et mélangé les deux plantes essentielles. Pour la première, des feuilles de chacruna, en langue quechua, ou encore *Psychotria viridis*, c'est celle qui contient la substance hallucinogène. La seconde est une liane coupée en morceaux, la *Banisteriopsis caapi*, « l'âme sœur » de la première. Elle neutralise un enzyme produit par l'estomac et qui empêche l'hallucinogène de se diffuser dans le sang et ensuite d'atteindre le cerveau. Nieves laisse macérer la mixture un jour entier, puis à l'issue de décoctions successives obtient une pâte qui ressemblerait à du miel ou à de la confiture ambrée. À Rome, je n'aurai qu'à y incorporer de l'eau chaude pour la rendre active. Valeria m'a révélé qu'elle en avait pris pendant son séjour. La femme-serpent lui a dit qu'elle rencontrerait un homme sur cette île. Et qu'il transformerait sa vie à jamais.

12 h 30

L'avion survole les côtes tourmentées de la Tramuntana. Nieves et Valeria m'ont conduit à l'aéroport. Avec Valeria nous avons échangé un long baiser. Pas celui d'un adieu.

J'avais peur de me faire arrêter à la douane avec mon pot de miel majorquin, en fait rempli de pâte d'Ayahuasca. Nieves a éclaté de rire, aussi lumineuse et généreuse qu'un soleil d'été.

N'aie crainte. La mère serpent te protège. Ses desseins t'apparaîtront plus tard.

Je ne crois pas une seconde à ces foutaises, mais ça part d'un bon sentiment. J'espère que les douaniers italiens seront aussi aveugles que leurs homologues espagnols. Pas vraiment envie de terminer le voyage dans une prison romaine. Je ne quitte pas le paradis pour me rendre en enfer.

20

Issy-les-Moulineaux
De nos jours

Agathe sortit du commissariat, irritée. Par réflexe elle balaya la rue du regard pour voir si la folle du métro n'allait pas surgir de nulle part. Le policier de permanence avait enregistré sa plainte avec un air lugubre et désabusé, ne lui laissant aucun espoir sur d'éventuelles investigations. Elle avait sûrement été victime d'une camée, une agression d'une banalité affligeante à Paris. Aucune enquête n'était possible à ce stade. Si elle voulait identifier la fille, elle devait s'adresser au commissariat de l'arrondissement de la station.

Quand elle avait expliqué que son agresseuse possédait son numéro de téléphone, le flic avait précisé qu'il portait l'information au dossier.

Agathe longeait les devantures de magasins qui tiraient leurs rideaux les uns après les autres. Elle passa dans un supermarché pour faire quelques courses histoire de se remonter le moral. Une bouteille de cava, quatre fois moins cher qu'un champagne. Pendant qu'elle faisait ses emplettes, le visage de Virginia ne cessait de tourner dans sa tête.

Zmiya.

Elle se souvint d'un détail. Un serpent tatoué sur l'un des poignets de la fille. Quand elle régla ses achats à la caisse, elle se promit d'aller au commissariat parisien du

14e pour les prévenir. Elle ne pouvait pas se permettre de laisser cette folle en liberté. Il n'y aurait pas de curé envoyé par la providence pour la sauver une nouvelle fois.

Son téléphone vibra.

Un numéro qui commençait par le préfixe 34.

L'écran indiquait un numéro espagnol.

Elle hésita quelques secondes. Et si Virginia l'appelait avec un autre téléphone ? Le numéro identifié la localisera. Elle devait prendre son courage à deux mains. Elle s'arrêta devant un magasin de bande dessinée dont la vitrine était remplie d'albums aux couvertures bariolées. Wonder Woman lui fit un clin d'œil alors qu'elle décrochait.

— Vous êtes bien Mme Agathe Lantac ?

La voix qui résonnait dans le téléphone était celle d'une femme, avec un accent espagnol. Ce n'était pas Virginia. Agathe poussa un soupir de soulagement teinté de déception.

— Oui… C'est à quel sujet ?

— Je suis l'assistante de maître Matteo Delgado, notaire à Majorque. Nous vous avons envoyé un courrier la semaine dernière, mais vous ne nous avez pas contactés.

— Quel courrier ? Je ne comprends pas.

— Celui que nous vous avons envoyé au 4, passage du Guesclin, à Issy-les-Moulineaux.

— Je n'ai rien reçu, je m'en souviendrais.

Il y eut quelques secondes de silence, puis la voix reprit, hésitante.

— En ce cas je n'ai pas l'autorisation de vous répondre. Seul maître Delgado est habilité à le faire. Si vous retrouvez la lettre, contactez-nous. Le temps presse. Bonne soirée.

L'Espagnole avait raccroché avant même qu'elle ne puisse répondre.

Qu'est-ce que c'est que cette histoire de courrier espagnol ?

Quand elle arriva à son appartement, Agathe déposa ses courses dans la cuisine et fila dans le salon.

Elle fouilla sur le bureau, dans la pile où elle stockait les lettres et les factures empilées. Elle se connaissait, elle consultait rarement son courrier. La plupart du temps, c'étaient des duplicatas de factures ou de lettres administratives déjà envoyées par mail. Elle vidait sa boîte aux lettres de temps à autre et entassait ses courriers sans les ouvrir. Elle trouva enfin le courrier coincé dans la pile, sans en-tête, banale enveloppe blanche avec un cachet de la poste espagnole à moitié effacé.

Crétine.

Elle l'emporta et s'assit sur le canapé devant la fenêtre. Avant de lire la lettre, elle prit le temps de souffler un peu. Tout était allé trop vite. Pour la première fois de sa vie, elle avait été menacée de mort. C'était une curieuse sensation, mélange de peur et d'excitation. Accompagnée d'une pulsion de violence. Elle se surprenait elle-même de sa réaction. Jamais elle n'aurait cru que la colère se déclencherait sous le coup de la peur. C'était quand la fille avait prononcé le mot *Zmiya*. En un éclair, une autre Agathe, inconnue, s'était réveillée et avait pris possession de son être.

La colère s'était évanouie avec l'irruption du prêtre, mais cette pulsion soudaine lui avait fait du bien. L'avait rendue vivante. Le foyer de l'excitation ne s'était pas totalement éteint. Une infime lueur dans le tunnel. Infime, mais bien réelle.

Son portable clignotait de messages envoyés par ses copines. Elle ne voulait pas répondre.

Elle contempla son petit salon éclairé par une lampe cylindrique Kartell en Plexiglas, posée dans un coin de la pièce. Elle réalisa que la décoration était à son image. Sage et ordonnée. Des murs blancs, une petite bibliothèque Ikea, des bibelots, des photos de voyage, sans ses ex. Une grande reproduction en noir et blanc de Doisneau. *Le baiser*. Quelle originalité ! Une table, quatre chaises, un canapé. Tous fonctionnels, standardisés. Un appartement parfait pour un séjour Airbnb. La seule touche personnelle se limitait à une affiche représentant une belle jeune femme à la longue chevelure brune et folle, qui dansait devant une pyramide. Le mot « Destino », en lettres stylisées noires, se détachait sur un fond bleu nuit. Un dessin animé, surréaliste à souhait, projet avorté de Salvador Dali et Walt Disney[1]. Agathe était envoûtée par cette œuvre étrange, aussi douce et éphémère qu'une brise de printemps, aux images sublimes, bercées par les accords entêtants d'une vieille mélodie mexicaine, *Destino*, interprétée en anglais. L'histoire d'une mortelle qui tombait amoureuse du dieu Chronos au milieu d'un décor cher au peintre catalan, des montres molles, des coquilles géantes et des statues de titans mélancoliques. Le destin... D'années en années, le sien s'éloignait vers un horizon aux lignes de fuite indicibles. Pas d'enfants, des amours en pointillé, des joies paisibles et des peines couleur pastel. Une vie trop sage. Pas grise, juste sans relief. Une vie papier buvard qui absorbait l'encre de ses espérances. Et elle sentait que ses insomnies cruelles déchiraient, morceau par morceau, le parchemin de sa vie.

Elle connecta son portable à l'enceinte posée sur la bibliothèque et choisit, dans sa playlist, Dora Luz. Une voix douce et soyeuse monta dans la nuit : « *Now I can smile and say Destino, My heart was sad and lonely, In knowing that you only, Could bring my love to me, Destino...* » Un effluve suranné, ingénu, presque niais, s'exhalait de ces paroles. Elle s'en moquait. Ce parfum suave et sucré ravissait son âme.

La chanson terminée, elle resta quelques secondes silencieuse, puis elle prit l'enveloppe et la déchira.

La lettre portait l'en-tête d'un notaire espagnol, avec une adresse à Palma de Majorque. Le texte était bref et rédigé en français.

Chère Madame Lantac,

Dans le cadre de la succession HK49, nous vous prions de joindre le plus tôt possible Maître Matteo Delgado à son étude. Merci de spécifier à son assistante le numéro

1. Achevé par des artistes français, un demi-siècle plus tard, sous la houlette de Dominique Monféry.

du dossier de la succession. Les collaborateurs de notre cabinet parlent français.

Veuillez recevoir l'assurance de nos sentiments les meilleurs.

Elle reposa la lettre, songeuse. Avant de les appeler, elle voulait avoir son père au téléphone. En espérant qu'il n'était pas encore endormi. À son grand soulagement, il décrocha.

— Bonjour papa, tu vas bien ?

— Oui, un problème ?

— Non. J'ai reçu un courrier bizarre d'un notaire espagnol. À Palma. On a de la famille là-bas ?

Un silence s'installa, comme si la communication avait été coupée.

— Papa ?

— Pardon, je réfléchissais. Tu es sûre que ce n'est pas une erreur ?

— Non. Je dois les rappeler.

— Pas question !

L'exclamation avait fusé à la surprise d'Agathe. Le ton de la voix de son père avait radicalement changé.

— Pourquoi ? Si ça se trouve, c'est une vieille tante qui a fait fortune et s'est exilée aux Baléares, plaisanta-t-elle, et je vais hériter d'une villa somptueuse sur la plage et...

— Je t'interdis de les appeler. Tu m'entends ?

Agathe était estomaquée.

— Pourquoi réagis-tu ainsi ?

Un long silence s'écoula, puis son père reprit.

— Pardon, ma chérie. Mais je t'en conjure. Ne les contacte pas. C'est... dangereux.

Agathe se redressa sur le canapé, il avait l'air vraiment inquiet.

— Je ne vois pas où est le problème.

— Non ! Tu ne sais pas dans quoi tu mets les pieds.

— C'est quoi le problème ? On a un trafiquant de drogue dans la famille ? Un pédophile ? Un serial killer espagnol ?

À l'autre bout du fil, il y eut comme un soupir. Elle continua sur un ton agacé.

— Écoute, papa, je suis assez grande pour prendre mes décisions. À moins que tu ne me donnes des éclaircissements, je vais les rappeler.

— C'est compliqué…

Un autre appel arrivait sur son téléphone. Le numéro espagnol.

— Je dois te laisser.

— Non !

Elle raccrocha et prit l'appel.

— Bonsoir. Ici maître Delgado. Avez-vous le numéro d'identification ?

La voix émanait d'un homme âgé, son français était limpide, nappé d'un accent espagnol.

— Oui. HK49. Mais je ne comprends toujours pas. Je suis étonnée de votre courrier.

— La procédure est un peu inusuelle, mais nous ne faisons que respecter les dernières volontés du défunt. Je m'excuse de vous presser, mais vous devez vous rendre à son enterrement, demain à Paris au Père-Lachaise. Et attendre les instructions de mon avoué, M. Stefano Ferran, qui me représentera. À l'issue de la cérémonie, il vous donnera de nouvelles instructions. Ah oui, n'oubliez pas de lui apporter une copie de votre acte de naissance. C'est la procédure.

— Des instructions ? Mais c'est quoi ce plan chelou ?

Agathe baissa le son, la playlist avait dérapé sur une Bea Miller un peu trop énervée. Elle reprit d'une voix tendue.

— Maître, vous débarquez de nulle part pour m'annoncer qu'un inconnu m'a couchée sur son testament. N'importe qui à ma place se méfierait.

— Je ne peux pas vous forcer, mademoiselle, mais si vous ne vous présentez pas à l'enterrement vous perdrez vos droits sur cette succession. Vendredi 17 heures, chapelle du Père-Lachaise, emplacement Mont-Louis. Bonne soirée.

Il lui avait raccroché au nez. Agathe posa le téléphone à côté d'elle et éteignit la lampe pour réfléchir. L'appartement était plongé dans l'obscurité. Elle se leva et se posta devant la fenêtre pour perdre son regard sur le parc arboré en contrebas. Tout allait décidément trop vite. L'agression dans le métro, cette Virginia, ce notaire espagnol, la réaction bizarre de son père.

L'accident. Ses insomnies. Son job qui virait au cauchemar.

Et Zmiya. Ce foutu serpent.

Sa vie ne lui appartenait plus.

Comme si une force supérieure l'avait extirpée de son quotidien sage et balisé pour la fourrer de force dans le tambour d'une machine à laver. Sur le bouton du programme coton résistant à 90 degrés avec l'essorage en prime. Position mille tours minute.

Elle n'avait pas d'autre choix. Elle devait se rendre au cimetière demain.

Pour rencontrer un mort sans nom. Mais peut-être y aurait-il aussi en prime un voyage impromptu aux Baléares ? C'était le bon côté de l'histoire. Elle regarda la météo à Palma, 20 C° au soleil. En plein hiver.

Top.

Ivre de fatigue, elle se lava le cerveau sur son Insta. Une pub apparut pour vanter les mérites d'un nouveau réseau social, Infinity. *Trouver un sens à sa vie.* Une dizaine de symboles tournoyait à toute vitesse, une croix, un croissant, une étoile de David, et des tas d'autres signes religieux qu'elle ne connaissait pas.

Amen.

Elle coupa. Pas besoin de Dieu en ce moment. Le visage du père Nikolas réapparut quelques secondes. Il était vraiment pas mal pour un curé. Mais si elle n'avait nul besoin de Dieu, quelques jours de vacances ne seraient pas superflus.

Elle envoya un mail à la DRH de Kanso, avec copie à Rob et à son boss, pour poser une semaine de congé. Elle avait une tonne de journées de récup à prendre. Ils trouveraient bien quelqu'un d'autre pour le reporting mensuel.

À tous les coups, Kanso ferait des bonds dans son bureau, il détestait les employés qui posaient des congés au dernier moment. Pour la première fois, un sourire apparut sur son visage fatigué.

21

Paris
Nonciature apostolique
De nos jours

Chassée par les révolutionnaires du prestigieux hôtel de Cluny en 1796, la nonciature de Paris, l'ambassade du Vatican en France, avait déménagé six fois dans la capitale avant de s'établir dans ce coin feutré et élégant du 16e arrondissement. Nichés entre le pont d'Iéna et le palais de Tokyo, les services diplomatiques du Saint-Siège occupaient un charmant hôtel particulier du XIXe. Ni trop luxueux ni trop modeste, l'édifice de deux étages en pierre de taille blanche arborait sur sa façade le drapeau de l'État du Vatican. Les deux clés de Saint-Pierre couronnées d'une tiare. Aucun autre État au monde ne promettait les clés du paradis sur son drapeau.

Assis dans l'une des trois salles de conférences au premier étage, la plus petite, Benvenuto Frascatti contemplait l'énorme tableau surchargé de dorures qui lui faisait face. Un saint Sébastien sûrement peint au XVIIIe siècle. Le martyr, un jeune homme barbu et musculeux, presque comme un boxeur, avait le corps criblé de flèches et pourtant il affichait un visage extatique.

La joie dans la souffrance.

Le saint protecteur de la peste noire.

Frascatti sourit, il savait que c'était aussi celui des adeptes du sadomasochisme.

Il consulta sa montre. Il attendait dans cette pièce depuis un bon quart d'heure. Le nonce était en déplacement à Lyon pour une conférence épiscopale, son secrétaire l'avait accueilli courtoisement et s'était éclipsé comme un fantôme. L'interlocuteur qui gérait son dossier était retardé dans les embouteillages parisiens.

Frascatti détacha son regard du martyr et consulta à nouveau le récent message envoyé par le cardinal Mandatore sur son téléphone. Le cercueil du défunt s'était envolé de Majorque le matin même pour arriver à Paris sans encombre. Nieves, sa demi-sœur, était du voyage.

Une photographie prise sur le tarmac montrait une femme brune d'une cinquantaine d'années en pleine discussion avec un agent de la Guardia civil devant un cercueil. Frascatti la détailla du regard.

La porte s'ouvrit et laissa apparaître un homme d'une quarantaine d'années aux cheveux courts, à l'allure sportive, et qui portait un col de prêtre. Il tendit la main à Frascatti et s'assit en face de lui, le visage souriant.

— Mes respects, monsieur le conservateur. J'ai toute latitude pour vous aider dans votre mission. Je crois savoir que vous assisterez à l'inhumation du défunt demain.

— En effet, et vous êtes ?

— Pardon, je pensais que le secrétaire du nonce vous avait prévenu. Je suis le père Nikolas.

Benvenuto Frascatti croisa les bras et scruta son interlocuteur. Un signal d'alerte avait résonné dans sa tête. À tous les coups, on lui avait mis ce prêtre dans les pattes pour le surveiller.

— Le cardinal Mandatore ne m'a jamais parlé de vous, répondit Frascatti d'un air méfiant. Je ne vois pas en quoi vous pourriez faciliter ma mission. Moi-même, je doute d'y parvenir.

Le curé ne se départait pas de son sourire.

— Je suis détaché à Paris et je m'occupe, disons des affaires… sensibles. La vôtre en est une.

Frascatti ne broncha pas. Il ne savait pas jusqu'à quel point le cardinal avait informé le prélat. Qu'on ait pu mettre son interlocuteur au courant de toute l'affaire était inconcevable.

— Si ce n'est pas indiscret, quel est votre degré de connaissance de ma mission, mon père ?

— Vous devez assister à l'inhumation du défunt et rencontrer sa demi-sœur. Je ne connais pas la nature exacte de votre entretien avec cette femme, mais c'est suffisamment important pour que le nonce me prévienne qu'il s'agit d'une mission Gabriel.

— Gabriel ?

— Le saint protecteur des diplomates. Le Vatican utilise un système de codes envoyés à ses nonciatures en fonction de la nature et de l'importance des missions. En l'occurrence, le niveau d'alerte le plus haut. Ce qui n'a pas manqué d'inquiéter le nonce. Depuis que je suis en poste à Paris, c'est la première fois que je m'occupe d'une mission Gabriel.

Frascatti ne pouvait savoir si l'homme en face de lui disait toute la vérité. Pour certains enjeux, le mensonge vertueux recevait l'absolution.

— Le cardinal Mandatore m'a transmis des informations sur la demi-sœur du défunt, Nieves. Vous devez les consulter avant de la rencontrer.

Il posa une tablette sur la table et la tourna vers Frascatti.

— Il eût été plus simple de me les envoyer par mail, commenta l'érudit.

— Ce sont des informations confidentielles, je vous laisse en prendre connaissance. Un café ? Il est excellent, du nigérian torréfié par notre chef.

— Oui, merci.

Frascatti chaussa ses loupes tandis que le père Nikolas sortait chercher le café.

Le rapport se présentait sous la forme d'une note de deux pages, assortie de la photo d'une finca, une magnifique demeure ancienne de style majorquin, nichée dans un écrin de palmiers spectaculaires et de bougainvilliers fuchsia.

Nieves dirigeait avec le défunt la Finca del Sol, un luxueux centre de remise en forme spécialisé dans le yoga, les pratiques dites holistiques, les stages d'épanouissement spirituel et les médecines parallèles. Basé à côté de Deia, un village chic et bohème sur la côte nord de l'île, l'établissement connaissait le succès depuis une dizaine d'années avec l'essor des thérapies alternatives.

Frascatti nota que le rédacteur de la fiche de renseignements, probablement un garde suisse ou un spécialiste de la gendarmerie papale, ne portait pas dans son cœur ce type d'activités. Des commentaires négatifs truffaient le rapport, qui faisait référence à des rumeurs persistantes selon lesquelles le centre organisait des stages de chamanisme fondés sur la prise de substances hallucinogènes exotiques.

Le rédacteur avait joint en annexe la copie d'un rapport de police de Palma, daté d'une dizaine d'années. Les policiers avaient arrêté un « sorcier » péruvien à l'aéroport avec une valise remplie de champignons mexicains, d'ampoules d'Ayahuasca, une mixture hallucinogène péruvienne, et des extraits de poissons fugus purifiés. Le Péruvien avait été expédié un mois en prison, puis expulsé vers son pays et l'affaire classée sans suite. Aucune preuve ne le reliait à l'établissement de Nieves. Elle n'avait même pas été auditionnée par la police, et le rédacteur laissait entendre qu'une personnalité politique haut placée était intervenue dans le dossier, sans toutefois citer de nom.

Quant au défunt, il n'était mentionné qu'à une seule reprise en tant qu'actionnaire minoritaire du centre. Frascatti jeta à nouveau un œil sur la finca.

Le père Nikolas était revenu dans la pièce avec une tasse de café fumante.

— Je dois vous accompagner où vous le souhaitez.

— Ce ne sera pas nécessaire, mon père, je suis un grand garçon. Où suis-je logé ? Ici, à la nonciature ?

— Non, je vous ai réservé un hôtel discret, non loin du cimetière.

— Parfait. Auriez-vous l'obligeance de me commander un taxi ?

— Vous ne voulez pas que l'on dîne ensemble à la nonciature ? Le chef est remarquable.

— Non, vraiment. J'ai déjà une obligation. Un confrère parisien que je n'ai pas vu de longue date.

Le père Nikolas le scruta pendant plusieurs secondes.

— Je vous le déconseille, dottore, dit-il sur un ton amical, mais ferme.

— Pardon ?

— Un code Gabriel vous oblige à respecter une procédure de sécurité. Aucun contact avec des tierces personnes dont le profil n'a pas été vérifié. Et les déplacements sont soumis à l'approbation du coordinateur de mission. Moi en l'occurrence. Je ne suis pas à l'origine de ces règles.

— Je croyais que vous n'aviez jamais participé à une opération Gabriel ? demanda Frascatti sur un ton suspicieux.

— En effet, j'ai appelé la curie pour obtenir des explications.

Frascatti sentit l'agacement monter en lui.

— Vous pourriez me donner le code wifi ? demanda-t-il en prenant son smartphone, la 4G ne fonctionne pas.

— Oui, utilisez ma tablette si vous le désirez.

— Parfait, avec un peu de chance je vais me trouver un vol pour repartir à Rome.

— Je suis désolé, mais les règles sont…

— Les règles sont faites pour être contournées, mon père. Votre grotesque procédure Gabriel ne me concerne pas.

— Vous êtes envoyé par le cardinal !

— Oui, mais je ne dépends pas du clergé. Soit je suis libre de mes mouvements, soit je déguerpis. À vous de voir.

Le père Nikolas jaugea son interlocuteur qui s'était levé et rangeait son smartphone.

— D'accord, répondit-il sur un ton conciliant, mais je dois en référer à mes supérieurs.

— Faites donc, même au pape, si vous le souhaitez. Je peux avoir l'adresse de l'hôtel et un taxi ?

— Bien sûr. Une dernière question. Connaissez-vous une femme du nom d'Agathe Lantac ? Une Française.

— Non, ça ne me dit rien. Pourquoi ?

— Son nom est sorti récemment dans cette affaire. Peut-être un lien avec votre ancien ami, le défunt ?

Frascatti secoua la tête à nouveau, les questions suspicieuses de son interlocuteur l'agaçaient au plus haut point. Il avait l'impression de passer un interrogatoire.

— Mon père, j'ai la désagréable sensation de me retrouver face à un policier et pas devant un homme d'Église. Quelle est votre fonction exactement ?

— Je vous l'ai dit. Je suis un conseiller pour les affaires spéciales. Je fais aussi l'interface avec la police française, quand il s'agit de questions de sécurité touchant l'Église dans ce pays. Parfois avec la justice. Sur votre mission, le cardinal a recommandé la plus grande discrétion. Il ne veut pas que les autorités françaises soient mises au courant.

Frascatti hocha la tête et consulta sa montre de façon ostentatoire.

— Il n'y a aucune raison qu'elles le soient. Ma mission consiste à assister à l'enterrement, prendre contact avec Nieves Almendra et ensuite en référer au cardinal. Vous me commandez ce taxi ?

*

Dix minutes après le départ du conservateur, le père Nikolas s'était installé dans son bureau au sous-sol. Les anciennes caves de l'hôtel particulier avaient été renforcées et sécurisées. Elles servaient de panic room en cas d'attaque terroriste – les nonciatures des pays occidentaux faisaient partie des cibles de l'État islamique depuis des années –, mais aussi de lieu de réunion à l'abri des oreilles indiscrètes. Considérée comme une ambassade, la nonciature faisait régulièrement l'objet d'écoutes de services de renseignement. L'État du Vatican n'avait pas de gouvernements ennemis sur la terre, mais beaucoup d'amis curieux.

L'espace évoquait davantage un Airbnb de luxe qu'une salle de crise. Tout avait été pensé pour tenir en cas de prise d'otages dans les étages. Salon avec écran plat, chambre, salle de bains et cuisine, provisions pour tenir un mois. Il y avait même une armoire avec deux pistolets-mitrailleurs Uzi et dix boîtes de cartouches. Le bureau bénéficiait de moyens de communication sécurisés dotés d'une technologie dernier cri. Un câble de fibre optique, noyé dans le béton des fondations, était relié à un répétiteur caché à l'extérieur, au fond du jardin, dans la cabane à outils du jardinier.

Le père Nikolas prit le téléphone fixe et effleura un bouton rouge sur le cadran. Il allait être mis en ligne directe avec le service de permanence de la gendarmerie du Vatican. La procédure était rodée. Quand l'officier en poste décrocha, il déclina son identité, la nature de son appel et la mention du code Gabriel. Il s'écoula moins d'une minute avant que le cardinal Mandatore ne réponde.

— Bonjour, Nikolas, j'attendais votre appel. Comment s'est passée l'arrivée de mon ami ?

— Bien, mais il ne veut pas suivre les consignes de sécurité. Ça complique mon travail.

— Ça ne m'étonne pas. Vous pouvez le surveiller discrètement ?

— Non. Mon adjoint accompagne le nonce à Lyon. Moi, je dois organiser une réunion de travail avec le secrétaire général, impossible de la décaler.

— Il ne risque pas grand-chose à Paris.

— Je n'en suis pas si sûr.

— Expliquez-vous.

— J'ai suivi Agathe Lantac. Elle a été agressée dans le métro par une femme. Je l'ai tirée de ce pétrin.

— Voilà qui est ennuyeux. Un rapport avec l'affaire ?

— Je n'en sais rien. Son agresseuse s'est enfuie. J'ai demandé un coup de main à un ami commissaire de police à la préfecture de Paris. Il va se procurer la bande-vidéo de l'agression dans la station et voir si la fille est fichée.

Après une poignée de secondes, le cardinal répondit :

— Tenez-moi au courant. Je n'ai pas besoin de vous redire combien cette mission est vitale pour notre Église.

— Peut-être pourriez-vous m'en dire plus. Cela m'aiderait.

— Non. Les voies du Seigneur ont toujours été impénétrables, il n'y a pas de raison pour que cela change.

IV

Résonances

Mon amie, suis ce conseil,
il te sera aussi précieux que l'eau de l'oasis
qui jaillit devant l'assoiffé.
Dans la peine, transforme chaque heure
en seconde poussiéreuse.
Dans la joie, étire chaque seconde
pour la sublimer en heure glorieuse.

Le chant de l'Œil soleil

Au réveil, à la première seconde
de ton retour à la vie,
faut-il vraiment contempler
la meute des hyènes enragées ?
Faut-il entendre la supplique
des antilopes déchiquetées ?
Ne t'éveille pas chaque matin
à la noirceur du monde,
mais vibre au chant profond
et harmonieux de ses battements.
Tu n'en seras que plus forte.

Le chant de l'Œil soleil

22

Paris
De nos jours

Adrien Kanso contemplait d'un air songeur le papillon jaune dans son bocal, puis leva son regard vers Agathe.

— Tu me déçois, j'ai besoin du reporting mensuel avant vendredi. J'en appelle à ton sens des responsabilités, la Kanso Family compte sur toi.

La jeune femme secoua la tête, elle détestait sa façon de la culpabiliser. Pas question de se soumettre.

— Navrée de te peiner, mais la secrétaire de Rob pourra s'en charger. J'ai besoin de vacances. Je reviendrai dans une semaine pour papillonner avec bonheur dans mon placard au bout du couloir.

— Agathe, tu ne digères toujours pas ma décision pour Rob. Je t'observe depuis un mois, tu as changé. Pas dans le bon sens.

Il tapotait le bocal d'une main agacée.

— N'oublie pas que j'ai sauvé ton poste, d'autres papillons n'ont pas eu cette chance. Tu devrais me remercier.

Te remercier ?

Soudain, la morsure familière irradia son cerveau. Elle vacilla quelques secondes sous la douleur. La vipère sifflait à nouveau dans sa tête.

Ça recommence.

Elle ferma les yeux et se massa les tempes.

— Agathe, tout va bien ? demanda Kanso.

La voix de son patron sortait d'un brouillard. Elle ne répondit pas, attendit que la douleur s'estompe, puis ouvrit les yeux en grand.

Merveilleux.

Tout devenait clair dans sa tête. Elle balaya le bureau d'un regard narquois, puis revint à l'homme qui se tenait en face d'elle. Il n'était plus le patron qui la toisait du haut de ses vingt ans de plus qu'elle. Son image d'autorité et de puissance s'était effondrée en une seconde. C'était juste un type ordinaire, mesquin et égoïste, habillé d'un pull blanc taché à la manche droite.

— Oui, pas de souci. Tu veux une confidence, mon cher Adrien ?

— Bien sûr, ouvre ton cœur.

— On n'ira pas jusque-là. Je n'ai pas pris un jour de congé depuis six mois. Quant aux heures sup, je ne t'en parle même pas. Tout ça pour cent balles net d'augmentation et zéro promotion. Je prends mon envol. Définitivement.

Le visage d'Adrien Kanso se détendit.

— Sage décision, tu ne t'épanouis plus avec nous. Un plus bel avenir t'attend ailleurs.

— Et sur le plan financier ?

— Tu prends les devants, c'est une démission. Je pourrais ne rien te verser, mais la Kanso Family est généreuse. Un mois par année d'ancienneté. Soit trois mois net. Qu'en dis-tu ?

— Que tu me prends pour une crétine. Disons plutôt deux ans de salaire brut.

— Pas question, s'étouffa-t-il, tu es folle.

Elle éclata de rire. Un rire puissant, acide, sauvage. Kanso recula.

— Sur ce dernier point, tu vois juste, répliqua-t-elle en se levant. Et si nos clients apprenaient que tu surfactures nos temps de présence sur leurs dossiers ? En tout, tu les arnaques de combien ? Un million ? Deux ?

Le visage d'Adrien Kanso s'empourpra.

— Je ne te permets pas, Agathe.

— Je m'en fous. Ta réponse ? Sinon, je balance le document sur le mailing listé des friends de Kanso.

— Je peux t'attaquer en justice. Tu as signé une clause de confidentialité. Et tu perdras !

— Possible, mais l'opinion se trouve du côté des lanceurs et lanceuses d'alerte. Tu vois le genre ? Le Médiator, Irène Frachon et compagnie. Toi, tu endosseras le rôle du méchant laboratoire pharmaceutique, et moi celui de la gentille consultante. Ça va faire tache.

Agathe savourait la décomposition du visage de son patron. La statue du colosse vacillait. Des gouttes de sueur perlaient sur le front du quadra.

— D'accord, abdiqua-t-il, tu recevras un accord de transaction demain matin par mail. Signe-le et tu toucheras ton fric. Mais je ne veux plus te voir dans nos locaux.

— Tu m'en vois ravie. Adieu.

Elle tourna les talons sans un mot et claqua la porte derrière elle, presque ivre de puissance. La dernière fois qu'elle avait quitté le bureau de ce connard, presque un mois jour pour jour, c'était dans la peau de la victime.

Maintenant, elle enfilait la cagoule du bourreau et c'était jouissif.

En moins de trois minutes, elle se trouvait déjà dans son bureau et vidait ses tiroirs. Elle fourra dans son sac quelques affaires qui traînaient et un vase en céramique bleue, cadeau de son père. Son regard s'arrêta sur le bocal avec le papillon noir. Elle sourit méchamment et le prit sous son bras. Le bureau de Rob se trouvait de l'autre côté du couloir. Avec un peu de chance, il était encore là.

Elle ouvrit sans frapper. Son jeune supérieur effectuait des moulinets avec une canne de golf.

— Désolé de te perturber en plein boulot.

— Tu aurais pu frapper, maugréa-t-il en posant sa canne.

— Je n'en ai pas pour longtemps.

Elle posa le bocal sur l'étagère, à côté des autres, retira le couvercle en verre et extirpa délicatement le coléoptère défunt. Elle le mit dans sa main, puis ouvrit la fenêtre en grand sous les yeux médusés de son chef. Un vent doux mais vif soufflait à l'extérieur. Elle libéra le papillon qui s'envola comme par magie, porté par le souffle du vent. Il tourbillonna de longues secondes, puis disparut dans la nuit. Elle revint vers son chef.

— J'ai donné ma démission.

Sans attendre sa réponse, elle fila vers la porte. Au moment où elle passait l'embrasure, elle se retourna.

— J'ai oublié de te dire. J'ai vérifié via un site spécialisé sur les légendes, les papillons noirs portent malheur.

— Pas du tout, répliqua-t-il, c'est un symbole de chance et de renouveau.

Elle le toisa d'un air compatissant.

— Seulement quand ils sont en vie. Morts, c'est le contraire. Tu aurais dû vérifier tes sources au lieu de repomper les premiers articles sur Google. Les âmes prisonnières dans leurs cadavres embaumés réclament vengeance et attirent le mauvais œil.

23

Journal de l'Œil soleil
Rome
Août 1990

J'ai passé sans encombre la douane avec mon pot de miel trafiqué. Talastiera est venu me chercher à Fiumicino, Frascatti, lui, se trouve déjà à la Sixtine depuis trois bonnes heures pour s'« immerger » dans les fresques. Lors du trajet qui nous mène à la chapelle, le prêtre m'a tendu un thermos, siglé du blason de Saint-Pierre, rempli d'eau chaude pour diluer la pâte de Yagé. Il m'a questionné sur la composition de la mixture. Je lui ai expliqué le concept des deux plantes sacrées, la chacruna et la *caapi*. Talastiera était captivé. Les Indiens shipibos avaient-ils découvert ce mécanisme par accident ? Comment étaient-ils arrivés à combiner deux plantes parmi des centaines d'espèces comestibles pour obtenir un tel résultat ? Le hasard avait-il joué un rôle ? Un sorcier aurait-il préparé une potion en combinant aléatoirement diverses herbes ? Je lui ai répondu que, selon la croyance des Shipibos, tout est issu du rêve d'un chaman. Un grand serpent s'est introduit dans le sommeil d'un chaman et l'a guidé dans la forêt pour lui montrer comment utiliser les deux plantes afin de franchir le passage vers l'au-delà. À l'époque où je les avais rencontrés, les Shipibos s'étaient moqués de mes interrogations, je devais cesser de penser comme un Occidental. C'était comme s'interroger sur la raison de la présence du soleil dans le ciel : il fallait simplement profiter de sa chaleur et de sa puissance.

Talastiera a gardé le silence durant tout le trajet, quelque chose le préoccupait, mais je n'osai pas l'interroger. Il m'inspire toujours une certaine gêne. Je crois qu'il considère ma présence comme une corvée.

Trois quarts d'heure plus tard, nous sommes arrivés à la chapelle Sixtine.

Frascatti était étendu sur une table installée en plein milieu de la chapelle. Couché sur l'épaisse planche de chêne jaunie, il fixait le plafond. Des conduits d'eau s'étalaient par endroits sur le sol fissuré. Évidemment, les travaux avaient pris du retard. Il nous a salués d'un ton fébrile, s'est redressé d'un bond et a juré ne pas avoir avalé une seule goutte d'alcool, ni dévoré de *bistecca alla fiorentina*.

Contrairement à mon premier passage, la chapelle Sixtine m'a semblé glaciale, prétentieuse, presque orgueilleuse. La multitude d'œuvres d'art m'a écrasé. Une magnificence proclamée à la face du monde en contradiction avec le message d'humilité du Christ. Ce n'est pas un hasard si les cardinaux y tiennent conclave pour élire leur guide suprême. J'apprécie la beauté glacée de ce décor somptueux, mais je méprise cette volonté de puissance. Les Indiens péruviens, eux, n'ont d'autres temples que la forêt immémoriale. Et leurs fresques sont leurs songes.

Le moment est arrivé. Frascatti a pris le thermos, l'a contemplé quelques secondes en hésitant, puis a avalé une longue gorgée, ponctuée par une grimace éloquente.

Orribile...

Il s'est retenu de cracher et a dégluti avec peine en nous jetant un regard accablé. Je l'avais prévenu du goût atroce de la mixture. Un mélange de jus de pruneau moisi avec un arrière-goût d'urine...

Le compte à rebours a commencé. Il devait s'imprégner une dernière fois de la vision des fresques, puis nous devions nous rendre à l'Ospedale Fatebenefratelli. Nous n'avions pas plus de trente minutes avant l'apparition des premiers symptômes. J'avais peur qu'il ne vomisse en chemin.

Il a longuement observé le plafond une dernière fois, puis nous a suivis. Son expression ne trahissait aucune appréhension, mais plutôt de l'excitation.

Nous sortîmes de la chapelle comme si nous avions le diable à nos trousses sous l'œil étonné des gardes. Au fond de moi, j'étais soulagé de quitter le Vatican. On aurait dit que nous allions réveiller d'un long sommeil ces personnages bibliques titanesques et courroucés.

Le chauffeur de Talastiera a brûlé tous les feux rouges pour arriver le plus vite possible sur l'île Tibérine, là où se trouve l'hôpital. Assis à l'arrière, à côté de moi, Frascatti pâlissait à vue d'œil. Il suait à grosses gouttes, se tenait l'estomac en se plaignant de crampes dans le ventre. Le Yagé s'infiltrait dans ses tripes. À peine la voiture s'est-elle garée qu'il a ouvert la porte et vomi un flot de bile verdâtre sur le trottoir. Nous l'avons aidé à se relever, deux infirmiers nous attendaient devant l'entrée avec un brancard.

L'édifice ressemblait davantage à un monastère qu'à un hôpital. Sa façade sombre, marquée par le passage du temps, ne laissait entrevoir que douleur et pénitence. Dès le premier regard, j'ai détesté cet endroit. Une atmosphère de désolation imbibait cette carcasse de pierre, rongée par les siècles et les pestilences. Comme si les âmes des malades décédés frappaient contre les murs pour en sortir. Seules quelques fenêtres laissaient échapper une lumière glaciale et aveugle.

Nous sommes entrés dans un hall lugubre, aux murs recouverts d'une peinture autrefois blanche qui s'écaillait par plaques, laissant apparaître dans la pierre d'ancestrales balafres. Derrière le comptoir, deux femmes sans âge, vêtues de blouses bleues, nous ont regardés passer avec méfiance, mais avec un respect poli envers Talastiera. Il n'a rempli aucun formulaire d'admission.

Nous avons traversé un labyrinthe de corridors tortueux et interminables et croisé des infirmières affairées. Elles semblaient accablées par la fatigue, la canicule et le flot régulier de victimes.

Des effluves de désinfectant âcre émanaient des chambres entrouvertes. Frascatti a vomi de nouveau.

Che diavolo, fa schifo[1], a-t-il lâché, le visage larmoyant.

J'ai rassuré Talastiera sur son ami.

Il vomissait ses cuchas. Selon les croyances des Shipibos, ces démons s'infiltrent dans nos cellules et y prospèrent grâce à notre alimentation trop abondante. Ils aspirent notre énergie vitale. Avec pour conséquence directe les fléaux apportés par la civilisation occidentale : cancers, diabète et infections en tous genres. Les cuchas bloquent l'accès au monde invisible. Et telle une princesse délicate devant une auge pestilentielle, l'esprit supérieur de l'Ayahuasca refuse de côtoyer ces sangsues maléfiques. Le Yagé commençait la purge. C'était bon signe.

Nous sommes enfin entrés dans une chambre aménagée pour l'occasion. Frascatti y avait fait accrocher ses photographies géantes des fresques de Michel-Ange. Talastiera a expliqué que nous nous trouvions dans une chambre K. Une histoire ahurissante. Pendant la Seconde Guerre mondiale, l'hôpital avait sauvé de la déportation une centaine de patients juifs. Le médecin-chef de l'époque avait inventé une maladie contagieuse, le syndrome K, pour empêcher les Allemands de rafler leurs malades et de les envoyer dans les camps d'extermination[2]. Tout à coup je voyais cet hôpital d'un œil moins méfiant. Talastiera m'a appris que cette section de l'établissement avait été construite sur les ruines d'un ancien temple dédié au dieu Esculape, le dieu guérisseur, protecteur des médecins.

Les infirmiers ont aidé Frascatti à revêtir une blouse verte jetable. La pièce était maintenue à 19 C°, comme je l'avais demandé. Dans un coin de la chambre se trouvait une caméra sur trépied, reliée au bureau du médecin-chef.

1. La vache, c'est dégueulasse.
2. Voir *Résurrection*, JC Lattès, 2022.

Suite à mes préconisations, ils avaient installé deux matelas côte à côte, posés à terre, pour qu'il puisse bouger sans tomber.

Une bassine était posée sur le sol.

Les soignants ont allongé Frascatti, placé des électrodes sur sa tête et sur sa poitrine, puis les ont branchées à un moniteur fixé au mur. Ils sont sortis sans poser de questions.

L'érudit affichait un sourire béat et semblait serein. Les derniers cuchas avaient quitté son corps. Le champ était libre pour que l'esprit sacré entre en lui. Je l'interrogeais sur ses visions en branchant l'enregistreur que j'avais apporté. Il nous a observés, Talastiera et moi, et s'exprimait d'une voix lente et pâteuse : « Rien pour le moment. Je suis bien. Comme sous anxiolytiques. »

J'ai actionné un magnétophone. Un son profond et saccadé a envahi la chambre. Des tambours. C'était un enregistrement de chants chamaniques shipibos, capturé lors de mon dernier voyage. Les guérisseurs utilisent toujours le voyage en tambours.

Nous nous sommes assis dans un coin de la pièce, à l'affût des réactions de Frascatti. Lui restait allongé, les mains sur le ventre.

Tout autour de nous, dans la pénombre, les figures bibliques de Michel-Ange semblaient prêtes à sortir de leur cadre. J'avais l'impression que Dieu tournerait son visage pour nous juger, que le serpent sortirait du tableau en rampant dans la pièce.

Frascatti s'est soudain cabré. Les stylos traceurs sur l'écran du moniteur des pulsations cardiaques frétillaient avec une frénésie féroce. Il s'est mis à gémir.

« Ils arrivent. Partout. Des lignes bleues, elles sont… bleues. Non, attendez. Les formes bougent. Comme une mosaïque avec des milliers de carreaux de toutes les couleurs.

« C'est… vivant.

« Des serpents. »

24

Paris
De nos jours

Debout sur le trottoir, Agathe contemplait le siège de Kanso.

Adieu les papillons.

Quel serait son prochain job ? Elle n'en savait rien, mais avec deux ans de salaire l'avenir lui appartenait. Une incroyable sensation de liberté la transportait. Comme une montgolfière qui avait lâché son lest et s'envolait vers le ciel. Une ombre fugace voila son optimisme. Le médecin de la clinique du sommeil ne l'avait toujours pas appelée pour la suspicion de tumeur. La montgolfière perdit de l'altitude d'un coup.

L'esprit bouillonnant, elle marcha le long de la rue et aperçut un taxi qui tournait au coin de la rue. Elle le héla, un joyeux sourire aux lèvres.

— Coucou, salope.

Elle reconnut tout de suite la voix derrière son dos, mais ne se retourna pas. Le taxi s'arrêta à son niveau. Agathe se pencha vers le chauffeur.

— Faites tourner la course ; je n'en aurai pas pour longtemps.

Elle se dirigea d'un pas tranquille vers le SDF.

— Bonjour, pourquoi m'insultez-vous quand je vous croise ?

— Tu ressembles à la pute qui m'a largué, répondit-il goguenard.

— Si tu lui parlais de cette façon, je la comprends. À mon avis, elle s'est barrée car t'as pas l'air d'être un bon coup au lit. Non ?

Les mots étaient venus naturellement.

Le sourire du chauve se liquéfia.

— Casse-toi, je t'enc...

Il n'eut pas le temps de finir, Agathe le frappa de toutes ses forces avec son sac qui contenait un vase. Le type valsa à terre, sa tête cogna le mur à sa droite. Elle posa le talon de sa botte sur son cou, comme elle l'avait appris au cours d'un atelier de self-défense durant le team building au Maroc.

— Dis pardon.

— Tarée !

Elle enfonça un peu plus.

— Arrête ! Pardon.

Agathe contempla le pauvre type qui pleurait presque, mais elle ne relâcha pas la pression.

— Plus fort, j'ai pas entendu.

— Pardon ! cria-t-il

Lentement, très lentement, elle retira son pied.

— C'est au nom de toutes mes copines du bureau. Bonne soirée petit homme.

Elle laissa le type se tortiller de douleur et prit son taxi. Il démarra et s'inséra dans la circulation. Le chauffeur lui jetait des coups d'œil par intermittence dans le rétroviseur.

— Il a bien dérouillé, finit-il par lâcher.

— Il m'insultait depuis des mois.

— Je vous comprends. Moi, je serai très poli avec vous.

Agathe sourit. Et ce sourire était aussi féroce que celui d'une lionne devant sa proie déchiquetée. Jamais elle n'avait ressenti une telle puissance. C'était... jouissif. Comme avec son boss. Elle ne se reconnaissait plus. Et cette nouvelle femme qui grandissait en elle l'enchantait. Et l'effrayait.

25

Journal de l'Œil soleil
Rome
Août 1990

C'est... vivant. Des serpents.

Ce fut la dernière phrase que Frascatti murmura avant de sombrer dans un état catatonique.

Le médecin-chef, un homme au visage creusé, les yeux cernés de fatigue, a fait irruption dans la chambre. La caméra de surveillance l'avait alerté.

L'électroencéphalogramme et les pulsations cardiaques se stabilisaient à nouveau. Le médecin envisageait d'administrer un sédatif, mais je l'ai dissuadé. Le remède serait pire que le mal. Talastiera a opiné du chef, le médecin, haussant les épaules, est sorti.

J'écris ces notes quelque temps après ces événements. Je préfère transcrire les enregistrements sonores plutôt que de tout noter sur le moment.

Le temps s'étirait, dans l'attente d'une réaction de Frascatti, qui semblait somnoler. Pour tuer l'ennui, j'échangeais avec Talastiera.

— Mon père, la fresque de Michel-Ange représente un serpent sous les traits d'une femme. N'est-ce pas une hérésie ? Satan a toujours été représenté sous une forme masculine dans la Bible.

— Oui, la seule évocation d'un démon féminin est réservée à la mère de l'Antéchrist, décrite dans l'Apocalypse de

Jean sous les traits de la Grande Prostituée de Babylone. Toutefois, le diable endosse souvent l'apparence d'une femme pour séduire un homme.

L'œuvre représente la femme-serpent tentant Ève. Son geste évoque celui du panneau de la création d'Adam. Leurs doigts se touchent presque. Une pomme manque.

Silence, puis Talastiera a repris.

— Libre interprétation de Michel-Ange... Cela arrive parfois.

— Puis-je vous parler franchement, mon père ? Pourquoi avoir autorisé cette expérience ? Dans un hôpital catholique de surcroît...

— Par amitié.

— En pleine canicule meurtrière, on ne réquisitionne pas une chambre d'hôpital, les services d'un médecin et un scanner seulement par amitié.

— Ce n'est pas faux.

— L'Académie pontificale et le Saint-Siège connaissent-ils notre expérimentation ?

— Quelques personnes. Dans une extrême confidentialité.

— Je vous promets de garder le secret. Moi aussi, je risque de tout perdre si l'on apprend mon rôle dans cette histoire. On considère l'Ayahuasca comme une drogue, et je risque la prison pour l'avoir fournie. De plus, ma carrière de chercheur serait anéantie, et je perdrais mon emploi.

Silence, puis Talastiera :

— Comme vous voudrez... Pour l'Église, la transe mystique constitue une communication avec Dieu. La science, elle, affirme qu'il s'agit d'un état altéré de conscience, une sorte de « big bang » chimique. Moi, je suis convaincu que les deux s'accordent. Après avoir lu votre article sur l'Ayahuasca, j'ai perçu que nous vivions une situation similaire. Frascatti est convaincu que Michel-Ange a créé les fresques de la chapelle Sixtine après avoir consommé des psychotropes, ou sous l'influence de ce cercle néoplatonicien, cette société secrète hérétique. Quelle qu'en soit la raison, j'ai décidé de le surveiller à l'aide d'un scanner PET. Qui permettra de connaître les zones du cerveau activées.

Silence, suivi de gémissements.

— Je vois... Des serpents... Partout. Mon Dieu... Ils s'élèvent jusqu'au ciel.

Interruption. Bruits de sifflements.

— Vous m'entendez, Frascatti ? Où êtes-vous ?

— Partout... nulle part... pas de haut... de bas. Je suis un grain... je ne suis rien.

— Le patient est entré dans sa phase hallucinatoire. Sa description des serpents coïncide avec les visions sous Ayahuasca, je vais tenter de le guider vers les fresques.

— Frascatti, vous vous trouvez maintenant dans la chapelle Sixtine. Regardez autour de vous.

Silence.

— Vous flottez dans la chapelle, imprégné du péché originel.

— Non. Je nage au milieu des serpents, dans un fleuve si bleu. Comme une coulée de peinture liquéfiée. Je nage dans le bleu. Je suis bleu. L'un d'eux... Sa tête surgit à la surface. Elle est magnifique. Mon Dieu... Ses yeux.

Silence.

— La femme... La femme-serpent ! Elle est colossale... Elle me...

Cri. Fin de l'enregistrement.

26

Paris
Cimetière du Père-Lachaise
De nos jours

La chapelle n'était pas protégée par un saint ou la Vierge. On l'appelait juste chapelle du Père-Lachaise ou de l'Est. Difficile de faire plus sobre. Nichée sur les hauteurs du cimetière, sur le Mont-Louis, elle n'était ouverte aux visiteurs qu'une fois l'an, à la Toussaint. Le reste de l'année, elle accueillait les défunts et leurs familles.

Agathe jaugea la construction rectangulaire de pierre claire. On aurait dit un mausolée. Les battants en métal de la porte étaient grands ouverts, flanqués de chaque côté d'encensoirs en bronze de la taille d'un homme. Un tombeau géant et sinistre, songea Agathe, en s'approchant du van corbillard noir, aussi brillant qu'une chaussure cirée. Deux employés des pompes funèbres, en costume et cravate, attendaient devant la porte arrière ouverte. Elle s'approcha, un peu intimidée, s'interrogeant encore sur sa présence. Une main se posa sur son épaule.

Elle sursauta et se tourna. Un jeune homme brun, en pardessus marron, les cheveux courts, lui souriait.

— Je ne voulais pas vous faire peur. Stefano Ferran, avoué de maître Delgado.

— Oui, comment m'avez-vous reconnue ?

— Mon patron m'a envoyé votre photographie.

Agathe fronça les sourcils.

— Comment l'avait-il ?

— Je ne sais pas, je me contente de suivre les instructions. Nous devrions entrer, la cérémonie va commencer.

— Pas avant que vous ne me disiez qui est ce mystérieux défunt qui veut me rendre riche.

— Yann Karech.

Elle chercha dans sa mémoire, mais ce nom ne lui disait absolument rien. Il fallait absolument qu'elle rappelle son père.

— Karech ? Je n'en ai jamais entendu parler, répondit-elle. Il est censé être de ma famille ?

— Lui vous connaissait. Au point de vous coucher sur son testament.

— Et que faisait cet homme mystérieux dans la vie ?

— Retraité. Son cercueil est arrivé hier de Majorque. M. Karech a voulu être enterré au milieu des siens, dans le caveau familial. Sa demi-sœur, Nieves, sera présente. Sa seule famille apparemment.

— Et ensuite ?

— Vous devez assister à la messe dans la chapelle et à son enterrement. À l'issue, j'attesterai de votre présence. Elle sera aussi requise à Palma pour la lecture du testament.

— Vous me laissez passer un coup de fil ? Je vous rejoins à l'intérieur.

— Bien sûr, je garde une place.

Elle le laissa se diriger vers la chapelle, pendant qu'elle appelait son père. Il était en mode répondeur.

Papa, je connais le nom du mort. Un certain Karech. Yann Karech, il était retraité et habitait à Majorque. Je dois assister à la cérémonie, appelle si ce nom te dit quelque chose.

Elle raccrocha et entra à son tour. À sa grande surprise, la chapelle était déserte, excepté l'avoué, assis au deuxième rang. Elle le rejoignit et s'assit à sa droite. L'intérieur se révélait plus lugubre que l'extérieur. Les murs affichaient une nudité sinistre. À mi-hauteur, des plaques de marbre noir faisant office d'ex-voto. Le fond de la chapelle se terminait en abside semi-circulaire avec, au centre, la sculpture déprimante d'une Vierge éplorée tenant son fils dans les bras.

Des claquements de talons résonnèrent derrière eux. Agathe tourna la tête et vit arriver une femme brune, tout de noir vêtue, les cheveux tirés en arrière dans un chignon impeccable. Elle était suivie d'un homme aux cheveux argentés, en veste de tweed grisé et à l'allure distinguée. La femme s'avançait lentement dans la travée centrale et jeta un long regard à Agathe. Un des employés des pompes funèbres leur fit signe de se lever. Le cercueil fit son entrée, porté par quatre officiants, ondulant lentement dans la travée en direction de l'autel. Agathe l'observait avec un mélange de curiosité et de malaise. À l'intérieur reposait un mort qui la connaissait. Un frisson la saisit.

Ils déposèrent le cercueil devant l'autel, sur des tréteaux. On n'apercevait aucun portrait du mort.

Deux prêtres émergèrent d'une porte latérale et s'approchèrent de l'autel. Le plus jeune restait en retrait tandis que l'autre, plus âgé, écartait les bras avec solennité.

— Mes amis, nous sommes réunis ici pour honorer en Jésus-Christ la mémoire de notre bien-aimé frère Yann Karech, chevrota le prêtre.

Agathe fixa le second curé qui se tenait sur le côté. Au début, elle crut à une erreur, mais c'était bien lui. Elle écarquilla les yeux de surprise.

Impossible !

L'homme qui l'avait sauvée de son agresseuse dans le métro.

Le père Nikolas ?

Elle ne croyait absolument pas à une coïncidence.

— Écoutons la parole de Paul aux Corinthiens, reprit le curé, il est écrit que Notre Seigneur Jésus entra dans…

— Ça ne va pas ? murmura le jeune avoué.

— Je vais bientôt le savoir.

27

Journal de l'Œil soleil
Rome
Août 1990

Je reprends la rédaction de mon journal. La séance s'est interrompue de manière inattendue hier. Après avoir aperçu cette femme-serpent, Frascatti a hurlé et s'est mis à pleurer. Il a vomi au point de remplir deux fois la cuvette. Une odeur écœurante s'est répandue dans la pièce. Cette scène m'a rappelé mes visions.

Les encéphalogrammes ont tout enregistré. Sa tension a grimpé d'un coup. Talastiera a appelé le médecin. Excepté la tension et son état délirant, il n'y avait rien de préoccupant, le cœur battait vite, mais dans une limite raisonnable. Frascatti a été transféré au scanner, puis ramené dans la chambre.

Il était en phase de descente, inconscient. Nous l'avons laissé seul, mais toujours sous surveillance caméra, pour nous rendre dans le bureau du médecin-chef. Il nous a présenté une série d'images sur papier de tranches du cerveau de Frascatti, marquées d'une myriade de points colorés en rouge. Le rouge désignait les régions cérébrales excitées par la drogue. À son grand étonnement, il ne s'attendait pas à voir certaines zones activées. Une sœur infirmière nous a alors interrompus, affolée. Frascatti était reparti dans un nouveau trip.

À notre arrivée, il se tenait dans un coin de la pièce, les yeux rivés sur les tirages de la fresque de la Sixtine. Ses poings frappaient violemment le mur, tandis que ses yeux s'agrandissaient. Il balançait d'avant en arrière. Il murmurait des phrases incompréhensibles en italien. Talastiera s'est approché pour l'apaiser. Frascatti s'est retourné. Son visage était extatique, ses pupilles dilatées, son front dégoulinait. Une tête de junkie. Je relançai alors l'enregistrement. Voici la transcription de ses propos.

— J'ai rencontré Dieu, Adam, Ève, tous les prophètes... C'était comme si j'étais dans la chapelle Sixtine, mais en version ultracolorée. Des teintes vives, des nuances profondes, une explosion de pigments.

— Et cette femme-serpent, était-elle présente ?

— Oui. La même que sur la fresque. Elle apporte les fruits de la connaissance.

— Puissante comme une reine ?

— Vous ne comprenez pas ! Plus puissante que Dieu.

— Ne blasphémez pas, mon ami. Je vous en conjure.

— La femme-serpent. Elle est l'univers entier. Je fusionnais avec elle.

Bruits de régurgitations et crachats.

— Mon ventre... C'est horrible.

— Moi, je comprends. Tout ira bien, ça va passer. La femme-serpent, que vous a-t-elle dit ?

— J'ai... peur.

Fin de l'enregistrement.

Frascatti a perdu connaissance et s'est écroulé sur un matelas. J'ai rassuré Talastiera. Le cerveau gère difficilement les états intermédiaires de conscience, entre songe et réalité, mais les effets de la drogue s'estomperaient au bout de quelques heures. Talastiera paraissait contrarié, mais quand je lui ai demandé s'il voulait continuer, il m'a répondu par l'affirmative.

Il s'est écoulé une bonne heure avant que Frascatti ne retrouve sa lucidité. Il semblait épuisé, comme s'il avait couru à travers la moitié de la ville. Cette fois, il nous a raconté en détail ses hallucinations. Cependant, la partie la plus captivante était celle sur la chapelle Sixtine. Il nous a décrit avec précision comment il avait eu l'impression d'être Michel-Ange, d'embrasser l'ensemble de l'œuvre. Il était capable de distinguer chaque détail, chaque personnage, comme si sa vision s'étendait à l'infini.

Mais quand Talastiera lui a demandé des précisions sur la femme-serpent, son visage a changé d'expression. Je n'avais jamais vu un homme aussi terrifié auparavant. Il a murmuré, la voix tremblante :

« Je n'ai plus jamais envie d'y retourner. Je ne suis pas digne... D'ELLE. »

Il s'est mis alors à pleurer. Comme un enfant.

Manifestement, l'expérience s'est soldée par un échec.

Frascatti a passé la nuit à l'hôpital sous surveillance médicale, tandis que Talastiera est retourné au Vatican avec le rapport du scanner. Moi, j'avais quartier libre à Rome, mais je n'avais aucune envie de jouer les touristes. Nous devions nous retrouver le lendemain pour faire le bilan. Le médecin-chef nous a salués et informés qu'il assurerait la garde de nuit. Il veillerait personnellement sur Frascatti. Au moment de partir, je lui ai demandé s'il avait un livre à me conseiller sur cette histoire de syndrome K pendant la Seconde Guerre mondiale. Il a sorti d'un tiroir un petit livret d'une dizaine de pages, édité en anglais, sur l'histoire de l'île. J'y trouverais tous les détails.

22 h 45

Les paroles de Frascatti me captivaient. Il avait réussi à prouver que l'on pouvait influencer en partie les visions sous Ayahuasca en se concentrant à l'avance sur les photos de la fresque. Sa terreur n'était pas feinte, mais mon expérience n'avait pas été aussi négative que la sienne au point de pleurer.

J'étais incapable de m'endormir, j'ai décidé d'écouter l'enregistrement de la séance. J'ai mis mes écouteurs et je me suis installé confortablement sur la terrasse, dans un transat. En face de moi, Rome scintillait de mille feux. J'ai regretté à nouveau de ne pas tenir Valeria dans mes bras. La vue serait encore plus magnifique à deux.

En écoutant la bande, je notai mes impressions.

Le téléphone a retenti, émettant une sonnerie aiguë qui m'a fait sursauter. Je suis rentré dans la chambre, plongée dans l'obscurité.

C'était Frascatti. Il parlait d'une voix bizarre, presque un murmure. Et ce qu'il m'a confié m'a glacé le sang. Je reproduis notre conversation.

— J'ai avoué que je ne voulais pas retourner dans le monde de l'Ayahuasca.

— C'est normal, la drogue vous a secoué.

— Vous ne comprenez pas ! La femme-serpent m'a interdit de le faire. Mon Dieu, j'ai vu l'enfer.

— Comment ça ?

— Écoutez-moi attentivement. Elle a un message pour vous.

— Moi ?

— Elle savait que vous étiez présent dans la pièce. Elle m'a dit que ce n'était pas un hasard si l'expérience se déroulait à l'hôpital. Cette île lui appartient.

— Ce n'étaient que des hallucinations, Frascatti. Ne prenez pas tout ça au sérieux. Votre cerveau vous joue des tours. Essayez de dormir.

— Vous ne me croyez pas ! Je vous en conjure. Vérifiez l'origine de l'île Tibérine. Vous ouvrirez les yeux. Elle m'a dit que vous devez vous... éveiller.

Il avait raccroché. Je suis resté un long moment songeur. Ses dernières paroles étaient complètement décousues, mais quelque chose dans le ton de sa voix m'intriguait. La femme-serpent m'avait parlé au Pérou, seulement c'était ma propre voix intérieure.

Cette île lui appartient.

Cette phrase m'intriguait. Je me suis souvenu alors du livret que le médecin-chef m'avait offert et que j'avais laissé dans la poche de ma veste. Je l'ai récupéré et je suis retourné sur la terrasse. Le chant des grillons envahissait la nuit. La lampe extérieure diffusait une lumière aussi douce que l'air ambiant. J'ai parcouru les pages en allumant une cigarette. J'ai passé la préface soporifique d'un évêque célébrant la congrégation des Adorateurs de Saint-Jean-de-Dieu à l'origine de la construction du premier hôpital de l'île. Puis je me suis arrêté sur les origines légendaires de l'île. Une tradition romaine pur jus, ici chaque quartier jouit d'une naissance mythique. La congrégation avait bâti un hôpital car l'île abritait dans l'Antiquité le seul temple dédié à Esculape à Rome. Son symbole est un bâton orné d'un serpent enroulé. Je trouvais la coïncidence amusante. Je m'apprêtais à refermer le livret quand un passage m'a arrêté net. Je l'ai lu une deuxième fois, incrédule.

C'est impossible.

Au IIIe siècle avant notre ère, une épidémie de peste ravageait Rome. Le Sénat romain a alors envoyé par bateau une délégation en Grèce, à Épidaure, où se trouvait le grand sanctuaire d'Asclépios, connu sous le nom d'Esculape chez les Romains, afin d'obtenir l'aide du dieu guérisseur. À la sortie du temple, les envoyés romains ont vu apparaître un gigantesque serpent, qui s'est glissé à bord du navire et s'est terré dans la cale. À n'en pas douter, l'incarnation d'Esculape, qui acceptait de les suivre. Quand le navire est revenu à Rome par le Tibre, au moment où il longeait Tibérine, le reptile a sauté sur l'île et y a trouvé refuge. C'était un signe, le Sénat a construit un magnifique temple à la gloire d'Esculape et la peste a disparu comme par miracle. Mon sang s'est figé à la lecture des dernières lignes.

Dans l'ancienne Rome, on appelait Tibérine « l'île du serpent ».

28

Paris
Père-Lachaise
De nos jours

La cérémonie n'avait duré qu'une petite demi-heure. À l'issue, Agathe avait voulu s'entretenir avec le père Nikolas, mais il avait disparu, juste avant la fin.

Le cercueil était maintenant sur le point d'être déposé dans le caveau situé dans une allée éloignée de la chapelle. C'était une construction classique de pierre noircie, typique de la fin du XIXe siècle, haute et sinistre, surmontée d'une statue d'ange décapité. Le nom Karech était gravé sur le fronton. Les officiants entrèrent dans le caveau pour y déposer le cercueil au sous-sol, une niche avait été ouverte pour l'occasion.

Agathe resta à l'extérieur. La scène lui paraissait absurde, impossible d'avoir de la compassion pour ce Yann Karech. L'avoué lui tendit une enveloppe marron.

— Voici la convocation pour la lecture du testament qui se fera la semaine prochaine dans notre étude.

— Euh… Vous croyez sérieusement que je vais demander trois jours à mon patron pour me barrer en Espagne ?

— Je crains que vous n'ayez pas le choix.

Le téléphone d'Agathe vibra.

Son père. Ce n'était pas le moment. Elle s'éloigna pour prendre l'appel.

— Papa, je ne peux pas te parler. Je te rappelle.

— Non. Tu dois quitter ce cimetière. Maintenant !

— Je ne peux pas, j'ai…

La voix de son père était saccadée, presque haletante.

— Tu ne comprends pas. N'adresse pas la parole à ces gens. Tu m'entends ?

— Tu connaissais ce Karech ?

— Pars, je t'en supplie. Tu cours un grave danger.

Au moment où elle allait répliquer, la femme brune se planta devant elle. Elle la dévisageait de ses yeux noirs et profonds comme si elle sondait son âme.

— Nous devons parler, Agathe.

Nieves Almendra se tenait devant elle. Agathe coupa l'appel et mit l'appareil dans sa poche.

— Je suis la demi-sœur de Yann, mais je pense que l'avoué vous a prévenue. Je m'occupais de mon frère depuis des années. Il a été emporté des suites d'une maladie dégénérative.

— Je suis désolée.

— Je l'ai entouré de toute mon énergie et de tout mon amour. Il n'avait personne d'autre que moi. Je le soignais par des traitements alternatifs, mais cela n'a pas suffi.

Elle lui prit les poignets et les serra fortement.

— Je suis heureuse de faire votre connaissance, Agathe. Vous êtes mon invitée quand vous viendrez à Majorque.

— C'est gentil, mais… Enfin. Je ne sais toujours pas pourquoi votre demi-frère m'a couchée sur son testament. Il vous en a parlé ?

— Je ne peux rien vous dire, le notaire vous expliquera. Je vous retrouverai à Palma, la semaine prochaine.

Elle lui tendit une carte de visite. C'était une fleur de lotus ornée d'un œil, sur un fond orangé.

— Ne prenez pas d'hôtel, j'en serais peinée. Appelez-moi et je vous enverrai un chauffeur.

Agathe hésita quelques secondes.

— J'insiste.

Nieves Almendra la regarda longuement, puis ajouta :

— Vous êtes une étoile unique, Agathe.

— Pardon ?

— Cent milliards d'étoiles tourbillonnent dans la Voie lactée et pourtant il n'y a qu'un soleil. Celui qui chauffe, protège et donne la vie. Pour les humains, c'est pareil. Depuis l'apparition de l'homme sur Terre, cent milliards d'individus se sont succédé. Et pourtant, vous, moi, nous tous, sommes uniques.

— Je n'en doute pas, répondit Agathe poliment, qui ne voyait pas où cette femme voulait en venir.

— Nous avons tous une mission à accomplir sur cette planète, il est temps d'accepter la vôtre. Ne vous contentez pas de subir votre vie médiocre, sortez des ténèbres. Éveillez-vous.

Elle la fixa de son regard aussi noir qu'une obsidienne, puis tourna les talons et s'en alla.

Agathe fourra la carte dans son sac et partit en sens inverse. Elle tomba sur l'homme aux cheveux argentés. Il paraissait soucieux. Il la dévisagea longuement, se contentant de la saluer, mais sans lui adresser la parole. Au moment où elle le dépassa, l'homme s'était agenouillé pour ramasser quelque chose sur le sol.

— Mademoiselle, vous avez perdu un papier.

Agathe se retourna et prit le papier plié en deux qu'il lui tendait.

— Je ne crois pas.

— Si... Si... Bonne journée, dit-il en s'éloignant, le visage tendu.

Elle le regarda s'éloigner, puis jeta un œil sur le papier. Un message était griffonné.

Rejoignez-moi dans 15 min, à l'entrée du funérarium. Nous devons nous parler avant que vous n'alliez à Majorque.

Le jour commençait à tomber, l'avoué la rejoignit tout en suivant l'Espagnole du regard.

— Nieves Almendra vous a-t-elle parlé ?

— Elle m'a invitée chez elle.

— Vous avez de la chance, sa maison est magnifique. Elle se trouve sur les hauteurs de la Tramuntana, le plus beau coin de l'île. Vous devriez accepter. C'est à trois quarts d'heure du centre de Palma.

— Vous connaissez ?

— Non, mais ma femme y a passé un week-end pour pratiquer la méditation et le yoga. Elle m'a montré les photos, c'est juste magique.

Elle consulta sa montre.

— Je garde l'invitation en tête. Et la suite ?

— Vous recevrez un mail de confirmation pour la lecture du testament. Des vols quotidiens pour Palma décollent d'Orly. C'est à une heure quarante de Paris. L'office est situé dans le centre de la ville. Bonne soirée.

Il la salua et s'éloigna en direction de la sortie. Elle prit son téléphone et appela son père. La sonnerie retentit, mais il ne décrochait pas.

Papa, la cérémonie est terminée. Rappelle-moi quand tu peux. Tu m'as fait flipper tout à l'heure.

Il n'y avait plus personne autour d'elle. Elle tapa sur son smartphone les coordonnées du funérarium. Dix minutes de marche en passant par l'allée du dragon. Un vent glacé balayait le cimetière. L'allée était en travaux : une pelleteuse charriait de la terre en plein milieu, pendant que deux ouvriers s'activaient par à-coups au marteau-piqueur. Elle prit son téléphone et s'orienta en agrandissant l'écran. Il suffisait de prendre un petit chemin sur la droite. Elle s'enfonça dans le sentier chaotique qui serpentait entre des pierres tombales et des chênes décharnés.

Elle crut entendre des pas derrière elle et s'arrêta un instant pour scruter les alentours mais il n'y avait personne, seulement des morts. C'était sûrement son imagination. Elle reprit son chemin en remontant le col de sa parka.

Une ombre.

Une ombre furtive s'était déplacée sur le côté. Elle en était sûre.

Elle tourna à nouveau la tête.

— Il y a quelqu'un ?

Personne ne répondit. Tout à coup, elle réalisa que Virginia l'avait peut-être suivie jusque dans le cimetière. Le bruit des marteaux-piqueurs avait repris, si elle criait personne ne l'entendrait. Cette fois son angoisse grimpa d'un bond. Tout devenait hostile. Chaque caveau autour d'elle pouvait servir de cachette.

Elle pressa le pas et emprunta un chemin recouvert de mousse. Le soleil avait décliné, le cimetière semblait désert. Des coups de sifflet retentirent au loin, ceux des gardiens qui annonçaient la fermeture.

La nuit commençait à tomber, elle espérait que l'entretien avec le type se passerait vite. Elle aperçut la silhouette du funérarium qui se dressait à une cinquantaine de mètres. Alors qu'elle s'avançait, elle entendit des gémissements.

Devant elle, à droite du chemin, une jambe dépassait d'une plaque tombale de marbre clair et pendait sur le côté. La dalle verticale l'empêchait de voir qui était assis sur la sépulture. Elle s'approcha lentement et contourna la dalle. La jambe tressautait.

Elle fit un léger écart sur le chemin pour jeter un coup d'œil sur le côté.

Elle faillit hurler.

Un homme était assis contre la dalle. L'inconnu aux cheveux argentés qui lui avait donné rendez-vous au funérarium. Ses yeux roulaient dans ses orbites, un filet rouge s'échappait de ses lèvres. Du sang coulait le long de sa tempe. Son crâne avait dû heurter le marbre.

Il balbutiait quelque chose, mais c'était inaudible. Agathe s'accroupit devant le blessé et prit son téléphone.

— J'appelle les secours.

L'homme lui attrapa le poignet de toutes ses forces. Il l'enserrait comme une paire de menottes.

— Avez-vous… vu… le serpent ?

29

Journal de l'Œil soleil
Août 1990

8 h 30
Cette légende de l'île du serpent me perturbe.

Pour le scientifique que je suis, ce ne sont que des coïncidences. Une succession de hasards comme on en voit souvent. Si la canicule n'avait pas frappé Rome, l'hôpital initial choisi par Talastiera nous aurait accueillis pour notre expérience.

Je ne peux m'empêcher de repenser à la théorie des synchronicités de Carl Gustav Jung, dont raffole ma demi-sœur Nieves. Lors d'une séance dans le cabinet du psychiatre, une patiente récalcitrante parle d'un rêve dans lequel apparaît un scarabée doré. En l'écoutant, Jung aperçoit le même insecte se promener sur la fenêtre. Il le prend entre ses doigts et le montre à sa patiente, qui s'est débloquée d'un coup et lui a livré ses pensées.

Passionné par la mythologie et les symboles, Jung a identifié dans le scarabée le dieu égyptien Khepri, incarnation de la renaissance. Ce scarabée avait joué un rôle positif dans la thérapie de la jeune femme. Par la suite, Jung a approfondi le sujet et en a tiré sa théorie de la synchronicité. Une coïncidence porteuse de sens pour celle ou celui qui l'observe.

Je ne dois pas basculer dans une crédulité niaiseuse.

Elle te veut toi.

Les paroles de Frascatti tourbillonnent dans mon esprit. Je ne crois pas en l'existence de cette déesse serpent. C'est une hallucination. Une projection créée de toutes pièces par nos cerveaux sous l'effet d'une substance chimique, la DMT. La molécule déverrouille la porte de notre inconscient et libère un torrent d'images, de pensées, de sensations, habituellement distillées au compte-gouttes dans nos rêves.

En revanche, une idée vient de germer. J'espère qu'elle séduira mes hôtes.

10 heures

J'ai proposé à Talastiera et à Frascatti de continuer l'expérience. J'appliquerai la même méthode : je m'immergerai dans la fresque du péché originel et je boirai de l'Ayahuasca. À la différence de Frascatti, je n'éprouve aucune crainte à l'idée de retrouver la *Serpente*. Si l'érudit approuve, Talastiera, lui, ne semble pas réceptif. Je le vois à son regard. Depuis le début il se méfie de moi. Sur le principe il ne veut pas en entendre parler, mais il demande un temps de réflexion. En attendant, je suis toujours l'invité de la fondation.

J'ai appelé Valeria à Majorque et lui ai fait part de mon idée. Elle la trouve excellente, surtout sur l'île du serpent. C'est sûrement un message de la déesse. De son côté, elle travaille avec Nieves sur le pouvoir des sons pendant les phases de méditation. J'apprends incidemment qu'elle a étudié la biologie à l'université de Kiev et qu'elle a participé, il y a quelques années, à un programme officiel sur le pouvoir de la musique sur le cerveau. Elle m'a promis de m'en parler à mon retour. Cette femme me subjugue.

11 heures

J'en ai profité pour visiter Rome. À mon retour, je suis passé par l'île Tibérine, pour récupérer à l'hôpital un blouson oublié dans la chambre.

En sortant, je me suis arrêté devant l'entrée. Des religieuses vendaient des pâtisseries confectionnées pour aider une association d'aveugles. J'ai acheté pour une poignée de lires un chausson fourré de pommes cuites, de raisins secs macérés dans du vin, d'amandes et de noisettes. C'était délicieux. La sœur pâtissière m'a répondu que la recette de cette spécialité très populaire venait d'un monastère en Ombrie. Elle s'appelle *Serpentone delle monache*. Le serpent des moines.

Une seconde. J'ai senti la présence de la déesse serpent pendant une infime seconde. Sous mes pieds. Lovée dans les anfractuosités de l'île, dans ses entrailles, prête à s'éveiller. Quelle stupidité !

15 heures

Talastiera est venu me rendre visite, seul, à la fondation. Il a changé d'avis et donne son feu vert. J'ai rendez-vous dans quatre heures pour passer des examens médicaux afin de m'assurer de mon état de santé.

Pourquoi cette volte-face ? Je l'ignore. Même son attitude envers moi a changé. Il est devenu plus affable. Trop. Je ne suis pas paranoïaque, mais un soupçon m'étreint. Et si quelqu'un se cachait derrière Talastiera et Frascatti, quelqu'un qui tirait les ficelles depuis le début ? Et qui aurait ordonné au prélat de continuer l'expérience. Un mystérieux mécène ? Ou alors le Vatican, via l'Académie pontificale. Mais pour quelle obscure raison ?

30

Paris
Cimetière du Père-Lachaise
De nos jours

Agathe se collait à Frascatti. Elle sentait son souffle tiède et son parfum citronné. L'homme énonçait chaque mot comme s'il les arrachait de sa chair. Il tenta de se redresser, mais n'y arriva pas. Son visage devenait gris.

— Votre… père.

— Vous connaissez mon père ?

— Oui…

Ses paroles n'étaient plus qu'un murmure.

— Le serpent. Talastiera, moi… Qu'avons-nous fait ?

L'Italien écarquilla les yeux une dernière fois, la fixa de ses pupilles dilatées comme si elles allaient exploser, puis son visage s'affala sur sa poitrine.

Agathe recula. Elle n'avait jamais vu mourir quelqu'un.

Son esprit tangua.

Ça recommence. Non…

Le serpent surgit. Cette fois, il plantait ses crochets dans son cerveau. Elle tituba sous l'effet de la douleur et s'appuya sur la dalle de marbre.

Lentement, très lentement, elle reprit ses esprits.

Puis son regard se riva sur le ventre du malheureux. Du sang s'écoulait avec un débit plus faible. La moitié de la pierre de marbre blanc était nappée d'écarlate. Comme une somnambule, elle prit son téléphone. Elle ne savait même pas quel numéro appeler. 15, 16 ou 17. Les pompiers, le Samu… La police. C'était le 17.

Au moment où elle allait composer le numéro, une main lui arracha son téléphone qui vola à terre.

Virginia apparut dans son champ de vision.

Son sang se glaça. Virginia.

— Viens avec moi.

Le regard d'Agathe oscillait entre la fille et le mort.

— Je ne bouge pas.

Virginia la regardait étonnée et sortit son couteau.

— C'est pour ton bien. Je ne le répéterai pas deux fois.

Agathe s'exécuta, son manteau était recouvert de poussière et d'herbes sèches. Son cerveau se consumait.

— Où allons-nous ?

— Marche, vite. Je te dirai où t'arrêter.

Agathe arriva au niveau d'un caveau à la porte rouillée et entrouverte. Elle leva les yeux sur le fronton.

Famille Descosse Boizette

— Là on sera bien. Dépêche-toi.

Agathe poussa la porte et entra dans le mausolée. Les parois étaient recouvertes de tags aux motifs aussi primaires que disgracieux. Le sol était jonché de canettes de bière éventrées et d'emballages de paquets de chips défraîchis. Une odeur de pierre humide stagnait dans l'espace exigu. Un vitrail à moitié ébréché diffusait les dernières lueurs du ciel.

Virginia poussa Agathe contre un mur.

— Nous avons tant en commun.

Son visage s'était approché du sien. Comme dans le métro. Agathe n'osait prononcer un mot de peur de l'irriter.

— Je suis ta sœur. Je suis venue pour te protéger de tes ennemis. Est-ce que tu le sais au moins ?

— Je n'ai pas de sœur.

— Nos âmes sont liées.

Agathe retenait son souffle, son esprit vacillait.

— Tout ce que vous voulez.

Des coups de sifflet résonnèrent au loin. Les gardiens alertaient une dernière fois de la fermeture du cimetière pour rabattre les visiteurs vers les sorties.

— Vous voulez me kidnapper ?

Soudain un coup de sifflet retentit à quelques mètres du caveau. Virginia détourna la tête. D'un geste brusque, Agathe poussa son agresseuse de toutes ses forces contre l'autre mur. Déséquilibrée, la jeune femme chuta à moitié, sa main cogna l'autel de pierre, le couteau tomba à terre. Agathe en profita pour tenter de sortir du caveau, mais au moment où elle franchissait la porte, elle sentit deux mains lui agripper la cheville avec force. Elle tomba à son tour en avant et faillit cogner le coin d'une pierre tombale juste en face du caveau. Derrière elle retentit la voix de Virginia, comme un sifflement.

— Tu dois mourir pour renaître.

Agathe se retourna. Le visage de Virginia apparut à la lumière tel un démon sorti des enfers.

31

Journal de l'Œil soleil
Rome
Août 1990

18 heures

Avant de me rendre à l'hôpital, j'ai appelé Valeria. Je voulais entendre son rire pour me donner du courage, mais elle plongeait à l'autre bout de l'île. Je suis tombé sur Nieves et lui ai raconté la légende de l'île Tibérine, le serpent, le *Serpentone*...

Ma demi-sœur a pris ces clins d'œil du hasard avec un sérieux qui m'a déconcerté. Selon elle, la déesse mère m'envoie des messages puissants. Comme la pâtisserie en forme de serpent par l'intermédiaire d'une religieuse catholique. Un comble. J'ai ri.

Elle connaît mon scepticisme, mais je l'ai écoutée avec intérêt. Elle se passionne depuis longtemps pour les théories de Jung. La déesse mère représente l'archétype le plus puissant de l'inconscient collectif de l'humanité. Une divinité primordiale qui hante la mémoire des hommes depuis l'aube des temps. Elle fait partie de notre inconscient personnel.

Si elle m'apparaît à moi, qui suis un homme, cela signifie un renouveau. Le seuil d'une nouvelle vie.

Elle a organisé une série de colloques l'hiver dernier avec une spécialiste du sujet, une anthropologue qui était aussi sa petite amie du moment. Nieves apprécie la compagnie des hommes, mais pas dans son lit.

J'ai enregistré ses explications sur la déesse pour les retranscrire avant mon départ pour l'hôpital.

« Avant l'arrivée des religions monothéistes, de nombreuses civilisations païennes vouaient un culte à la déesse mère. En Europe, en Amérique du Sud, en Asie ou en Afrique. Crainte ou vénérée, elle donne naissance à la vie, mais n'est pas réduite à cette fonction reproductrice. Elle participe à l'organisation des mondes et règne aussi dans le domaine spirituel. Elle porte tant de noms et de visages. Ishtar à Babylone, Isis en Égypte, Cybèle à Rome, Ereshkigal à Sumer, Astarté, Kali, Sekhmet… Elle personnifie l'intelligence et la raison chez les Grecs sous le nom d'Athéna. Je pourrais t'en citer tellement…

« L'ouragan crépusculaire des religions du Livre a tout balayé. Le christianisme, comme les autres religions monothéistes, a imposé aux hommes la vision d'un dieu barbu à l'origine de la création du monde. La fresque de Michel-Ange, *La création d'Adam*, en est l'exemple le plus frappant. Un homme crée un homme. Où se trouve la femme ? Ève n'arrive qu'au second plan, un panneau plus loin et encore, en sortant d'une côte. Un non-sens spirituel et un révisionnisme biologique absolu, la vie sort du ventre des femmes. La présence de la femme-serpent dans la fresque du péché originel enfonce le clou. La déesse bénéfique se transforme en serpent, une créature dangereuse et répugnante.

« Ton Michel-Ange me fait l'effet d'un misogyne invétéré. Il n'est pas le premier, loin de là. On retrouve cette métamorphose maléfique dans d'autres religions. Il y a 4 000 ans, le dieu Marduk transforma Tiamat, la déesse sumérienne des eaux, qui avait créé le monde, en serpent-dragon. Ce dernier devenait l'incarnation du bien. Saint Georges ou saint Michel terrassant le dragon, idem, Persée et la Gorgone.

« Ne sous-estime pas cette expérience avec la femme-serpent. Et si elle se déroule sur son île, c'est pour une bonne raison. »

Je respectais ses arguments, mais je ne les partageais pas dans leur totalité. Elle se servait de Jung, de l'histoire et de mythes universels pour fortifier sa croyance dans un féminisme sacré. Son raisonnement était biaisé. Si Dieu existe, et j'en doute fortement, il ne peut avoir de sexe. À quoi peut bien servir un organe reproducteur dans le monde spirituel ? Dieu barbu ou déesse mère, ce ne sont que des représentations humaines. Biologiques. Donc imparfaites. Nieves s'est amusée de mes arguments rationalistes.

Je dois me préparer.

32

Paris
Cimetière du Père-Lachaise
De nos jours

— Lâche-moi !

Avec rage Agathe décocha de toutes ses forces un coup de pied à la tête de la tueuse. Virginia poussa un cri de douleur et lâcha prise. Agathe sentit son énergie décupler. Comme avec le SDF.

Agathe tourna la tête dans tous les sens. Elle n'arrivait pas à se repérer. Elle prit un chemin au hasard qui serpentait entre les tombes et courut aussi vite qu'elle le pouvait. Au bout d'une cinquantaine de mètres, son pied buta sur une pierre à moitié enterrée. Elle perdit l'équilibre et s'affala à terre. Sa main percuta l'arête de marbre d'une dalle noire comme la nuit. Un éclair de douleur lui cisailla la paume. Elle remercia le ciel que sa tête n'ait pas cogné la pierre tombale. Elle se relevait péniblement quand soudain une voix jaillit derrière elle.

— Je vais vous aider.

Agathe se retourna. Un homme se dressait devant elle. Son visage était plongé dans l'ombre. Il lui tendit la main. Le cœur battant, elle recula instinctivement. Virginia pouvait avoir un complice.

— Vous n'avez rien à craindre, dit l'homme d'une voix forte.

Elle crut en reconnaître l'intonation, mais n'en était pas certaine. Le type s'approcha d'elle, son visage passa à la lumière.

Le père Nikolas.

Elle se leva, sans prendre sa main, et recula.

— Que faites-vous ici ?

Pendant qu'elle lui parlait, elle jetait des coups d'œil dans toutes les directions. La folle pouvait revenir à tout moment avec son couteau.

— Si vous cherchez votre agresseuse, je l'ai vue s'enfuir. Nous devons quitter le cimetière rapidement.

— Non ! Un homme a été assassiné. Il assistait aux obsèques.

— Je le connaissais. Benvenuto Frascatti. Nous devons partir avant l'arrivée de la police.

— Allez vous faire foutre. Pourquoi me suivez-vous ?

— C'est compliqué. Mais j'ai des réponses à certaines de vos questions. Et vous de même.

Elle hésitait.

— Pourquoi accepterais-je ? Vous êtes peut-être complice de cette folle.

— Je suis prêtre.

— Qui me dit que c'est vrai ? N'importe qui peut mettre un col et une veste noire.

— Vous m'avez vu à la cérémonie funèbre tout à l'heure pour aider le curé de la paroisse. Je ne peux pas vous forcer, mais vous n'obtiendrez jamais certaines réponses. Ni le moyen de vous protéger de cette femme.

— C'est insensé ! En quoi un curé va m'aider ? Vous n'êtes pas flic.

Il la prit par le poignet, son regard se fit dur.

— Écoutez-moi attentivement. Vous pouvez rentrer chez vous, mais avec le risque que cette femme sache où vous habitez. Vous serez constamment sous sa menace et vous savez qu'elle est capable de tuer. Prendrez-vous ce risque ? Décidez-vous maintenant, le temps presse.

— Pour aller où ? demanda-t-elle, méfiante.

— Juste en face du cimetière, il y a une église. Notre-Dame-du-Perpétuel-Secours. Nous y serons en sécurité et je vous dévoilerai certaines informations. Et vous aussi, je l'espère.

— Pourquoi cette église en particulier ? Un café fera l'affaire.

Il secoua la tête.

— Nous devons parler en toute discrétion. C'est à prendre ou à laisser.

Elle hésita quelques secondes, puis hocha la tête. Elle n'avait plus vraiment le choix et l'idée de retomber dans les griffes de la folle la tétanisait. Quelque chose dans ce prêtre la rassurait aussi. La confiance en lui, une sorte de force intérieure.

— Je vous suis.

— Parfait, ce n'est qu'à quelques minutes d'ici.

Elle allait prendre l'allée principale qui descendait vers la sortie, mais il l'entraîna sur un chemin détourné.

— Les gardiens ne doivent pas nous voir. Quand la police arrivera, ils les mettront sur le gril.

— Vous comptez quand même les appeler ? On ne peut pas laisser ce malheureux sur cette tombe.

— Une fois que nous serons sortis.

Il leur fallut une dizaine de minutes pour arriver devant la porte de sortie principale. Une foule compacte se pressait sous l'œil blasé d'un gardien. Ils se mêlèrent au groupe.

— Baissez la tête, dit le père Nikolas à Agathe, ne vous faites pas repérer.

Elle se fondit dans la foule de visiteurs, les yeux rivés au sol. Ils passèrent la porte et se retrouvèrent sur le boulevard de Ménilmontant.

Agathe poussa un soupir de soulagement. Elle balaya l'avenue du regard sans repérer la moindre trace de clocher. Sa méfiance revint à la vitesse d'une marée. Elle resta plantée alors qu'il marchait vers le trottoir opposé.

— Je ne vois aucune église.

Pour la première fois le père Nikolas sourit.

— Nous préférons la dissimuler aux yeux des Parisiens et des touristes. Elle est mal fréquentée.

— Pourquoi ?

— C'est la seule église de Paris dans laquelle un prince redoutable a le droit d'entrer. Et de s'exprimer en toute liberté. Lui et ses disciples.

— Je ne comprends rien. De qui parlez-vous ?

— Le prince des démons. Satan.

V

Illumination

Le découragement, voilà ton ennemi
le plus vicieux, le plus mortel.
C'est l'heure la plus obscure de la nuit,
quand l'aube paraît si loin.
Nous l'avons tous vécu,
celui qui te dit le contraire se berce de mensonges.
Le découragement,
c'est le vent hurlant qui te précipite à terre,
c'est l'orage qui n'en finit pas.
Le vaincre, se vaincre,
voilà le plus grand des triomphes.

Le chant de l'Œil soleil

Si l'être aimé te quitte, ton cœur devient caméléon.
Il se teinte du noir du désespoir,
du bleu de la fausse espérance,
du rouge de la colère et du gris de la tristesse.
Seul compte la blancheur du pardon,
c'est la couleur de ta résurrection.

Le chant de l'Œil soleil

33

Journal de l'Œil soleil
Rome
Août 1990

20 heures

Debout dans la chambre de l'hôpital, je scrute les photographies des fresques de Michel-Ange. Je connais chaque détail, chaque couleur. Les visages, les attitudes, les éléments de décor passent et repassent dans mon cerveau. Je pourrais les décrire à la perfection les yeux bandés. Quelque chose de très curieux s'est produit : en m'attardant sur la création d'Adam, j'ai découvert un détail étrange. Troublant. Est-ce l'influence du discours enflammé de ma sœur ? Mais j'ai découvert la présence d'une autre femme dans l'œuvre. Ni la femme-serpent ni Ève. Je regrette de ne pas avoir une bible sous la main, un comble dans un hôpital catholique, pour vérifier mon observation.

Michel-Ange a peint ce détail qui, selon ma mémoire, ne figurait pas dans la Genèse. J'en parlerai à Talastiera et à Frascatti.

22 heures

J'ai bu l'Ayahuasca à petites gorgées.

Amer, infect. Je n'ai jamais compris pourquoi les sorciers, avec leurs connaissances des plantes de la forêt, n'avaient pas ajouté un autre ingrédient pour en adoucir la saveur. Mais je n'éprouve pas d'envie de vomir, contrairement à Frascatti. L'enregistreur est déclenché. Les effets de la drogue ne tarderont plus.

22 h 25

Quelque chose de bizarre survient. Le sol de la chambre ondule comme si le carrelage blanc et noir se liquéfiait. La houle s'accentue.

Je sens des grondements sous mon lit. Quelque chose bouge. Le ventre de l'hôpital gargouille. Les vibrations s'amplifient. Un bruit très net de succion et de clapotis se répand dans la chambre. Un son... visqueux. Je ne peux pas le désigner autrement. Je vais lâcher ce journal. Ça tangue comme sur un canot emporté dans un torrent déchaîné.

Les murs de ma chambre disparaissent. Les silhouettes de Talastiera et de Frascatti s'évaporent. Mon lit est un radeau qui flotte sur une houle blanche, opaque, laiteuse. Soudain quelque chose apparaît à la surface. Une tête avec des écailles grises et humides. Une tête de serpent. Il me fixe de ses pupilles jaunes et fendues à la verticale, comme des pointes de flèches. Il vient... pour moi.

34

Paris
De nos jours

Agathe et le père Nikolas remontaient le boulevard de Ménilmontant en direction de Belleville. Un souffle froid balayait des détritus laissés par les vendeurs à la sauvette. La jeune femme se murait dans le silence. L'estomac racorni, le cerveau en boucle sur la vision de Frascatti expirant sur la tombe. Incapable de chasser cette horreur. Elle avait déjà croisé la mort, six mois plus tôt, avec le décès de sa mère, mais n'avait pas assisté à son dernier souffle sur son lit d'hôpital. Là, au cimetière, c'était la première fois qu'elle assistait à l'agonie d'un être humain.

Les paupières qui tressaillaient, comme si les yeux voulaient s'accrocher à la lumière, l'effort pathétique des poumons pour aspirer les dernières gorgées d'oxygène, les doigts qui frétillaient en mode électrocution. Et puis plus rien. *Batterie out.*

Vivant, puis mort. Entre les deux, un minuscule grain dans le sablier du temps. Un concert de sirènes hurlantes l'extirpa de ses pensées. Trois voitures de police passèrent en trombe devant eux, tournèrent sur la gauche pour couper le boulevard et s'engouffrèrent dans l'entrée principale du cimetière. Ils n'avaient pas tardé. Moins de dix minutes après que le prêtre eut alerté la nonciature.

— La police s'interrogera sur l'appel de l'ambassade du Vatican, énonça Agathe, ils voudront savoir pourquoi la nonciature a été mise au courant du meurtre.

— Le service de sécurité du nonce peut anonymiser un coup de fil sans problème.

Ils traversèrent un passage piéton et continuèrent de longer une rangée d'immeubles d'habitation aux airs gris et fatigués. Elle repensa au mystérieux défunt enterré et ne voyait toujours pas le lien qui les unissait.

Yann Karech... D'où sortait ce type ? Elle n'avait jamais mis les pieds à Majorque. Elle se rendrait sur cette île. Sa décision était prise. Personne ne la spolierait de ce mystérieux héritage.

Elle éprouvait la sensation de naviguer seule, sur un minuscule canot à moteur. Filant sur une mer sombre, avec l'horizon barré par un gigantesque mur de nuages noirs et hostiles. Une traversée dangereuse, mais excitante.

Sa vie molle et ouatée basculait dans l'incandescence. Comme si toutes ces épreuves l'avaient arrachée à un long sommeil.

— Ce sera bientôt sur notre gauche.

La voix du père Nikolas la sortit de ses réflexions. Encore une fois, il l'avait protégée. Elle lui jeta un œil à la dérobée. Le prêtre marchait à ses côtés, nimbé d'une sorte de force tranquille. Le profil et les épaules carrées, elle songea avec amusement que ce type aurait pu être acteur ou cascadeur. Pendant quelques secondes, une pensée sulfureuse traversa son esprit. Elle s'imagina dans ses bras, lui caresser la nuque et remonter sa main dans ses cheveux drus et noirs.

Un prêtre...

Un mois que sa libido s'était mise en grève sans préavis, et voilà que sa première pensée érotique virevoltait autour d'un curé. Elle sourit intérieurement.

On se calme.

C'était la proximité avec l'église du diable.

Ils longèrent un magasin de pompes funèbres et un serrurier, mais elle ne vit rien qui ressemblait à un édifice du culte.

— Cette mystérieuse église a été bâtie dans un univers parallèle ?

— Ils ont des yeux et ne voient point, répondit le prêtre, Matthieu, chapitre 13, verset 13.

Nikolas s'arrêta devant le porche d'un immeuble surmonté d'une bannière accrochée à une hampe, floquée d'une église stylisée. Ils s'y engagèrent pour déboucher devant une église austère et sans charme. Le prêtre obliqua sur la droite et frappa à la porte d'un bâtiment massif surmontée d'une plaque gravée en argent.

Centre d'accueil Saint-Michel.

Les deux battants s'ouvrirent, laissant apparaître un couple entourant une jeune fille en béquilles. Agathe et Nikolas s'écartèrent pour les laisser sortir. Le trio avançait avec lenteur, l'adolescente, pas plus de quinze ans, peinait à marcher, comme si son bassin était désarticulé. Elle flottait dans un manteau de laine aux épaules trop larges. Elle leva les yeux vers Agathe au moment où ils se croisèrent. Son visage émacié à l'extrême était un masque de douleur. Les yeux écarquillés, les lèvres presque blanches, de fines striures rouges sillonnaient ses joues, comme si un chat venait de la griffer. Un maigre sourire se dessinait néanmoins sur ses traits. Un curieux mélange de souffrance et de joie.

Agathe croisa le regard de la mère qui affichait un sourire de compassion. Elle l'entendit murmurer à sa fille : « On l'a vaincu… Tu es guérie. »

35

Journal de l'Œil soleil
Rome
Août 1990

13 heures

Je suis rentré à la fondation. Incapable de retranscrire la puissance inouïe de mes visions. Comment un aveugle pourrait-il décrire la splendeur d'un crépuscule enflammé ou la magnificence d'une fresque de Michel-Ange ?

Je vais essayer de résumer le plus important. Le serpent qui m'est apparu surgissait des profondeurs de l'île Tibérine. Il est ensuite entré dans ma tête pour se nicher au plus profond de mon cerveau. Il faisait partie de moi. Depuis toujours.

À travers lui, je faisais corps avec l'univers tout entier. J'en pleurais de bonheur. Sa voix résonnait dans toutes les cellules de mon corps. Je devais me soumettre. Accepter une vérité immémoriale. Je n'étais qu'un grain de sable sur une plage sur le point d'être submergée par un tsunami monstrueux. Comme les dizaines de milliards de grains de sable humains qui m'avaient précédé sur terre. Ce serpent se moquait de ma misérable condition humaine.

Un kaléidoscope de sensations et de connaissances m'a ensuite emporté. Je cherche une image capable de décrire mes sens exacerbés, mais je bute sur les mots.

Imaginons une symphonie de Mahler ou de Tchaïkovski, mes compositeurs préférés, exécutée par un orchestre prestigieux. Eh bien, je me trouve dans les oreilles du mélomane le plus averti, mais aussi dans la baguette du chef d'orchestre et les instruments des musiciens. Je ressens les cordes du violon se déchirer sous l'archet, j'expire dans le souffle des trompettes, mes doigts énervés martèlent le clavier d'un piano. Mieux, je suis la note qui tourbillonne et qui s'envole des partitions. Je suis la symphonie. Une symphonie cosmique.

Cette drogue décuple clairement les sens à un niveau inouï et facilite l'accession à un état de conscience supérieur.

C'est la clef pour comprendre ce qui suit.

J'ai alors saisi la signification des fresques du péché originel et de la création d'Adam. Les deux œuvres sont imbriquées comme les maillons d'une chaîne. Le génie de Michel-Ange m'époustoufle. Il a dissimulé son secret, cette déesse serpent, dans la chapelle Sixtine, le cœur nucléaire du réacteur de l'Église catholique.

Quelle ironie ! La divinité reptilienne trône au sommet de cette instance dirigeante, le collège des cardinaux, chargée d'élire les pontifes.

Du plus haut de la voûte, elle les observe patiemment depuis des siècles.

Et attend son heure. Que son secret soit révélé.

19 heures

Ce soir, pas de délicieuse trattoria : le dîner avec mes hôtes se déroule dans un salon privé de la fondation. Quand je suis arrivé, ils étaient déjà assis autour d'une table ronde, recouverte d'une nappe blanche et de couverts argentés rutilants. Un serveur nous a proposé un vin en carafe, un valpolicella millésimé, et s'est éclipsé sous le regard attentif de Talastiera.

Je n'ai pas eu le droit d'enregistrer la conversation, le prélat est entré dans le vif du sujet. Il m'a expliqué que ma séance se distinguait nettement de celle de Frascatti.

Au début, j'ai poussé des hurlements de terreur, je voyais des serpents partout. Mon électrocardiogramme battait des records d'énervement. Ils ont failli tout arrêter.

Puis je me suis calmé et me suis levé du lit tel un somnambule. Je me suis approché des photographies des fresques et les ai observées avec minutie. Ils croyaient que j'étais réveillé, mais non. Je vivais un état altéré de conscience. Comme sous hypnose. Frascatti a essayé d'engager la conversation. En vain. Je me trouvais dans mon monde. Je suis alors resté une bonne vingtaine de minutes devant la fresque de la création d'Adam et j'ai éclaté en sanglots. Mon visage était baigné de larmes et je riais en même temps. Je présentais, selon lui, tous les symptômes d'une extase mystique telle qu'il les avait étudiés. Je me suis ensuite recouché et j'ai dormi quasiment toute la nuit.

Moi, j'étais persuadé que mes visions avaient duré des heures entières. Talastiera m'a alors demandé de les décrire. J'ai entamé mon exposé. J'avais réussi à décrypter un message caché dans les fresques. Je me préparais à le révéler, mais ils devaient jouer franc jeu avec moi. Les deux hommes ont échangé des regards ennuyés. J'ai menacé de quitter la fondation, de prendre un hôtel.

La menace a fait son effet. Talastiera a admis qu'il ne pouvait s'engager de son propre chef. Sa réponse confirmait mes doutes. Il ne dirigeait rien. Il devait rendre compte à un supérieur.

La porte du salon s'est alors ouverte et un inconnu vêtu de noir est apparu sur le seuil. C'était un homme jeune, une trentaine d'années, massif, le visage carré, les cheveux courts et noirs, le regard de la même couleur. Il me faisait plutôt l'effet d'un boxeur ou d'un haltérophile engoncé dans une soutane.

Sans un mot, il est venu s'asseoir à notre table. Talastiera et Frascatti l'ont accueilli avec déférence.

L'homme s'est incliné devant moi et présenté poliment. Le père Mandatore était un conseiller pour les affaires spirituelles de la curie. Il siégeait au conseil d'administration de la fondation. Il m'a expliqué qu'il avait écouté toute notre conversation dans le salon attenant, en indiquant une grille fichée dans l'un des murs. Je lui ai demandé s'il était le véritable responsable de l'opération. Il a acquiescé et s'est excusé. Le Vatican tenait à la plus grande discrétion dans cette affaire.

Il comprenait ma méfiance et voulait faire preuve de transparence. En échange, il exigeait une réciprocité. Dans tous les cas, je pouvais partir quand je le souhaitais. Et garder pour moi le supposé secret de Michel-Ange.

Son regard exprimait de la franchise, et son visage de la détermination. Son esprit était fait du même bois que ses poings : le genre d'homme chez lequel le doute constitue une faiblesse. Je m'attendais à ce qu'il prenne la parole, mais c'est Frascatti qui a entamé le récit.

36

Paris
De nos jours

Agathe se retourna pour observer les parents et la jeune fille en béquilles s'éloignant vers la sortie.

— C'est un centre pour handicapés ?

— Non, répondit le père Nikolas, elle est venue soigner son âme.

Ils empruntèrent un long couloir aux murs jaunis et recouverts d'affiches de pèlerinages à Saint-Jacques-de-Compostelle et de promotion du jubilé de l'année en cours. Ils obliquèrent sur la droite et débouchèrent dans un hall d'aspect suranné décoré de tableaux de style sulpicien triomphant. Sur l'un d'eux, le plus imposant par sa taille et sa facture, un saint Michel athlétique plantait son épée dans le ventre d'un démon grimaçant et cornu à souhait. Un homme en soutane, petit et malingre, se précipita à leur rencontre, salua Agathe et s'adressa au père Nikolas.

— J'ai trouvé un bureau au fond du couloir, vous y serez tranquille. En ce moment, nous sommes débordés. Suivez-moi.

— Merci, père Thomas, nous n'en aurons pas pour longtemps.

— Pourriez-vous me prêter un chargeur de téléphone portable de type C ? demanda Agathe qui agitait son portable.

Le vieux prêtre secoua son crâne déplumé.

— Mademoiselle, je n'ai qu'une seule ligne et elle est en communication directe avec Dieu. Mais je demanderai au secrétariat.

Alors qu'ils empruntaient un nouveau couloir, des cris se firent entendre de l'autre côté du mur. Et des pleurs. Agathe jeta un regard au père Nikolas, qui ne semblait pas étonné et continuait de marcher en suivant son collègue.

Ils passèrent devant une porte entrebâillée. Agathe ralentit et ne put s'empêcher de jeter un œil à l'intérieur. C'était une pièce aux dimensions modestes, à peine plus grande qu'une chambre, aux murs blancs et nus. Sur le côté, un crucifix de métal noirci reposait sur une dalle de ciment. Trois hommes se tenaient au centre. Le premier était assis de dos, sur une chaise, vêtu d'une chemise grise, il tressautait sur lui-même comme si on l'électrocutait. Devant lui se tenaient deux prêtres. L'un lisait à haute voix un livre, sans aucun doute une bible, tandis que l'autre aspergeait le malheureux avec une fiole, tout en murmurant, le regard concentré. Agathe entendait les mots Satan, Jésus et Esprit saint, noyés dans les suppliques de l'homme en chemise. Ce dernier tourna la tête vers Agathe. Il avait des cernes épouvantables, des yeux rougis, le cou tendu à l'extrême comme s'il allait se déchirer à tout moment. L'un des curés intercepta le regard d'Agathe et lui claqua la porte au nez, le visage courroucé.

— Mais où sommes-nous ? s'étonna Agathe, qui avait rattrapé les deux prêtres.

— Dans le centre d'exorcisme du diocèse de Paris, dit le père Nikolas, qui traite les cas de possession en Île-de-France.

— L'église du diable... Je comprends mieux.

Le père Thomas s'arrêta devant une porte grise qu'il ouvrit avec une clef plate. Ils pénétrèrent dans un bureau austère, meublé d'une armoire métallique grise et de deux fauteuils en cuir élimé. Une Vierge de plâtre écaillée somnolait sur une étagère poussiéreuse. Une discrète senteur d'encens et de cire flottait dans la pièce. Une fenêtre aux vitres sales donnait sur un arbre plus squelettique que svelte. Leur hôte disparut après avoir fermé la porte derrière lui. Agathe remarqua sur l'un des murs une série d'une trentaine de photographies dont une bonne moitié était barrée d'une croix rouge. Il intercepta son regard.

— Les croix, c'est pour les fidèles délivrés du Malin.

— Je suppose que la gamine croisée ne tape plus la causette à diablito ?

— Probablement.

— Une église pour les possédés… Et ils en soignent beaucoup ?

— Environ deux mille par an. Une majorité d'entre eux relève de la psychiatrie ou de conduites addictives. Des psychiatres un peu ouverts envoient leurs patients ici, même ceux de Sainte-Anne, quand les thérapies se révèlent inefficaces. Ils estiment que la possession se résume à un état altéré de la conscience, le cerveau bascule dans un monde parallèle où le démon existe. Si une cérémonie d'exorcisme aide à la guérison, pourquoi s'en priver ? Le plus fascinant, c'est que les résultats sont au rendez-vous. Comme pour la fille que nous avons croisée.

— Et la minorité ?

— Vous voulez vraiment que je vous réponde ?

Elle le fixa. La façon qu'il avait de répliquer de manière presque sarcastique l'irritait.

— Non, j'ai mon quota de maléfices. Ne le prenez pas mal, mais votre comportement me paraît un peu étrange.

— C'est-à-dire ?

— Votre sang-froid face à la mort de Frascatti, votre façon de rester dans le contrôle en permanence.

Le père Nikolas dégrafa son col blanc amovible.

— Je ne suis pas prêtre.

37

Journal de l'Œil soleil
Rome
Fondation Spina
Août 1990

Frascatti a commencé son récit sous le regard attentif de Mandatore. J'allais enfin comprendre la raison réelle de ma venue. Et, le cas échéant, leur révéler l'ensemble des découvertes.

Deux ans auparavant, il s'était rendu aux archives apostoliques de la bibliothèque du Vatican en vue de la rédaction d'un livre sur Michel-Ange. Avec une recommandation de son ami Talastiera. Il voulait accéder aux archives du pape Jules II, le commanditaire de Michel-Ange, afin d'enrichir son ouvrage. Le Vatican avait enfin ouvert une partie de ses archives dites secrètes à des érudits triés sur le volet. En l'occurrence les archives personnelles des papes au fil des siècles. Frascatti a passé un bon mois à éplucher des centaines de documents, il maîtrise le latin à la perfection. Il découvrait de nombreux éléments inédits sur les relations tumultueuses entre le pape de fer et l'artiste. Sur le point de terminer sa moisson, il est tombé incidemment sur un document annexe. C'était le rapport d'un moine franciscain envoyé par Jules II pour enquêter sur la fuite de Michel-Ange à Florence en 1510. L'artiste ne supportait plus les colères du pape et n'avait pas reçu le moindre sou pour son travail alors qu'il se rompait le dos sur les échafaudages de la Sixtine. Dans sa note, l'espion du pape révélait que Michel-Ange bénéficiait de la protection d'un seigneur Médicis, membre d'une société secrète, l'Occhio di Platone, l'Œil de Platon. Un cénacle d'érudits et d'aristocrates éclairés qui professait des thèses, dites néoplatoniciennes, plus ou moins hérétiques que l'on croyait disparues. Le Franciscain recommandait au pape de soustraire rapidement l'artiste à l'influence de ce groupe. Que le peintre officiel de l'Église s'imprègne d'idées sulfureuses, surtout pendant l'exécution de la Sixtine, était impensable.

Frascatti n'a trouvé aucune autre mention de ce groupe occulte dans les papiers de Jules II. Il a alors eu l'idée de jeter un œil aux archives de ses successeurs. Il y a passé deux nouveaux mois, Michel-Ange avait vu défiler sept autres papes sur le trône de saint Pierre depuis que Jules II lui avait commandé la Sixtine.

Un jour, alors qu'il allait abandonner, il a fini par trouver, au milieu d'un monceau de papiers, une enveloppe sous scellés que personne n'avait ouverte au cours des siècles. C'était une page manuscrite rédigée par le pape Pie IV et intitulée *Le serpent du péché originel*. Pie IV y déclare que Michel-Ange, vieux et brisé par le travail titanesque accompli, désirait se confesser à nul autre que lui. Il lui révéla avoir peint une partie des fresques sous l'influence d'une drogue pour rester éveillé et tenir les délais imposés par Jules II. Mais il en avait abusé, au point de devenir insomniaque. Une drogue fournie par des adeptes florentins de la mystérieuse confrérie de l'Œil de Platon. Dans sa lettre, Pie IV exprime son effroi, l'artiste lui ayant confié un terrible secret. Pie IV maudissait aussi une femme-serpent qui était représentée dans des œuvres datant du Moyen Âge, telle celle sculptée sur un portail de la cathédrale Notre-Dame de Paris. Comme si un message caché resurgissait à intervalles réguliers depuis des siècles sur ordre d'hérétiques, changeant de nom et de pays. Il soupçonnait cette confrérie néoplatonicienne d'en avoir été les héritiers, mais sans preuve.

Pie IV priait instamment ses successeurs de s'abstenir d'enquêter sur la nature du secret, sous peine d'un grand péril pour l'Église. Il recommandait en outre de repeindre deux des fresques du grand artiste. *Le péché originel* et la plus célèbre, *La création d'Adam*. Il ne voulait pas rester dans l'histoire comme le pape à l'origine d'un tel sacrilège artistique. Il laissait donc le soin à ses successeurs de prendre cette décision. Apparemment sa consigne était restée lettre morte pendant des siècles.

J'ai interrompu Frascatti pour lui en demander la raison. Il m'a répondu que le successeur de Pie IV détestait son prédécesseur, qu'il voyait comme un pape corrompu et décadent. Il avait expédié toutes ses affaires dans les oubliettes des archives. Un comble ! Pie IV avait été le premier pape à rassembler les archives du Vatican et à créer une bibliothèque dédiée.

Excité par sa découverte, Frascatti en a parlé à son vieil ami Talastiera. Quel pouvait être le secret caché par Michel-Ange sur ordre d'une société secrète ? Un secret livré au soir de la mort du génie. Un secret qui avait plongé un pape dans la terreur.

Talastiera a jugé bon d'en avertir le père Mandatore, conseiller spécial du pape Jean-Paul II sur les affaires dites sensibles. Mandatore a donné son feu vert, et pendant des mois les deux hommes ont pris sur leur temps pour continuer leurs recherches. Leur point de départ, c'était la présence de cette femme-serpent à Notre-Dame de Paris.

Frascatti a interrompu son récit et m'a montré une photographie du portail de la Vierge Marie, prise à l'entrée de la cathédrale.

Le bas-relief était niché sous une sculpture de la Vierge Marie. Le pied de la mère de Jésus semblait écraser la tête de la femme-serpent. J'étais frappé par la finesse de l'expression de cette tentatrice reptilienne. Elle ne paraissait absolument pas maléfique et j'en fis part à Frascatti.

Il en a convenu.

Le bas-relief datait de 1210, soit trois cents ans avant la fresque de la Sixtine. Pie IV ne s'était pas trompé, mais les deux chercheurs ne trouvèrent aucune implication. Ils allaient abandonner, jusqu'au jour où Talastiera est tombé, dans le cadre de son travail, sur mon article scientifique évoquant l'Ayahuasca.

La femme-serpent des Indiens du Pérou correspondait à celle représentée sur la fresque.

Frascatti a alors eu l'idée de m'imiter. Au début, sa suggestion a été rejetée. Talastiera était le plus fermé, l'Église ne pouvait pas se compromettre avec ce genre d'expérience. À force de persuasion, Frascatti a fini par l'emporter. La Fondation Spina débloquerait une somme conséquente pour m'appâter.

Frascatti a achevé son récit. Mandatore a tourné son regard vers moi. Ils avaient rempli leur part du marché. C'était à mon tour de m'acquitter de la mienne.

38

Paris
Notre-Dame-du-Perpétuel-Secours
De nos jours

Agathe se massa les tempes et fixa le faux prêtre.

— Et qui êtes-vous ? demanda-t-elle, méfiante.

— Je suis policier.

Elle ne savait pas si elle devait se sentir soulagée ou si le type se moquait d'elle.

— Un policier qui se déguise en curé et m'espionne. Vous me prenez pour une imbécile ?

— Nullement. Je travaille pour le Vatican.

— Vous êtes un garde suisse ?

— Non, j'appartiens au corps de la gendarmerie pontificale, un service de sécurité indépendant de la garde.

Il sortit son portefeuille, l'ouvrit et lui mit sous les yeux une carte plastifiée grise avec sa photo. Elle était frappée du sceau du Vatican sur le côté droit et d'un blason sur le côté gauche avec un sigle en trois lettres, GIR.

Capitani Andrea Nikolas.

— Le GIR, Gruppo d'Intervento Rapido, est une unité spéciale de la gendarmerie pontificale. L'équivalent de votre GIGN, doté d'une section de renseignement. L'attentat contre le pape Jean-Paul II en 1981 a servi d'électrochoc au Vatican, révélant des failles dans la sécurité et l'anticipation de menaces. Nous intervenons pour prévenir toute attaque terroriste et assurer la protection des déplacements du pape et des dignitaires de l'Église. Il nous arrive aussi de mener des enquêtes. C'est ma mission actuelle.

La jeune femme se détendit. Son intuition ne l'avait pas trompée.

— Mais vous portez un habit de prêtre. Je ne comprends pas... votre présence à la cérémonie funèbre de Karech.

— Nous sommes autorisés à revêtir la tenue sacerdotale dans le cadre de nos missions. Une couverture fort pratique dans certaines situations, un prêtre inspire confiance. Vous n'avez pas idée du nombre de pays dans lesquels j'ai revêtu la soutane pour assurer la protection rapprochée du Saint-Père.

— Mais la messe... Vous ne vous pouvez pas...

— Non, et j'en serais bien incapable. Disons que nous sommes des serviteurs de Dieu. À notre façon.

Agathe se retint de demander s'il pratiquait le vœu de chasteté, mais quelque chose dans le regard, l'attitude, lui laissait entendre qu'il n'était pas qu'un moine-soldat.

— OK, vous êtes une sorte d'agent secret du pape. Maintenant, j'attends vos explications.

— Benvenuto Frascatti était le conservateur des musées du Vatican. Sur ordre de la curie, il est arrivé de Rome hier avec pour mission de rencontrer Nieves Almendra. Et de négocier avec elle.

— Négocier quoi ?

— Je n'en sais rien, mes supérieurs n'ont pas jugé utile de m'en informer. Je devais assurer sa sécurité et j'ai échoué. Ils m'ont seulement dit que sa mission à Paris était reliée à un autre décès. Le mois dernier, le cardinal Talastiera s'est suicidé sur le site archéologique mexicain de Teotihuacán, lors d'un colloque international. J'ai été envoyé là-bas pour mener l'enquête en parallèle de celle de la police locale.

— Comment s'est-il donné la mort ?

— Officiellement, il est devenu fou avant de se jeter dans le vide. Mais l'autopsie a révélé des traces de DMT, une substance hallucinogène très puissante. Elle est présente dans un breuvage péruvien, l'Ayahuasca. Peut-être en avez-vous entendu parler ?

Agathe hocha la tête.

— Oui, j'ai vu une magnifique exposition là-dessus, au musée Jacques-Chirac des Arts premiers, quai Branly. Et donc ?

— On a réussi à identifier un suspect, mais il s'est évaporé. Une serveuse aurait fait boire au cardinal ce breuvage peu de temps avant qu'il ne saute.

— Virginia ?

— Possible, mais je n'ai aucune preuve.

— Je ne comprends toujours pas le lien entre ces deux meurtres.

— Talastiera et Frascatti se connaissaient depuis leur jeunesse. Le cardinal l'a aidé à devenir conservateur. Comme je vous l'ai dit, Frascatti devait entrer en contact avec la demi-sœur de Karech.

— Revenons au défunt. Mon mystérieux bienfaiteur. Que savez-vous de lui ? J'ai fait une recherche rapide sur le net pendant la messe, je n'ai rien trouvé.

— C'était un ethnologue de renom, spécialiste des peuples premiers d'Amérique du Sud. Frascatti et lui se connaissaient. Karech dirigeait le département d'ethnologie d'Amérique du Sud à l'université de la Sorbonne dans les années 1990. Puis il s'est retiré à Majorque pour une raison inconnue. En cherchant un peu on débusque son nom dans des publications spécialisées.

Agathe écoutait avec attention, mais son cerveau commença à faiblir. La fatigue s'invitait à nouveau.

— Pourquoi m'avez-vous suivie dans le métro avant l'assassinat de Frascatti ?

— Je devais vous protéger si quelqu'un s'en prenait à vous.

— Et pour quelle raison ? Maintenant que je suis là, profitons-en pour interroger votre mystérieux supérieur. Il semble détenir des réponses qui nous manquent.

Il secoua la tête et avala la moitié d'une petite bouteille d'eau.

— Il ne répondra pas. Croyez-moi sur parole. Ma mission est clandestine depuis le début, même le préfet, qui commande la gendarmerie papale, n'est pas au courant.

— Dans ce cas, pourquoi devrais-je collaborer avec vous ?

— Pour une excellente raison. Rester en vie.

39

Journal de l'Œil soleil
Rome
1990

J'observais l'érudit et les deux prêtres. Avant de leur répondre, j'ai demandé à réfléchir, le temps de fumer une cigarette sur la terrasse. Mandatore a accepté. Je devais prendre ma décision rapidement.

La nuit était tombée sur la cité éternelle et l'air était chaud, troublé par le murmure des grillons. À l'avant de la terrasse se dressait la masse sombre d'un immense pin parasol. En levant les yeux, j'avais l'impression que sa cime atteignait les étoiles. J'inspirai une bouffée d'une cigarette mentholée, c'était la première depuis mon voyage avec l'Ayahuasca.

Frascatti avait donc découvert dans les archives d'un pape de la Renaissance la trace d'une confession de Michel-Ange. Ce dernier a révélé avoir pris une drogue pour tenir le rythme, ce qui aurait provoqué chez lui des hallucinations. Il était de plus sous l'influence d'une sorte de société secrète, l'Œil de Platon, un mouvement néoplatonicien.

Je doute qu'ils m'aient caché d'autres informations, c'était à mon tour de parler. Mais quelque chose en moi me retenait. C'était irrationnel, j'en convenais.

Je me suis adossé au pin majestueux pour attendre mes hôtes.

Frascatti est venu le premier à ma rencontre. Je restitue ici nos échanges gravés dans mon enregistreur.

— Alors, mon ami, avez-vous pris votre décision ? m'a-t-il demandé.

Ses deux compagnons nous ont rejoints devant le pin parasol.

— Le secret de Michel-Ange pourrait bien vous déplaire et menacer tout ce en quoi vous croyez.

— Nous prendrons le risque, a répondu Mandatore, laissez-nous seuls juges.

— Je me demande…

Au moment précis où j'allais continuer ma phrase, une pomme de pin est tombée au milieu de nous. Elle avait la taille d'une orange. Je n'en avais jamais vu d'aussi grosse. Je me suis penché pour la récupérer, mais Frascatti lui a donné un coup de pied et l'a envoyée se perdre dans un buisson.

— Alors ? a-t-il demandé avec impatience. Vous acceptez oui ou non ?

Je les dévisageais en souriant. Ils ne pouvaient pas comprendre la synchronicité. J'avais pris ma décision.

— C'est d'accord. Prenez les photos des fresques. Celles qui représentent le péché originel et la création d'Adam. Ensuite, allons à la chapelle Sixtine. On peut y accéder à cette heure ?

— Bien sûr, a murmuré Mandatore, j'ai un chauffeur à disposition.

— Je vous révélerai le secret là-bas. Et nulle part ailleurs.

Nous étions tous les quatre, seuls, debout, en plein milieu de la chapelle Sixtine. Tout était silencieux autour de nous. C'était un spectacle encore plus féerique que lors de ma première visite avec Frascatti. Michel-Ange au plafond, Botticelli et Perugino sur les murs, Raphaël pour les tapisseries : aucun lieu au monde n'a jamais rassemblé autant de génies artistiques dans une création unique. Le terme même de chapelle semblait si pauvre pour rendre hommage à ce temple de l'art.

— Nous vous écoutons, professeur.

— Mon explication repose sur mes visions. J'imagine que vous la rejetterez. Sentez-vous libres d'en faire ce que vous voulez.

— Nous l'avons bien compris, a répondu Talastiera.

Je me suis rapproché du centre de la chapelle pour me mettre à la verticale de la fresque du péché originel.

— Vous aviez raison : le point de départ de l'énigme est bel et bien la femme-serpent. Elle incarne la déesse mère de l'humanité. Les textes bibliques n'ont pas tort quand ils expliquent que le serpent apporte la connaissance du bien et du mal. Hélas, les chrétiens ont faussé l'interprétation littérale. On doit y voir un geste prométhéen[1]. Adam et Ève sont chassés d'un paradis d'ignorance, où ils étaient parqués comme des animaux dans un zoo. Dieu leur prodiguant nourriture, confort et protection.

— L'Éden est une prison. Et la femme-serpent représente une déesse païenne… C'est ça votre révélation sous Ayahuasca ? m'a apostrophé, ironique, Talastiera.

— Regardez un détail sur la photographie de la fresque. Le geste entre la serpente et Ève. Leurs doigts se touchent. Presque exactement comme ceux de Dieu et d'Adam, sur l'autre panneau, le plus célèbre. Comme si Michel-Ange nous envoyait un message : les deux panneaux se correspondent et partagent le même secret.

Je me suis dirigé vers la fresque de la création d'Adam et j'ai tendu l'index vers elle.

— Pour bien comprendre mon propos, gardez à l'esprit que le plafond se trouve à plus de vingt mètres de hauteur. Si nous pouvons contempler les œuvres dans leur ensemble, nous ne pouvons pas distinguer les détails, à moins de faire la visite avec des jumelles.

— En quoi est-ce important ? a demandé Mandatore.

— Pendant des siècles, tous ceux qui ont visité la chapelle n'ont pu en discerner les détails. Voilà pourquoi

1. Dans la mythologie grecque, Prométhée apporta le feu aux hommes et les sortit de leur condition. Il fut puni par Zeus.

Michel-Ange y a exposé son secret. Vous pouvez apporter la photographie ?

Frascatti s'est exécuté et l'a posée sur un établi.

— Le secret est sous vos yeux.

40

Paris
Basilique Notre-Dame-du-Perpétuel-Secours
De nos jours

Agathe en avait assez. Ce flic du Vatican l'exaspérait. Cette basilique de possédés lui siphonnait le moral.

— Dès que je sors d'ici, je préviens les flics. Je pourrais faire un portrait-robot de Virginia. Cette fois, avec l'assassinat de Frascatti, ils me prendront au sérieux et mettront les grands moyens pour la retrouver.

— Je vous le déconseille. Vous êtes la seule personne à l'avoir vu en vie. Autant dire que les enquêteurs ne vous lâcheront pas. Ils vous garderont au commissariat et ensuite ce sera l'interdiction de quitter le territoire. Vous pouvez faire une croix sur votre voyage à Palma. Et sur l'héritage.

Agathe se renfrogna. Le flic du Vatican n'avait pas tort. On frappa à la porte, le père Thomas entra dans la pièce, tendit un chargeur avec un câble à Agathe et se retira aussi vite qu'il était arrivé. Nikolas reprit la parole.

— Le seul moyen, c'est de connaître l'enjeu de cet héritage, continua-t-il, tout est lié. Les morts de Frascatti et Talastiera, cette fille qui vous poursuit... Partez à Majorque. Je vous accompagnerai pour vous protéger.

Elle le scruta à nouveau avec méfiance alors qu'elle branchait le chargeur et allumait son smartphone.

— Tant de sollicitude vous honore, mais quel est votre intérêt ?

— Nieves Almendra. Elle a fait assassiner Frascatti et Talastiera. Pourquoi ? Je n'en sais rien.

— Ça ne tient pas, cette femme a été charmante, jusqu'à me proposer de m'accueillir chez elle.

— Justement, profitez-en. Frascatti mort, nous n'avons plus aucun contact avec elle. Vous serez à un poste d'observation privilégié et je serai votre ombre.

— Jouer le rôle de la chèvre pour servir les intérêts du Vatican. Ne me prenez pas pour une imbécile.

Son téléphone vibra. Son père avait essayé de la joindre cinq fois.

Enfin.

Elle décrocha immédiatement.

— Papa, tu as eu mon message ?

— Oui. Je n'ai pas bien compris...

Quelque chose n'allait pas. Le ton de sa voix tremblotait.

— Il était pourtant clair. Tu connaissais Yann Karech ? Le type enterré au Père-Lachaise. Tu voulais me dissuader de me rendre à la cérémonie.

— Jamais entendu parler.

Il restait campé sur ses positions, elle haussa le ton.

— Et des Italiens ? L'un s'appelle Frascatti, Benvenuto Frascatti, conservateur de musée au Vatican. L'autre est un cardinal : Talastiera, je crois. Ces deux hommes ont été assassinés à un mois d'intervalle. Le dernier en date, il y a quelques heures au Père-Lachaise.

— Non plus.

— Et une Espagnole, Nieves Almendra ?

Cette fois il ne répondit pas. Le silence en guise d'aveu. Elle le savait, elle le sentait. Son sang se glaça.

— Papa, à quoi joues-tu ? Tu la connais ?

— Oui... Je pensais t'épargner, je te le jure, mais ça va trop loin. Je vais t'expliquer, mais pas par téléphone. Rejoins-moi.

— Impossible, je suis du côté du Père-Lachaise.

— Moi aussi.

Elle entendait les bruits de la circulation autour de lui.

— Où es-tu ? lâcha-t-elle en quittant le jardin à vive allure.

— Sur le boulevard, en face de l'entrée de Notre-Dame-du-Perpétuel-Secours. Côté cimetière.

— Ne quitte pas, j'arrive.

Agathe se leva sous les yeux médusés de Nikolas.

— Je pars.

— Je vous accompagne, dit-il en prenant son blouson. Virginia rôde peut-être dans le coin. C'est mon métier.

Elle se planta devant lui.

— Pas question ! C'est non négociable.

— Prenez au moins mon numéro. Vous pouvez me joindre à n'importe quelle heure.

Il griffonna un numéro sur un papier qu'elle enfourna dans la poche de son jean. Agathe le salua et jaillit en trombe dans le couloir, le téléphone collé à l'oreille.

— Papa, tu m'entends ? Tu m'as suivie au cimetière ?

Elle arpentait le couloir d'un pas rapide. Le claquement de ses talons résonnait au rythme d'une marche militaire.

— Pour ton bien.

— Mon bien ? Je vis un cauchemar depuis un mois et tu m'as caché des informations importantes. À moi, ta propre fille !

Elle descendait les marches du centre d'accueil à pas vif et fonça sous le porche. La voix de son père résonnait tel un écho.

— Tu ne peux pas comprendre, j'ai fait un serment à ta mère sur son lit de mort. Elle m'a fait jurer de ne rien dire.

Sa voix paraissait vraiment torturée, comme s'il était au bord des larmes.

— Révéler quoi ? Quel serment ?

— Je ne pensais pas que cela arriverait un jour. Ta mère et moi étions persuadés qu'ils nous laisseraient tranquilles. Je me suis trompé.

Avant qu'elle ne puisse répondre, il avait raccroché. Irritée, elle sortit sur le boulevard et aperçut sa silhouette massive de l'autre côté du boulevard, côté cimetière. Sur sa droite, à une cinquantaine de mètres, un ballet de gyrophares teintait de bleu les portes de l'entrée principale. De longs rubans jaunes serpentaient le long du trottoir pour interdire le passage aux curieux qui s'étaient massés. Il y avait maintenant six voitures de police et un camion de pompiers.

Elle réussit enfin à le rejoindre. Il avait une mine épouvantable. Son visage livide s'était creusé, ses yeux rougissaient de fatigue, il ne cessait de regarder en direction des voitures de police. Il voulut la prendre dans ses bras, mais elle se tint à distance.

— Allons dans un café.

— Non, personne ne doit nous entendre, je suis garé un peu plus loin. Que faisais-tu avec ce curé ?

Ils marchèrent en direction de la voiture.

— Il m'a aidée.

— Ne lui fais pas confiance. Ni à lui, ni à personne d'autre.

Ils arrivèrent devant la Toyota grise et s'installèrent à l'intérieur. Il regarda à nouveau autour de lui et verrouilla les portes.

— Je t'écoute.

— Je ne suis pas sûr d'avoir toutes les explications.

— Commence depuis le début. Et mets le chauffage, on se gèle…

De lourdes gouttes de pluie s'abattaient sur le pare-brise. Il se frotta les yeux, puis se tourna vers elle.

— Tu es ce que j'aime le plus au monde. Et c'était pareil pour ta mère.

— Je n'en ai jamais douté, mais…

— Laisse-moi finir, je t'en prie. C'est une torture pour moi.

Il inspira profondément et lui prit la main. Jamais elle ne l'avait vu dans cet état. Comme s'il la suppliait.

— Nous t'avons adoptée.

Agathe ferma les yeux pour absorber la nouvelle. Cette fois, elle ne fut pas surprise. Une aiguille incandescente traversa ses neurones à la vitesse de l'éclair. Le serpent surgit et planta ses crochets gluants dans son cerveau.

41

Journal de l'Œil soleil
Rome
Chapelle Sixtine

J'ai continué mon exposé, sentant mon cœur battre plus fort. J'essayais de me calmer afin de trouver les mots justes. Les regards acérés des trois hommes convergeaient vers moi. J'ai repris sur un ton le plus persuasif possible.

— Michel-Ange était un génie doué pour la manipulation. Je m'explique. Quand nous observons cette œuvre, nos regards sont aspirés vers les mains de Dieu et d'Adam. Vers l'espace invisible entre leurs deux index.

— Le point de jonction *michelangélien*, a commenté Frascatti enthousiaste, le point qui relie le divin et l'humain. Jules II s'est extasié devant la puissance de l'œuvre. L'artiste a réussi à exprimer l'inexprimable, ce que l'Église avait tenté de transmettre pendant des siècles.

Avec un sourire narquois j'ai répondu d'une voix forte :

— Vous connaissez le proverbe chinois, Quand le sage montre la lune, l'idiot regarde le doigt ?

Mes paroles semblaient résonner comme en écho dans la vaste chapelle. Les trois hommes me dévisagèrent perplexes. J'ai continué sur le même ton.

— Je ne dis pas que Michel-Ange a pris le pape Jules II, et nous, pour des idiots, mais cette puissance d'évocation des doigts d'Adam et de son créateur s'avère si puissante qu'elle occulte un autre message.

— Lequel ?

— Il est caché à droite de la fresque. Dans la partie où plane le dieu barbu.

Les trois hommes observaient la voûte.

— Vous ne verrez rien. Comme je vous l'ai dit, l'œuvre se situe trop haut pour que l'on puisse contempler les détails. Et le diable se niche toujours dans les détails, je ne vous apprends rien.

J'ai pris la photographie posée sur l'établi et poursuivi.

— Frascatti, si j'ai bien compris vos explications il y a deux jours, Dieu et sa nuée d'anges sont enveloppés dans un manteau. Ce que l'artiste interprète librement. Nulle part, dans la Genèse, on ne mentionne ce vêtement. Mais vous m'avez aussi dit que cette coupe anatomique représentait un cerveau.

— Absolument. Michel-Ange la pratiquait depuis des années quand il a peint cette œuvre. Il a même dessiné la coupe d'un rein sur une autre fresque. Où voulez-vous en venir ?

— Regardez le personnage qui soutient Dieu, sous son bras gauche. Un visage fin, des yeux étirés, des boucles blondes, une moue malicieuse et surtout un buste caractéristique. Ce personnage se distingue des autres angelots. C'est...

Talastiera a frappé la photographie du plat de sa main.

— Une femme.

Les trois hommes scrutaient la photographie sans prononcer un mot.

— Je n'y avais jamais prêté attention, a murmuré Talastiera, la Bible ne la mentionne nulle part. Une femme qui aiderait Dieu pour créer le monde ! Ça ne se peut pas. Un blasphème !

Mandatore a pris la parole.

— Quel est votre point de vue, professeur ?

— On en arrive à ma vision. Cette femme qui soutient Dieu, c'est la déesse serpent, mais sous une autre incarnation. Celle d'une jeune femme aux bouclettes dorées regroupées sur le haut de sa tête sous forme d'un cône ou d'une pomme de pin. Cette mystérieuse inconnue aide Dieu dans la création des cieux, de la terre et du genre humain.

Sans elle, rien n'aurait pu se produire. Dit autrement, Dieu possède une double nature, masculine et féminine.

— Vous osez blasphémer dans la chapelle Sixtine ? a répliqué Talastiera, ça ne tient pas une seule seconde. Et cette histoire de coupe anatomique du cerveau, quelle en serait la raison ?

Cette fois, c'est Mandatore qui est intervenu.

— Je crois comprendre. Ce Dieu niché dans un cerveau humain représente notre âme, notre part divine qui lui est rattachée. Cette déesse serait alors elle aussi...

— Oui, elle réside en chacun de nous. Depuis l'aube de l'humanité. On pourrait appeler cela notre véritable cerveau reptilien[1]. Elle dort et rêve quelque part dans des recoins obscurs de notre inconscient. Et elle m'a parlé la nuit dernière...

Un long silence a plané dans la chapelle. J'ai repris avec lenteur. J'allais accomplir ma part du marché.

— Je dois vous transmettre un message de sa part. Un message qui ne vous fera pas plaisir.

Un bruit de porte grinçant a accompagné mes propos. C'était le garde suisse qui venait faire sa ronde. Mandatore lui a fait signe de déguerpir.

— Continuez, professeur. Que vous a raconté ce serpent ?

— La part féminine de cette entité que vous nommez Dieu se réveille de son sommeil immémorial pour reprendre la place que les religions du Livre lui ont usurpée. Voyez cela comme une sorte de revanche spirituelle. Cette transformation des consciences se déroulera insensiblement. À l'aube du troisième millénaire, mais pour elle l'échelle humaine n'a aucun sens. Une nouvelle transcendance se répandra sur tous les continents. Pour faire évoluer l'humanité.

— Évoluer vers quoi ?

— L'acceptation de la dualité de Dieu ! Équilibrer enfin masculin et féminin sacrés pour rétablir l'harmonie du

1. La zone du cerveau la plus ancienne dans notre évolution, et nous la partageons avec les animaux.

monde. Compenser le déséquilibre spirituel qui n'aurait jamais dû se produire. Un déséquilibre contre nature, à l'origine des guerres et des dysfonctionnements qui empoisonnent notre planète.

— Stupidité ! a répliqué, méprisant, Talastiera.

— Ne me blâmez pas, je ne fais que transmettre le message. Et vous laisser le temps de vous préparer.

Mandatore est intervenu avec un sourire moqueur.

— Pour un scientifique athée, votre imagination me stupéfie.

— Vous ne me croyez pas ?

— Votre cerveau imbibé d'Ayahuasca a inventé toute cette histoire en puisant dans vos croyances. Talastiera m'a fait part de votre athéisme convaincu. Vous mélangez vos sentiments antireligieux et les œuvres de Michel-Ange. Je ne mets pas en cause votre sincérité. Peut-être que cette drogue a libéré les portes de votre inconscient.

Frascatti est intervenu.

— Mais comment expliquer alors la lettre du pape Pie IV sur le secret de Michel-Ange ? Un secret qui le faisait trembler.

— On doit se remettre dans le contexte de l'époque, a répliqué Talastiera d'une voix agressive, la vague du protestantisme déferlait sur l'Europe, le trône de saint Pierre vacillait. On interprétait les prophéties à toutes les sauces. Ces fresques ne renferment pas plus de secrets de Michel-Ange qu'il n'y a de vin dans le bénitier de mon église. Désolé, professeur, je n'achète pas votre histoire de féminin sacré. Une absurdité ! La seule femme à vénérer est la Vierge Marie. Point final. Le reste n'est que délire féministe ou pire, abomination !

Le silence approbateur de Mandatore enfonçait le clou. Je n'ai pas insisté, j'avais transmis un message. À eux de le saisir ou pas. En revanche, je réalisais que mon intuition sur Talastiera était fondée. Ce curé m'avait dupé. Quand il s'était présenté, il m'avait parlé de deux courants antagonistes au sein de l'Église. Les modernes, ouverts et tolérants, dont il était censé faire partie. Et les traditionalistes, rivés au dogme, rejetant toute idée nouvelle comme un blasphème. Il jetait le masque. Talastiera appartenait au second camp. Un homme dangereux, un fanatique. J'ai prudemment battu en retraite.

— Comme vous voudrez. Je suppose que l'expérience n'a plus lieu de continuer ?

— En effet, a murmuré Mandatore, et nul besoin d'en faire part à qui que ce soit. Vous avez signé un contrat. Suis-je assez clair ?

42

Paris
Père-Lachaise
De nos jours

La pluie martelait le pare-brise, laissant s'écouler de lourdes rigoles sinueuses comme des serpents.

— Agathe, ça va ?

Elle ouvrit les yeux et revint à la réalité plus rapidement qu'au Père-Lachaise. La douleur lui cisaillait le cerveau, mais elle commençait à dompter le serpent.

— Oui, juste un petit vertige, répondit-elle d'une voix douce. Je ne suis pas ta fille…

Il esquissa un maigre sourire.

— Tu n'es pas de mon sang, mais nous t'avons élevée comme notre propre enfant. Ta mère ne voulait pas te révéler la vérité. Pour ne pas te faire souffrir.

— Je n'en ai jamais douté une seule seconde, s'entendit-elle répondre avec un calme sidérant.

Elle lui prit la main à son tour et lui offrit son sourire le plus doux, le plus compatissant. Sa détresse la touchait au plus profond d'elle-même.

— Si tu savais comme j'ai tremblé quand tu as eu ton accident à Issy, dit son père, puis quand tu m'as annoncé l'héritage en Espagne. J'ai tout fait pour l'éviter. En vain.

N'importe qui à sa place aurait fait des bonds. Non, elle prenait soin de lui. Comme une évidence. Aucune colère face à une telle révélation. La douleur de son père l'emportait sur le choc qu'elle aurait pu éprouver. Il passait avant elle. C'était fou, son esprit s'analysait en même temps qu'elle agissait. Comme si une autre Agathe l'observait et canalisait ses émotions.

— Tu m'expliques depuis le début ?

Il se frotta le visage, puis alluma une cigarette.

— C'était bien avant ta naissance. Avec ta mère nous n'avons jamais pu avoir d'enfant. On a tout essayé à l'époque. En vain. Elle était devenue dépressive. Le soleil s'éteignait lentement, mais sûrement. J'étais désespéré, nous avions lancé des demandes d'adoption, mais les services étaient engorgés. Un été, nous sommes partis en pèlerinage à Lourdes. Et le miracle a surgi.

Agathe fronça le sourcil.

— Ne me dis pas qu'elle est tombée enceinte du Saint-Esprit. Et que Dieu est mon père.

Il sourit pour la première fois.

— Bien sûr que non. Là-bas, il existait un comité d'accueil pour guider les pèlerins. Nous avons raconté notre histoire à la sœur qui dirigeait le centre. La souffrance de ta maman l'a émue. Le lendemain, elle est venue nous voir accompagnée d'un médecin espagnol, le coordinateur de l'encadrement médical. Il nous a révélé l'existence d'un service d'adoption catholique en marge des circuits officiels. Il avait été créé en Espagne, sous la dictature franquiste, juste après la guerre civile[1]. Ils enlevaient les bébés de parents républicains et les plaçaient dans des familles catholiques, partisanes du dictateur. Quand les femmes accouchaient, on leur disait que leur enfant n'avait pas survécu. Deux faux certificats étaient rédigés par les médecins complices. Un pour le décès de l'enfant remis à la mère biologique, l'autre pour la famille adoptive à la naissance. Très souvent, c'étaient des curés qui servaient d'intermédiaire entre les médecins et les familles stériles.

— Quelle horreur !

1. Authentique.

— Dans les années 1950, le système a perduré avec les mères célibataires, ou avec les familles pauvres qui vendaient leurs bébés à des foyers plus aisés. Trois cent mille bébés ont été volés ou vendus jusqu'à la fin des années 1980.

Agathe sentit la colère monter contre son père. Elle retira sa main de la sienne.

— Vous avez été complices d'une telle monstruosité avec maman ?

Son père secoua la tête.

— Bien sûr que non, laisse-moi terminer. Au début des années 1990, le système a été interdit, mais certaines cliniques recevaient encore des filles-mères, pauvres, qui ne désiraient pas garder leur enfant. Ces bébés étaient ensuite envoyés dans des orphelinats aux conditions très dures. Certains établissements ont proposé de continuer de confier les enfants à des familles pieuses qui ne pouvaient pas en avoir. Le médecin de Lourdes nous a donné le numéro de téléphone d'une clinique à Madrid en nous recommandant. Nous sommes partis là-bas et nous avons rencontré une jeune mère dans le désespoir. C'était une gamine, à peine seize ans, elle ne voulait pas garder l'enfant.

— Et j'étais son bébé…

— Oui. L'organisation s'est occupée de tout. Nous t'avons adoptée à ta naissance et nous avons versé à cette jeune fille une somme importante pour un nouveau départ dans sa vie. Tu as été le soleil qui a chassé nos ténèbres.

Son père démarra la voiture. Il mit son clignotant et s'inséra dans la circulation.

— Les flics sont en train de bloquer le boulevard, mieux vaut partir avant de rester coincés ici. Je vais te déposer chez toi.

Elle acquiesça en silence en tentant de digérer les révélations de son père. À trente-cinq ans, elle réalisait qu'une partie de sa vie était bâtie sur un mensonge. Sa mère biologique était espagnole. Une inconnue. Une femme qui l'avait vendue comme un meuble d'occasion. Peut-être pour des raisons désespérées, mais vendue quand même.

La voiture avait tourné dans la rue du Chemin-Vert pour filer vers le sud.

— Vous avez eu de ses nouvelles ensuite ?

— Le médecin espagnol nous a annoncé sa mort dans un accident de voiture quatre ans plus tard, mais elle n'avait jamais manifesté le désir de te revoir.

Agathe écoutait avec attention. Les pièces du puzzle de son père ne s'emboîtaient pas avec les siennes. Comme si deux images différentes coexistaient dans le tableau.

— Et mon lien avec Yann Karech ? Il était mon père ? Tu voulais m'empêcher de me rendre au cimetière et à Palma…

— Attends. L'histoire n'est pas terminée et elle prend une autre tournure.

Il s'interrompit pour se concentrer sur la circulation, puis reprit.

— Avec ta mère nous avons été victimes d'une monstrueuse imposture. On nous avait manipulés depuis le début.

Il aspira une dernière bouffée et jeta la cigarette par la fenêtre. Le cœur d'Agathe s'accéléra.

— Il y a deux mois, j'ai reçu un appel de Nieves Almendra. Je ne la connaissais pas. Elle était venue à Paris spécialement pour me parler. Je l'ai reçue à la maison et, en moins de cinq minutes, mon monde s'est écroulé.

43

Journal de l'Œil soleil
Rome
Août 1990

Frascatti avait roulé ses photos et chuchotait avec Talastiera qui ne cessait de fulminer. Mandatore nous a indiqué la porte de sortie. En chemin, il s'est approché de moi.

— N'en veuillez pas à Talastiera, dès qu'il entend parler de féminin sacré il bouillonne comme l'eau d'un bénitier dans lequel Satan aurait plongé son doigt. Plus jeune, il a géré la polémique créée par le best-seller *L'Énigme sacrée*, écrit par trois journalistes anglais. Un livre dans lequel les auteurs expliquaient que Jésus aurait eu des rapports charnels avec Marie-Madeleine, censée incarner le féminin sacré. Et que la descendance du Christ aurait trouvé refuge à Rennes-le-Château, un petit village du sud de la France. Talastiera a étouffé la polémique.

— J'espère pour vous qu'un auteur de romans populaires n'en fera pas son miel pour pondre un best-seller. Les Américains sont très forts sur ce créneau.

— Certes… Voulez-vous rester quelque temps à la fondation pour que nous puissions vous garder sous observation ?

— Je ne suis pas fou.

Il a souri et m'a pris l'avant-bras alors que nous sortions à l'air libre.

— C'était juste pour vous faire profiter de l'hospitalité de la fondation et d'un suivi scanner pour vérifier l'absence de dommages à votre cerveau.

— En ce cas, peut-être un jour ou deux si cela est possible. J'aimerais, avec votre autorisation, emporter une copie de mes examens médicaux à Paris.

Mandatore a secoué la tête, l'air désolé.

— Hélas, ce ne sera pas possible. Ils seront détruits. Ainsi que toute trace de vos passages avec Frascatti à l'hôpital Fatebenefratelli. Talastiera vous a prévenu de n'en parler à personne. Ni dans un cadre scientifique ni à titre personnel.

Nous traversions une vaste cour rectangulaire encerclée d'édifices surchargés. Mandatore s'était mis dans la tête de deviser avec moi, mais je ne voyais pas où il voulait en venir.

— Nous avons tant d'ennemis... Notre Saint-Père a été victime d'un attentat au début de son pontificat.

— Oui, un assassin turc, que le bloc communiste aurait manipulé.

— En effet. Il a échappé de justesse à la mort, mais a compris que la Providence ne l'accompagnerait pas toujours. Nous avons donc créé un service spécial attaché à la gendarmerie pontificale pour prévenir toutes les menaces. Matérielles ou spirituelles. Il ne dépend pas de la curie, mais est directement rattaché au secrétariat de Sa Sainteté. On m'en a confié la direction. Si les menaces terroristes sont du ressort du général commandant de la gendarmerie, moi je m'occupe des dossiers spéciaux. Comme celui-ci.

Au fond de la cour déserte, Mandatore s'est arrêté devant une curieuse sculpture. Une gigantesque pomme de pin en bronze.

— Vous êtes ethnologue, connaissez-vous cette œuvre ?

— Un symbole chrétien ?

— Non, elle était plantée au sommet du Panthéon sous l'ère des empereurs romains. C'est l'emblème de la déesse Cybèle. De nos jours, on pourrait dire une incarnation de ce fameux féminin sacré, a-t-il commenté avec une pointe d'ironie. Puis, après l'avènement de la chrétienté, un pape l'a déboulonnée pour l'installer ici, au cœur du Vatican. Et montrer à la face du monde que l'Église avait triomphé du paganisme et de tous les autres courants religieux.

— Quel optimisme !

— Notre Saint-Père, Jean-Paul II, partage votre lucidité. Tous les mois il vient se promener dans cette cour et s'arrête quelques minutes pour la contempler. Un rituel qu'il pratique depuis la chute de l'empire soviétique, l'incarnation du mal. Mais il est persuadé que d'autres courants matérialistes ou paganistes sont toujours à l'œuvre pour renverser le trône de saint Pierre.

— Je ne vois pas le rapport avec sa balade devant cette pomme de pin.

— C'est pourtant simple. On doit toujours garder son ennemi à l'œil.

— Cette allusion me concerne-t-elle ? Je ne me bats pas contre votre Église.

Il m'a regardé droit dans les yeux, le ton de sa voix est devenu plus froid.

— Avez-vous tout dit dans la chapelle Sixtine ?

— Pourquoi cette question ?

— Ne m'en veuillez pas, c'est devenu une seconde nature depuis que notre Saint-Père m'a confié la responsabilité de veiller à la sécurité de l'Église.

Il m'a longuement jaugé, puis m'a tendu la main. Je la lui ai serrée ; sa poigne était ferme.

— Et concernant la place de la femme dans le domaine spirituel, je ne doute pas que les mouvements féministes s'emploieront à s'en emparer. Pas besoin d'y mêler ce cher Michel-Ange et notre belle chapelle Sixtine. Profitez bien de votre séjour chez nous. Et qui sait, nos chemins se croiseront peut-être à nouveau.

9 h 30

Je n'ai pas fermé l'œil de la nuit après le dîner. Insomnie vorace. Je m'envole pour Paris tout à l'heure. Je passerai chez moi prendre des affaires, puis à l'université pour poser un congé en disponibilité. Mon assistant peut prendre ma place. Le recteur n'y verra aucun inconvénient, du moment qu'il a touché l'argent… Et ensuite Palma.

Tellement heureux de revoir Valeria et Nieves.

Il s'est déroulé un incident curieux juste avant mon départ. Ce matin, quand je suis rentré de mon petit-déjeuner, j'ai croisé une femme de chambre qui sortait de ma chambre avec précipitation. J'ai cru un instant qu'on avait fouillé dans mes affaires. Mon journal et l'enregistreur se trouvaient toujours à leur place.

Talastiera et Frascatti sont venus me saluer avant mon départ. Je ne les reverrai probablement jamais.

Je suis né une seconde fois. Comme si ma vie n'avait été qu'une nuit. Une longue nuit. Et maintenant, je contemple une aube magnifique, illuminée par un soleil inconnu.

L'œil soleil.

L'expression a jailli ce matin, à mon réveil. Est-ce la déesse, ce dieu double, un inconscient collectif ou mon cerveau qui me l'ont soufflée ? Peu importe.

Une image surgit dans mon esprit enfiévré. Les fresques de la chapelle Sixtine sont comme des poupées russes. Chaque matriochka contient un secret. Je n'ai montré que la première poupée aux émissaires du Vatican. Ils ont refusé cette révélation qui bouscule leurs croyances. Je garde la seconde poupée pour moi. Un long travail m'attend pour en comprendre la puissance. Mais j'ai tout mon temps. Ce sera ma mission sur terre. Et le jour venu, je le communiquerai à l'humanité.

44

Paris
De nos jours

La Toyota se faufilait dans la rue Saint-Gilles et arrivait dans le Marais. Paul Lantac maîtrisait l'art d'éviter les grandes artères.

— Nieves Almendra m'a révélé que la jeune femme enceinte rencontrée à la clinique de Madrid n'était pas ta mère. J'étais abattu, furieux de ce mensonge de l'Église.

— Pourquoi Nieves est-elle venue te raconter cette histoire ?

— Je ne sais pas, mais elle voulait que je fasse attention à toi et que je la prévienne si des événements inhabituels allaient t'arriver. Je me souviens de ses dernières paroles. *Quelque chose d'important et de merveilleux va arriver. Quelque chose dont vous n'avez même pas idée.* Il ne fallait pas avoir peur. Tu imagines ? Après son départ, je vivais dans l'angoisse d'un appel de ta part pour me dire que tu avais appris la vérité sur tes origines. Quand tu as reçu ces curieux coups de fil à ton bureau, que tu as failli mourir dans cet accident à Issy, j'ai compris que ces « choses merveilleuses » commençaient. J'étais pétrifié.

— Tu l'as appelée après mon accident ?

— Oui. Elle m'a répondu que toutes les réponses arriveraient en leur temps.

Agathe enregistrait ces informations à toute vitesse.

— Pourquoi ne m'as-tu pas contactée plus tôt pour me prévenir ?

— J'ai essayé mille fois, mais je n'ai pas eu le courage. Je craignais ta réaction. Pardonne-moi.

— Et que faisais-tu au cimetière ?

— Je voulais veiller sur toi à l'enterrement de Karech, à distance, sans me faire remarquer.

La Toyota arrivait vers Beaubourg. Les structures tubulaires multicolores se profilaient au bout de la rue.

— Que comptes-tu faire maintenant ?

— Partir à Palma et assister à la lecture du testament. Trouver des réponses. Sur moi.

— C'est dangereux...

Agathe sourit. À ce stade, plus rien ne lui paraissait dangereux, pas même Virginia, toujours libre. Pas même le silence du médecin de la clinique du sommeil. Elle préféra ne pas en parler à son père. Elle prit son téléphone et composa un numéro griffonné sur un bout de papier.

— Je sais qui appeler pour m'aider à Palma.

*

— Merci pour ce compte rendu, Nikolas. Comment voyez-vous la suite des événements ?

Mandatore venait de sortir d'une réunion à la curie quand il avait reçu l'appel du lieutenant Nikolas. La voix du policier était à peine audible, le pape avait exigé des brouilleurs de fréquence pour limiter l'utilisation des portables dans la cité de Dieu. Comme partout ailleurs dans le monde, le téléphone contaminait les esprits, les prêtres et les sœurs des nouvelles générations s'y adonnaient en cachette. L'invention d'*il diavolo*, martelait le Saint-Père, qui en avait fait l'un de ses combats avec l'IA.

— Elle accepte que je l'accompagne à Palma, répondit le policier, nous partons demain par des vols séparés. Puis-je vous reposer la question ? Quel est le lien qui unissait le cardinal Talastiera, Benvenuto Frascatti et Yann Karech ?

Mandatore marchait d'un pas lent, ce policier faisait preuve d'une curiosité insistante. Il répondit sur un ton ferme.

— Je n'ai rien à vous dire. Du moins pour l'instant. Le niveau de confidentialité de cette affaire vous dépasse.

— Merci, votre éminence. Je serai cependant obligé de référer à mon supérieur de mon déplacement en Espagne. Je n'ai aucune idée de ce qui nous attend là-bas. Si cette Nieves Almendra a bien commandité des meurtres, alors j'aurais besoin d'un soutien logistique.

— Ne vous en occupez pas, je préviendrai le commandant de votre unité. Concentrez-vous sur votre mission.

— Ce n'est pas la procédure habituelle.

— Lieutenant, j'agis sur ordre de notre Saint-Père.

— Comme vous voudrez.

Mandatore raccrocha. Il devait parler à Sa Sainteté.

VI

Le secret

Mieux vaut la sage laideur du serpent
que la beauté stupide et éphémère du papillon.

Le chant de l'Œil soleil

Je vais te confier un secret.
Ton esprit est le plus merveilleux
des coffres aux trésors.
Toute ta volonté, toute ton intuition,
toute ton intelligence ne doivent servir
qu'à un but : trouver sa clef.

Le chant de l'Œil soleil

45

Journal de l'Œil soleil
Majorque
Août 1990

Lundi

Je suis arrivé à Majorque, dans la finca de Nieves, il y a deux jours. Quel bonheur ! Le soleil nous écrase dans la journée, mais le soir un vent doux souffle sur les hauteurs de la Tramuntana et chasse la chaleur accumulée. Les pins s'étendent à perte de vue, les restanques sont remplies d'oliviers et d'orangers qui dévalent en cascade vers une mer aux reflets turquoise. Des palmiers majestueux se dressent en cercle autour de la finca. Je suis au paradis. Je ne quitte plus Valeria, jamais une femme ne m'a autant comblé de bonheur. Plus qu'un coup de foudre, la conviction d'avoir trouvé mon âme sœur.

La première nuit, après avoir fait l'amour, je l'ai regardée s'endormir. Quand son souffle s'est fait plus régulier, je suis sorti sans bruit de la chambre pour profiter de la nuit. Je ne trouve pas le sommeil, excité par le projet ambitieux que je mûris depuis mon départ de Rome. Mon passage à Paris à l'hôpital Saint-Joseph a confirmé mon intuition.

Cela demandera du temps, de l'argent, des soutiens, mais je sais que j'y arriverai. Je ne culpabilise pas d'avoir menti par omission à Mandatore et Talastiera. Ils n'auraient pas compris.

Ce soir, je révèle le secret découvert à Rome à Valeria et à Nieves.

Elles me prodigueront de bons conseils, peut-être voudront-elles m'aider.

22 heures

Mon récit achevé, Nieves ne décolérait pas de la réaction des religieux. Selon elle, j'avais eu raison de ne pas révéler la suite du secret. Je lui ai répondu qu'un rabbin ou un imam auraient réagi de la même façon.

Mardi

Un événement merveilleux est arrivé. À la fin de l'après-midi, Valeria m'a emmené en voiture au port de Sant Elm, un village balnéaire à l'extrême sud de l'île, puis a loué un petit bateau. Je pensais qu'elle voulait profiter des criques moins fréquentées que les grandes plages bétonnées pour piquer une tête, mais une autre idée trottait dans sa tête. Au bout d'une demi-heure de navigation le long de la côte, nous avons jeté l'ancre dans une crique nichée entre deux collines préservées de toute habitation. Sa *cala escondida*, la crique cachée. Elle a pris un gros sac préparé le matin et nous avons débarqué sur une plage minuscule pour emprunter un sentier escarpé qui grimpait le long de la mer. Au bout de dix minutes de marche, nous sommes arrivés à l'aplomb d'une des collines. Une énorme roche triangulaire masquait à moitié un trou béant creusé dans la falaise.

Elle y est entrée d'un pas décidé et je l'ai suivie. C'était une immense grotte naturelle transformée en carrière. Juste à l'entrée, à quelques mètres sur notre droite, se dressait un pan de mur, haut et large comme la devanture d'un magasin, recouvert de signes gravés. Un autel sculpté se trouvait dans un recoin, protégé par une grille en fer rongée par le temps. Malgré la présence de graffitis stupides laissés par des touristes peu cultivés, l'ensemble était remarquablement bien préservé. Les gravures ne semblaient pas avoir la même origine. Certaines relevaient d'une inspiration chrétienne, avec le monogramme IHS, des croix à profusion, d'autres représentaient le soleil, la lune et des visages rudimentaires. L'ethnologue se réveillait en moi, j'ai demandé plus d'explications à Valeria sur ce lieu étonnant.

Elle l'avait découvert grâce à une amie, professeur de plongée. Peu fréquentée, même par les Majorquins, la grotte n'apparaît dans aucun guide touristique. L'origine probable de la carrière remonte au XIVe siècle. Les blocs de pierre étaient extraits et directement transbordés sur des bateaux afin d'être acheminés à Palma. Pour ensuite servir à la construction de la cathédrale. L'origine des inscriptions restait en revanche plus mystérieuse. Un moine ermite originaire de Ravenne avait un temps vécu dans la grotte et clamait à qui voulait l'entendre que des templiers y avaient conduit des cérémonies maléfiques. Par la suite, les habitants de la région avaient transformé la grotte en chapelle dédiée à la Vierge.

Le soir tombait, elle a sorti une couverture épaisse qu'elle a étalée à terre et deux coussins. Puis elle m'a tendu une gourde avec un sourire malicieux.

Elle voulait faire l'amour sous Ayahuasca. Rencontrer la déesse mère pendant la jouissance. L'orgasme cosmique. Excité, mais un peu déstabilisé, je l'ai mise en garde. Le début du trip manquait de romantisme, compte tenu des vomissements. Elle a ri. Nieves avait trouvé un suc de cactus qui atténuait les effets désagréables. Je devais lui faire confiance. Nous nous sommes allongés l'un contre l'autre et avons bu chacun à notre tour le breuvage. À ma grande surprise, il était presque délicieux, avec un arrière-goût de lait d'amande.

Ç'a été une nuit merveilleuse. Jamais je n'avais connu un plaisir aussi intense. La puissance de l'Ayahuasca décuplait nos jouissances. Nos corps et nos esprits fusionnaient. J'ai ressenti son plaisir à l'intérieur de ma chair. Comme si, au moment de l'extase, nous avions échangé nos corps. La déesse serpent est apparue. Du fond de la grotte, elle se tenait devant nous, ses yeux dégageaient une infinie bienveillance. Avant de perdre connaissance, je l'ai vue distinctement tendre la main à Valeria.

Leurs doigts se sont effleurés.

Le jardin d'Éden. Nous étions Adam et Ève.

46

Majorque
Palma
De nos jours

La vaste avenue bordée de palmiers aux cous allongés s'étirait vers l'ouest jusqu'au port de plaisance qui bordait la ville. Un ciel azur électrique, des voiliers dodelinant sous un soleil généreux, une douce chaleur qui lui caressait le visage, Agathe savourait le contraste avec Paris. Il devait faire presque 20° C. À Majorque, le printemps posait ses premières valises à la mi-février.

Et dire qu'elle s'était réveillée avec le baromètre en dessous de zéro quand elle avait attrapé son taxi pour Orly. Le voyage n'avait duré qu'une heure et demie et le trajet depuis l'aéroport de Palma jusqu'au centre-ville, à peine un quart d'heure. Elle avait déposé sa valise à l'hôtel Sant Francesc, un cinq étoiles superbe, dans le quartier de la cathédrale.

Nikolas était arrivé avant elle. Il avait loué une voiture pour effectuer des repérages de la finca de Nieves Almendra, au nord de Palma. Pendant son vol, Agathe réalisa qu'elle se sentait attirée par le policier du Vatican. Son assurance contrastait avec son ex-petit ami, névrosé du matin au soir. Ce soir-là, ils devaient se retrouver pour dîner. Il n'avait pas mentionné où il résidait, et elle se demandait si le Vatican remboursait des hôtels cinq étoiles à ses agents.

Elle revint s'asseoir sur son siège et avala une gorgée du café servi par la secrétaire du notaire. L'étude se trouvait dans une imposante bâtisse en pierre ocre, caractéristique du centre-ville.

La porte du bureau du notaire s'ouvrit, laissant apparaître un homme à l'allure joviale. Le visage joufflu et la tête couronnée de cheveux gris, maître Delgado s'avança vers Agathe et lui tendit la main en souriant.

— Soyez la bienvenue à Majorque, veuillez entrer dans mon bureau.

Agathe prit son sac et pénétra dans la pièce. Des boiseries dorées, une armure argentée de belle facture, la main posée sur le pommeau d'une épée, dans un coin de la pièce, un tableau d'un roi couronné avec son armée de scarabées caparaçonnés, une bibliothèque garnie de vieux livres à la reliure patinée. Son père aurait apprécié la décoration soignée de cet amoureux des temps chevaleresques.

— Prenez place. Avez-vous visité Palma ?

— Hélas non, je suis arrivée il y a peu, mais la ville a l'air magnifique. J'ai failli me perdre dans ce dédale de ruelles historiques.

— Le quartier de Calatrava n'a pas changé depuis des siècles et continuera d'afficher le même visage après notre mort. Ces palais, ces demeures somptueuses, ou plus modestes, sont les véritables seigneurs des lieux. Ils regardent déambuler les envahisseurs l'été avec un ennui poli. Cela vous paraîtra surprenant de la part d'un notaire, mais je suis persuadé que les hommes ne possèdent pas la pierre. C'est le contraire.

Il regardait Agathe avec une curiosité bienveillante, comme si elle était une vieille connaissance.

— Ne me dites pas que je suis la seule héritière.

— Non. La demi-sœur du défunt, Nieves Almendra, est sur le point d'arriver ; elle s'est garée sur le parking de la cathédrale située en contrebas.

— Parlez-moi de Yann Karech. Je dois avouer que je ne le connaissais pas.

Le notaire posa les mains sous son menton.

— Disons que c'était un homme… complexe. Un grand esprit, mais un esprit tourmenté. Il habitait sur l'île depuis environ trente ans, bien qu'il ait beaucoup voyagé pour son travail. Il se consacrait à plein temps au centre créé avec sa demi-sœur, la Finca del Sol. Une superbe affaire.

— Si Nieves est l'autre héritière, j'en déduis qu'il était célibataire et n'avait pas d'enfant.

Le notaire secoua la tête et répondit sur un ton mutique.

— En effet, pas à ma connaissance.

On frappa à la porte. Maître Delgado s'interrompit et se leva pour ouvrir. Nieves Almendra apparut dans l'encadrement et pénétra dans la pièce avec une aisance naturelle. La demi-sœur de Karech portait un pantalon ivoire, un pull de même couleur et un perfecto marron clair. Agathe se leva et eut du mal à imaginer cette femme capable de commettre des meurtres.

— Agathe, l'unique étoile… Je devrais vous gronder, lança-t-elle dans un sourire éclatant, je vous avais proposé de résider chez moi pendant votre séjour.

Agathe remarqua à son index gauche une bague dorée en forme de deux serpents entrelacés.

— Je n'ai pas osé le demander, mais peut-être demain, si mon séjour sur l'île le justifie.

— Avec joie, nous avons des tas de secrets à nous révéler.

Elle avait prononcé cette dernière phrase avec un air énigmatique. Le notaire revint à son bureau, chaussa ses lunettes et ouvrit un parapheur en cuir vert olive. Il en sortit une lettre manuscrite, à l'écriture fine et bleue.

— Maintenant que nous sommes tous réunis, je vais vous lire le testament. M. Karech est venu dans notre étude il y a deux mois pour le réviser et annuler l'ancien. Voici ses dernières volontés :

Moi, Yann Karech, sain d'esprit sinon de corps, je lègue à ma demi-sœur Nieves Almendra la totalité de mes biens, ainsi que mes parts dans la Finca del Sol. Ce ne sera pas une surprise pour elle, nous en avions décidé dans les grandes lignes tous les deux. Quant à Agathe Lantac, si elle se présente à l'étude en temps voulu, maître Delgado lui remettra la clef de mon coffre personnel situé dans le bureau du centre. Elle y trouvera une enveloppe qui concerne le projet Œil soleil. Libre à elle d'en faire usage ou pas. C'est un coffre muni d'une sécurité supplémentaire, à savoir une combinaison à huit chiffres. Cette combinaison sera donnée à Nieves au moment de la remise de la clef. L'une sans l'autre, vous ne pourrez pas ouvrir ce coffre.

Je vous souhaite à toutes deux de trouver la voie de la paix et de l'harmonie. La voie de l'Œil soleil.

Mon destin sur Terre s'achève, mais le vôtre commence.

Le serpent meurt pour renaître.

Le notaire retira ses lunettes.

— Des questions ?

Nieves restait impassible, mais Agathe ne put masquer sa perplexité. Et sa déception.

Une clef. C'est tout.

Pas de villa idyllique ni d'appartement avec vue sur la plage, pas de voilier ni de yacht. Juste une clef.

— Maître, excusez-moi, je n'ai entendu aucune information sur un lien de parenté avec le défunt.

— Ce n'est pas si étonnant. Vous ne portez pas le même nom. Je ne fais que lire ce testament et exécuter ses volontés. Je n'ai connaissance de rien d'autre. En revanche, je puis certifier qu'il a ajouté votre nom sur ce testament il y a deux mois.

Il s'arrêta pour sortir du parapheur un papier plié qu'il remit à Nieves et un étui de soie noire pour Agathe. La jeune femme dénoua le cordon et en retira une curieuse clef de métal noirci à tige courte, terminée par une tête en étoile et crénelée. Elle contempla l'objet, dubitative. Nieves posa la main sur son avant-bras.

— Voulez-vous m'accompagner maintenant à la finca et rester dîner avec moi ?

— Je préférerais demain, répondit la jeune femme, mal à l'aise à l'idée de se retrouver seule avec cette femme suspectée de meurtre, dans un coin paumé de l'île.

— Vous n'éprouvez pas de curiosité ?

— Si, mais je suis fatiguée, je n'ai pas dormi la nuit dernière.

Nieves Almendra la fixa d'un regard énigmatique, puis sourit.

— Je comprends fort bien. Venez donc pour le déjeuner. Vous verrez, c'est un nouveau jardin d'Éden.

47

Journal de l'Œil soleil
Majorque
Septembre 1990

Mercredi

Un mois s'est écoulé depuis mon arrivée. Alors que je travaillais sur notre projet avec Nieves dans le jardin de la maison, Valeria a surgi, le visage radieux. Elle attend un enfant. Je suis fou de joie. Elle est convaincue qu'il a été conçu dans la grotte sacrée de la *cala escondida*.

L'établissement de Nieves prend un essor stupéfiant. Elle loue deux autres maisons voisines pour y accueillir des invités attirés par les séjours de thérapie et de méditation. J'aide ma demi-sœur dans son travail et je rencontre des gens passionnants. Comme la séduisante Frederika Vingen, l'une des plus pertinentes spécialistes des enseignements des peuples premiers. Ou encore Stéphane Xilla, qui a traversé les portes de corne et d'ivoire de la mort. Il a enquêté de manière scientifique sur les NDE, expériences de mort imminente. Lui aussi a pris de l'Ayahuasca. Son récit m'a éclairé sur mes propres visions. Il était en train d'écrire un livre à ce sujet.

Valeria m'a montré ses travaux sur le pouvoir des sons. Elle a fait installer des analyseurs de fréquence pour mesurer les effets de différents instruments de musique. Peut-être une piste, mais je n'y crois pas trop.

Février

La grossesse de Valeria se déroule à merveille. La courbure de son ventre me fascine. Elle pratique la méditation tous les jours et parle à notre enfant. Une technique indienne pour favoriser la connexion spirituelle entre la mère et sa fille. Car c'est une fille, nous en sommes persuadés tous les deux. Nous ne sommes pas d'accord sur le prénom. C'est d'ailleurs le seul motif de chamaillerie entre nous, mais nous trouverons. En attendant Valeria lui a trouvé un surnom, Zmiya. J'adore la sonorité. Ça veut dire « serpent » en ukrainien.

Zmiya.

C'est un gentil serpent.

Valeria a entendu prononcer ce mot dans un rêve. Par la déesse serpent. Elle est persuadée que notre fille naîtra avec des pouvoirs exceptionnels. N'a-t-elle pas été conçue sous Ayahuasca ? J'aime à le croire, notre fille découvrira peut-être la vie avec l'œil soleil.

Mars

Paris

Le temps est venu de changer radicalement de vie. Je suis rentré à Paris pour mettre mon appartement en vente et démissionner de mon poste à l'université. Notre projet m'enthousiasme tellement.

Hier soir, il s'est passé un événement inattendu. Alors que je terminais mes derniers cartons, j'ai reçu un coup de fil de Benvenuto Frascatti. Il avait obtenu mon téléphone privé auprès du secrétariat de la fac. De passage à Paris, il voulait me voir d'urgence. Nous sommes convenus de prendre un verre le lendemain au bar de l'hôtel où il réside, du côté de Montparnasse.

Samedi

Je suis sorti de l'entrevue avec Frascatti ébranlé.

C'est une catastrophe. Il sait tout du projet Œil soleil. Le Vatican aussi.

Ils connaissent le véritable secret.

L'Italien m'a révélé que pendant mon séjour à la Fondation Spina, mon téléphone était sur écoute. Ma chambre a bien été fouillée avant mon départ, comme je le craignais. Ils ont aussi photographié mon journal de notes. Quelle naïveté de ma part. Pire, Frascatti m'a montré des photographies où l'on nous voyait, Valeria et moi, faire nos courses au marché de l'Olivar, à Palma. Ils nous ont mis sous surveillance de même que la Finca del Sol dès mon retour sur l'île.

Frascatti est venu m'avertir d'arrêter le projet Œil soleil.

Le Vatican ne veut pas me laisser aller jusqu'au bout.

Talastiera et Mandatore me voient comme une menace. Après coup, je comprends maintenant la phrase énigmatique proférée par le père Mandatore au Vatican, quand nous sommes sortis de la Sixtine. Juste devant la sculpture de la pomme de pin géante.

Nous gardons toujours un œil sur nos ennemis.

J'en fais partie. À l'évidence. Ils s'efforceront de détruire l'Œil soleil avant qu'il ne soit diffusé.

Dimanche

Dès que je suis arrivé à Majorque, j'ai fait part à Nieves des menaces de Frascatti. Je n'en ai pas parlé à Valeria pour ne pas l'inquiéter.

Je me suis excusé auprès de ma demi-sœur pour les ennuis causés. Mais elle a éclaté de rire. Savoir que le Vatican considère notre groupe comme une menace la rend fière de moi. La peur a reflué. Même s'ils m'ont menacé, je vois mal l'Église s'attaquer physiquement à moi ou à mes proches. Je crains aussi pour ma fille. Ils doivent savoir qu'elle a été conçue sous Ayahuasca. J'en ai parlé avec Valeria par téléphone de nombreuses fois. Nieves m'a rassuré encore une fois. Je me fais des films.

Nous n'avons toujours pas trouvé de prénom pour Zmiya, mais ça viendra. J'essaye de travailler sur mon projet, mais mon esprit gambade. Je vais être père !

Avril

Avec Valeria, nous avons loué un appartement dans le centre de Palma, pour nous rapprocher de la clinique Santa Clara, où est née Nieves. Notre *piso*[1] est situé dans Calatrava, le quartier le plus ancien de la ville, carrer del Temple, en référence aux chevaliers Templiers qui y possédaient une église. Nous nous baladons parfois dans le coin de la cathédrale de la Seu. Le panorama de la baie de Palma s'avère époustouflant et moins fréquenté par les touristes en cette saison. J'aime profondément cette île et ses habitants. Les Majorquins se livrent peu, ce sont des gens réservés, rien à voir avec les Andalous. Ils sont cousins des Catalans, et leurs langues se ressemblent. Je dois m'y mettre un jour. *Poc a poc*[2], selon leur expression favorite.

J'ai réalisé il y a peu que notre fille allait probablement naître pendant la semaine sainte. Ici, comme dans toute l'Espagne, c'est un événement sans commune mesure avec la célébration de la Pâques chez nous. Des milliers de spectres encagoulés défilent dans les rues pour célébrer la Passion, la mort et la résurrection du Christ. Ils portent sur leur dos des chars massifs comme des tanks, au rythme des fanfares qui les suivent. La ferveur est réelle et l'émotion intense. Notre fille va naître pendant les fêtes de Pâques.

Le personnel de la clinique est aux petits soins pour Valeria.

Dimanche de Pâques

Valeria a perdu les eaux dans la soirée. Une ambulance nous emmène à la clinique, sirène hurlante, alors même que les tambours des processions résonnaient dans les rues avoisinantes. Derrière la vitre, je vois osciller une statue gigantesque d'une vierge enveloppée d'un manteau noir piqueté d'or. Un signe. J'ai proposé le prénom de Marie à Valeria. Elle en a préféré un autre. Il a la même origine.

1. « Appartement » en espagnol.
2. Peu à peu.

Notre enfant s'appellera Virginia.
Elle aura un destin extraordinaire.

Lundi de Pâques
Virginia est morte hier soir. D'une insuffisance respiratoire. Le jour de la résurrection du Christ.

48

Majorque
De nos jours
Marina de Calanova

Le dîner était délicieux. Nikolas avait choisi le restaurant un peu par hasard, Chez Bruno, mixte de cuisine française et espagnole, niché dans une petite marina proche de Palma. Le patron, un Breton costaud au regard franc et clair, les avait installés à une table juste devant le quai où étaient amarrés des vedettes au profil de squale et des voiliers alanguis. Ils avaient dégusté une insolite paella au canard, et finissaient une bouteille de ribera del duero. Même si Agathe titubait de fatigue – elle n'avait quasiment pas fermé l'œil la veille du départ –, elle se laissait porter par la douceur du soir. Un peu ivre. Juste ce qu'il fallait. Le cliquetis des mâts des voiliers tintait agréablement à ses oreilles. La première soirée agréable depuis un mois. Elle en aurait presque oublié l'enjeu de son voyage.

Elle s'était épanchée sur les bouleversements qui s'étaient enchaînés dans une vie jusque-là sans histoire. Presque sans saveur. Agréable, mais banale. Elle avait balancé quelques piques sur son connard d'ex et raconté sa démission. Lui sortait d'un divorce compliqué. Il s'était fait plaquer par son ex-femme. Au léger tressaillement de sa voix, elle comprenait que le gros dur assis en face d'elle en avait bavé et masquait une sensibilité surprenante. Son masque de flic jeté dans la marina, il devenait encore plus craquant. À la fin de la paella canardesque, Agathe raconta la scène chez le notaire et lui montra la clef du coffre. Nikolas changea d'attitude, devint plus grave et se pencha vers elle.

— Si Nieves a commandité ces meurtres, votre sécurité sera menacée une fois le coffre ouvert. Vous y avez songé ?

— Bien sûr, ça me fait peur, mais je n'ai pas d'autre choix. Vous avez pu passer une arme à l'aéroport ?

— Oui, je bénéficie de l'immunité diplomatique pour tous mes déplacements et les autorités m'ont accordé un permis de port d'arme. Le Vatican a le bras long.

— Vous m'en voyez ravie...

Il hocha la tête.

— J'ai déjà effectué un repérage pendant votre réunion chez le notaire, avec ma voiture de location. La Finca del Sol se situe à une demi-heure de Palma, sur les hauteurs de la Tramuntana, le long d'une route côtière entre Valldemossa et Deia, deux villages touristiques assez courus. Des caméras et une clôture électrifiée au niveau de la route en protègent l'entrée. On ne peut pas se garer dans les alentours. En revanche, je pense que l'on peut y accéder en passant par une propriété voisine, située à trois kilomètres de là. À quelle heure avez-vous rendez-vous ?

— Pour le déjeuner, vers 13 heures.

— Bien, ça me laissera le temps d'y arriver avant vous. Il faut bien une heure pour faire le parcours, le terrain semble accidenté.

Il demanda l'addition à la patronne, Sandra, une belle brune au sourire malicieux, mais Agathe secoua la tête.

— C'est pour moi. J'ai fait cracher Kanso, je vous invite.

— Pas question, je suis vieux jeu. Note de frais. Le pape ne m'en voudra pas d'inviter une séduisante jeune femme comme vous. Pour la plus grande gloire de Dieu, évidemment.

Agathe sourit, c'était la première fois qu'il lui faisait un compliment. Elle le regarda à la dérobée quand il régla la note. Il était vraiment pas mal.

Ils sortirent du restaurant et marchèrent en silence le long du quai. Elle s'arrêta devant un catamaran de taille imposante et alluma une cigarette.

— Je n'ai jamais posé le pied sur un voilier de ma vie.

— C'est une expérience merveilleuse, répondit-il avec assurance. À la gendarmerie, on nous forme à naviguer sur tous les types de bateaux, moteur ou voilier. J'ai déjà traversé l'Atlantique et barré dans les Caraïbes lors d'une mission périlleuse.

— Impressionnant, je suppose que vous êtes aussi parachutiste, champion d'arts martiaux et bon cuisinier ?

Il éclata de rire.

— Parachute et combat, oui. Cuistot, oubliez. Quant au bateau, c'était un mensonge. Je vomis mes tripes en mer.

Son autodérision la touchait.

L'impulsion jaillit sans prévenir. Elle s'approcha de lui et, sans se préoccuper de sa réaction, prit son visage entre ses mains et colla ses lèvres contre les siennes. Passé une brève seconde de surprise, il lui rendit son baiser avec une douceur surprenante. Elle se serra contre lui, la tête lui tournait un peu. Puis elle desserra son étreinte et le fixa en silence.

Les yeux du policier étaient couleur noisette clair.

— Tu prends toujours l'initiative avec les hommes ?

— Je ne sais pas ce qui m'a pris. Je ne reconnais plus mon comportement depuis quelques jours, mes blocages volent en éclats. L'autre jour, j'ai tabassé un type qui m'avait manqué de respect…

— Je l'ai échappé belle.

Il l'étreignit de nouveau et l'embrassa tendrement avant de susurrer à son oreille.

— Ce n'est pas très raisonnable, je suis en mission.

Elle se sentit grisée et lui répondit dans un chuchotement.

— On s'en fout.

Son téléphone vibra dans sa poche. Agacée, elle se détacha de lui avec regret et vit s'afficher un numéro français avec un nom.

Clinique Morpheus.

Enfin.

Elle hésita avant de répondre, puis prit l'appel tout en s'adressant à Nikolas.

— Tu permets ?

— Oui, bien sûr, répondit-il en s'éloignant vers le restaurant, je file au petit coin.

Elle se retourna et colla son oreille à l'appareil.

— Bonjour, Agathe, c'est le docteur Aubert. Je ne vous dérange pas à cette heure tardive ?

— Un peu, vous m'annoncez une bonne nouvelle ?

— J'ai trouvé la raison de vos insomnies. Il s'agit d'un dérèglement de l'épiphyse, ou glande pinéale, l'organe qui fabrique la mélatonine dans le cerveau. L'opacité détectée par l'IRM se situe précisément à cet endroit.

— Vous ne l'aviez pas vu quand vous m'avez montré l'imagerie de mon cerveau ?

— J'avais des soupçons, mais c'était imprécis. Je me suis fait aider d'un programme IA pour affiner l'analyse.

— OK, et donc je vais me bourrer de somnifères jusqu'à la fin de ma vie ?

— Ce n'est pas le plus urgent. J'ai demandé l'IRM passée lors de votre admission aux urgences d'Issy-les-Moulineaux, juste après votre accident. Ils me l'ont envoyée il y a une heure. Vous aviez déjà une opacité, plus petite. Si on la compare avec l'IRM passée dans notre clinique, elle a doublé de volume en un mois. Cet amas grossit trop rapidement pour que ce soit un kyste. C'est un pinéoblastome.

— Et donc ? répondit-elle d'une voix blanche en se doutant de la réponse.

— Il s'agit d'une tumeur pinéale. Un cancer rarissime.

49

Journal de l'Œil soleil
Majorque

Mai 1991

La douleur est indicible. Valeria s'englue dans une dépression sans fin. J'essaye de tenir bon, mais je n'y arrive pas. Nieves nous soutient de tout son amour. Nous avons abandonné le projet de l'Œil soleil. Tout cela me semble si vain.

Juin 1991

Valeria a passé une nuit dans la grotte sacrée et a repris de l'Ayahuasca. Elle voulait y aller seule. Et comprendre la raison de notre épreuve si douloureuse. Elle est revenue avec une curieuse expression sur le visage. La déesse serpent n'est pas apparue. C'était la dernière fois qu'elle en prendrait. Je la trouve distante depuis quelque temps. Nous n'avons plus fait l'amour depuis la mort de Virginia. Nous nous disputons de plus en plus. Quelque chose s'est brisé. Comme si elle me reprochait la mort de notre fille. Mais pourquoi ? J'aimerais tant retrouver la Valeria que j'aimais.

Je me rends, seul, chaque dimanche, sur la tombe de Virginia et j'y dépose une petite pomme de pin. Je suis sûr que ma fille chérie comprend la symbolique profonde. Valeria ne veut pas m'accompagner.

Juillet 1991

Valeria a quitté la finca aujourd'hui. Le matin même, elle m'a annoncé vouloir recommencer une autre vie. Ailleurs, très loin de l'île. Elle avait pris sa décision la semaine dernière. Devant mes supplications, elle a fini par m'avouer les raisons. Elle est persuadée que le secret des fresques de la Sixtine porte malheur. La mort de notre enfant était une punition divine, et le projet de l'Œil soleil une abomination.

Elle m'a aussi avoué sa tentative de suicide lors d'une séance de plongée au large de la grotte sacrée. Elle a failli débrancher son tuyau d'arrivée d'oxygène et se laisser engloutir. Au dernier moment, elle y a renoncé.

Je l'ai suppliée de rester avec moi, mais c'était sans appel. Elle m'a murmuré ne plus m'aimer comme avant. J'étais submergé de colère et de tristesse, mais j'ai accepté son choix.

J'ai tenu à l'emmener à l'aéroport, sans connaître sa destination. Nous nous sommes étreints et embrassés devant les portiques de sécurité. J'avais trop de fierté pour l'implorer de rester. La douceur de son ultime baiser n'en fut que plus cruelle. Jamais plus je ne recevrai l'offrande de ses lèvres. Puis elle a traversé le portique de sécurité sans se retourner. J'implorais un signe du destin, pour garder l'espoir qu'elle reviendrait sur ses pas. Au même moment un jeune touriste blond, un sac de golf à l'épaule, est passé dans mon champ de vision. Le sourire satisfait, il flottait dans un tee-shirt blanc frappé d'un papillon noir. Un symbole de mort dans la tradition péruvienne. Valeria m'a adressé un dernier signe de la main après les contrôles, puis a disparu, engloutie dans la masse aveugle et informe des passagers.

Une boule de barbelés dans la gorge, j'ai essayé de ne pas m'effondrer sur le chemin du parking. J'étais porté par le flot des familles bruyantes et joyeuses qui, elles, débarquaient sur l'île, ivres de soleil et de plaisir.

Le secret de l'œil soleil ne me servait à rien. Arrivé dans ma voiture, je me suis effondré sur le volant. J'ai pleuré. Je n'ai jamais autant pleuré de ma vie. Je ne savais pas que le corps contenait autant de larmes. J'avais tout perdu. Mon enfant et ma femme. Je me disloquais. Comme une statue de pierre qui se brise sous l'effet de coups de burin invisibles. Mes mains, mes bras, mes épaules, mon cerveau, tout mon corps tombait en morceaux. Et c'est Valeria qui tenait le marteau.

Septembre 1991

Je ne me reconnais plus, mes larmes se sont liquéfiées en gouttes de fiel. Pour la première fois de ma vie, j'éprouve de la haine envers un être humain. Pour cette femme qui a broyé mon cœur et mon âme. Elle doit s'amuser, rire, aimer, se blottir dans les bras d'un autre. Moi, j'ai pour seule compagne le fantôme de notre amour. Et notre bébé qui repose dans une terre froide. Je m'étais cru éveillé, bienveillant, presque invincible, et je me métamorphose en démon pathétique, méchant et pleurnichard. Je pourris de l'intérieur et je me méprise de m'y vautrer.

Je ne souhaite à personne de ressentir une souffrance aussi humiliante et perverse. À personne.

Février 1993

Nieves est revenue de Barcelone, rayonnante. Son insémination artificielle a réussi. Elle a voulu son enfant toute seule et a laissé le destin choisir le père. Elle devrait accoucher dans deux mois. Je pense moins à Valeria, même si j'ai mis de longs mois à m'en remettre. J'espère qu'elle est heureuse dans sa nouvelle vie. De fines et discrètes fissures parcourent toujours la statue, mais j'ai recollé les morceaux. Un par un. Le fleuve du temps emporte Valeria dans l'océan du pardon, à défaut de celui de l'oubli.

Je continue à me rendre chaque dimanche au cimetière avec ma petite pomme de pin dans la poche.

Avril 1993

Nieves accouche à la finca, dans sa chambre qui donne sur la mer, avec l'aide d'une sage-femme qui vient effectuer des retraites de yoga ici. L'atmosphère est joyeuse et festive. Nos amis sont venus. Il y a de la musique, des chants et des rires dans toute la maison. Je suis si heureux pour elle. Je lui ai tenu la main quand sa fille a poussé son premier cri. Elle a choisi un prénom qui me va droit au cœur.

Un autre soleil s'est levé.

50

Majorque
Marina de Calanova
De nos jours

— Nous devons retirer cette tumeur au plus vite. J'aimerais programmer l'opération en urgence. Dès demain.

Chaque mot prononcé par le Dr Aubert était une balle qui perforait son crâne. Agathe observait les voiliers amarrés, mais c'était elle qui tanguait.

— Impossible, je viens d'arriver aux Baléares, je...

— Oubliez vos vacances ! Vous ne comprenez pas. On a déjà pris du retard, chaque heure compte. Vous risquez à tout moment de perdre conscience ou de souffrir d'hallucinations, avec une intensité incontrôlable. Si ce n'est déjà le cas.

Tout autour d'elle, le port s'enfonçait dans une étrange pénombre, comme si les lumières des lampadaires sur le quai baissaient d'un cran. Une vipère apparut devant elle. Elle ondulait à ses pieds, mais sa tête triangulaire restait droite, aimantée dans sa direction.

Elle recula d'un pas.

— Madame Lantac, vous m'entendez ?

La voix du neurologue résonna dans le téléphone.

Elle ferma les yeux, calma sa respiration et s'assit sur un petit banc face à un ponton de jet-ski orange.

— Je ne suis pas en vacances et demain j'ai un rendez-vous impératif en milieu de journée. Je vais regarder les vols dans l'après-midi ou le soir.

— Excusez-moi d'insister, mais…

Elle le coupa d'une voix sèche.

— Je ne peux pas faire autrement. Programmez l'opération pour après-demain. C'est possible ?

— Je m'en occupe. Je suis navré de vous apprendre cette mauvaise nouvelle par téléphone.

— Vous ne m'avez pas parlé des chances de survie après l'opération.

— Ça se guérit, mais je ne vais pas vous mentir, tout dépendra de la biopsie de la tumeur. Et sa taille dépasse vraiment les normes. On devra prévoir de la chimiothérapie ou de la radiothérapie pour éviter des métastases. Ce sont des protocoles lourds. Vous voulez des détails ?

— Merci docteur, j'ai ma dose pour ce soir, je vous rappellerai demain.

Elle raccrocha, le cœur figé, l'esprit écartelé. Une tumeur responsable d'hallucinations. La transformation de sa personnalité, la levée de ses inhibitions, ce putain de serpent… Tout cela n'était que le résultat d'un cancer.

Elle crut voir voleter un papillon noir au-dessus de sa tête.

Elle se leva d'un bond et se dirigea vers le restaurant pour rejoindre Nikolas. Elle n'était ni abattue ni apeurée. Non. Elle était en colère contre un homme. Un mort qui avait surgi dans sa vie et voulait l'entraîner dans la tombe.

Yann Karech.

Ce salopard, peut-être son véritable père, voulait la tuer.

Zmiya.

Le serpent.

Tout avait commencé avec ce maudit nom.

Pourquoi ?

Elle n'allait pas attendre le lendemain pour connaître la vérité. Sa décision était prise. Elle sortit son téléphone et composa le numéro de Nieves, priant pour qu'elle soit chez elle. L'Espagnole décrocha.

— Bonsoir, c'est Agathe. J'aimerais passer ce soir, je suis trop impatiente de découvrir le contenu du coffre. Ça vous dérange ?

— C'est une excellente idée, moi aussi je trépigne, mais je dîne avec des amis. Vous vous joignez à nous ?

— J'ai dîné, merci. D'ici une bonne heure ?

— Avec plaisir. Je vous envoie la localisation sur WhatsApp.

Agathe raccrocha, soulagée. Elle se moquait de courir un danger. La menace la plus mortelle n'était plus cette femme, mais un tas de cellules pourries qui gangrenait son cerveau.

Nikolas s'approcha d'elle et voulut la prendre dans ses bras, mais elle le repoussa.

— Nous partons pour la finca, maintenant.

— Pas question. Ce n'était pas dans le programme de l'opération.

— On s'en tape du programme. Je veux des réponses.

— Oui, mais je dois me positionner sur le site bien avant notre arrivée.

Elle lui prit les mains.

— Nikolas, fais-moi confiance. J'ai une bonne raison, je t'expliquerai dans la voiture. Aide-moi, je t'en prie.

Il hésita quelques secondes, la jeune femme semblait comme possédée. Elle irradiait une puissance de conviction qui le fit vaciller.

— D'accord.

— Tu as ton arme ?

— Oui, dans la boîte à gants.

— Parfait, combien de temps faudra-t-il pour arriver là-bas ?

Il réfléchissait à toute allure.

— Je dirais une quarantaine de minutes. Tu conduiras et tu me laisseras devant l'autre propriété. Désolé d'insister, mais pourquoi maintenant ?

— J'ai découvert l'existence d'un nouvel ennemi mortel.

— Qui ?

— Mon cerveau.

51

Journal de l'Œil soleil

Janvier 1994

Je piétine dans mes recherches depuis deux ans. Je n'aboutis à rien de probant. Quel est l'intérêt de découvrir un secret si je suis incapable de libérer son pouvoir ? Ce n'est qu'une construction intellectuelle. Séduisante, mais aussi stérile qu'un puits sans eau. Je descends la corde, mais le seau remonte toujours sec. J'ai repris trois fois de l'Ayahuasca. En vain. Des trips psychédéliques sans intérêt.

J'ai signé pour une année en tant que maître-assistant vacataire au département d'ethnologie de l'université de Palma. Je m'y sens bien. La fille de Nieves grandit et s'épanouit dans la finca. Parfois, Valeria revient en contrebande dans mon esprit, mais je ne souffre plus. Je ne me rends plus qu'une fois par an sur la tombe de Virginia. J'y dépose toujours une petite pomme de pin.

Juin 1995

J'ai perdu tout intérêt pour le projet Œil soleil. J'y consacre à peine quelques heures par mois.

Août 2000

Nous passons un nouveau millénaire. Dix années se sont écoulées depuis les événements de Rome. Pour marquer cet anniversaire, je suis retourné là-bas. Afin de revoir la chapelle Sixtine. Noyé au milieu d'un océan de visiteurs, je lève le nez au plafond et je contemple le chef-d'œuvre énigmatique. Mais je n'ai pas reçu l'illumination qui ferait repartir mes travaux.

J'ai dîné avec Frascatti. Il a paru profondément ému lorsque je lui ai raconté le décès de mon enfant. Il n'était pas au courant. Talastiera et Mandatore ont été promus évêques, tandis que Frascatti deviendra adjoint au conservateur de la Pinacothèque du Vatican. Il semblait mal à l'aise lorsqu'il m'a quitté.

17 janvier 2001

Le monde tourne à une vitesse incroyable. Une myriade d'articles consacrés au féminin sacré émergent sur la toile. Nieves organise fréquemment des séminaires autour de ce thème captivant, même pour un homme tel que moi. Je suis plus ouvert qu'avant.

15 avril 2001

Virginia aurait fêté son dixième anniversaire. Je suis tombé par hasard sur un magazine de musique. Il y avait un bref article sur Valeria. Elle conduit une brillante carrière de violoniste. Elle a changé sa couleur de cheveux, ils sont désormais blancs comme un souffle d'hiver. Elle est encore plus belle. J'ai rencontré d'autres femmes depuis notre séparation, mais Valeria restera toujours une sublime épine plantée dans mon cœur. Comme notre fille. C'est le moment de ranger ce journal dans mes archives.

21 juillet 2024

Un événement incroyable s'est produit hier soir. Trente-trois ans après la découverte du secret. Et qui m'a poussé à extirper ce journal de la caisse poussiéreuse où je l'avais laissé dormir depuis plus de deux décennies. Un physicien a donné une conférence passionnante à la finca sur les dernières avancées de cette science en perpétuelle évolution.

Selon lui, l'univers n'est qu'ondes et vibrations. L'atome vibre en permanence. C'est la brique élémentaire de la matière, que celle-ci soit organique, minérale, gazeuse ou en fusion. Nos cellules vibrent, notre cerveau émet des ondes, les étoiles chantent. Le son, les ondes radio, le wifi, le Bluetooth, les micro-ondes, la lumière, la chaleur, une réaction nucléaire... Tout n'est que vibration ; seule la fréquence varie. L'univers ne serait qu'un gigantesque et merveilleux clavier de piano qui comporterait des milliards de touches. L'infrason constitue la note la plus basse, à la fréquence d'un hertz, et au dernier barreau de l'échelle, on trouve l'énergie atomique, avec dix milliards de milliards de hertz. Non seulement nous baignons dans un univers d'ondes et de vibrations, mais ces mêmes vibrations font chanter les atomes de notre corps.

J'en arrive au point le plus important. Quand nos vibrations entrent en contact avec d'autres vibrations similaires, un phénomène appelé résonance se produit, qui amplifie la puissance de ces vibrations. En plaisantant il a donné l'image de deux personnes faisant l'amour et qui éprouvent un orgasme au même moment. J'ai pensé à Valeria et à notre extase dans la grotte sacrée. L'œil soleil s'est ouvert à nouveau. Je crois savoir comment redémarrer le projet. Je dois retrouver les travaux de Valeria.

Je suis allé voir ce physicien pour lui demander son aide. Il a accepté bien volontiers, plus amusé que convaincu. La joie m'envahit.

Une résurrection, trente-trois ans après ma vision à Rome. Un nombre symbolique fort. Nieves a évoqué l'âge du Christ à sa mort. Je suis si impatient.

La suite des détails techniques sur le projet sera consignée sur mon ordinateur.

Octobre 2024

On vient de me diagnostiquer une maladie dégénérative, mon système immunitaire veut ma peau. Mon temps sur cette terre se réduit. Je n'ai pas peur de la mort, mais je veux terminer mon projet. Nieves, sa fille, devenue ingénieure du son, et deux de nos amis acceptent de servir de cobayes pour moi. Je sais désormais comment utiliser le secret de l'œil soleil. Cette fois, je fais preuve d'une discrétion absolue, pas question que le Vatican l'apprenne.

Je me suis trompé sur toute la ligne. Nul besoin d'Ayahuasca ou d'autres drogues. Nous sommes les seuls maîtres de nos esprits.

Je sens mes muscles et mes nerfs se liquéfier.

Décembre 2024

Je ne peux plus marcher. On m'a mis sous respirateur, mon cœur lui aussi se rouille. Mon cerveau et mes mains continuent de fonctionner. Pour combien de temps ?

24 décembre

Je viens d'apprendre aujourd'hui une nouvelle incroyable qui me bouleverse.

Ma fille Virginia est vivante.

Elle a été adoptée par un couple français et vit actuellement à Paris. Benvenuto Frascatti est venu me l'apprendre à Majorque. Il ne pouvait plus porter ce lourd secret sachant que ma fin était proche. À sa naissance, Virginia a été enlevée avec la complicité du médecin-chef de la clinique de Palma. L'instigateur de cette monstruosité est le cardinal Talastiera, persuadé que ma fille était celle du diable. Il ne pouvait pas la faire assassiner, c'était contre ses principes, alors il l'a confiée à des inconnus, bons chrétiens.

Frascatti l'a appris de la bouche de Mandatore, désormais cardinal et secrétaire d'État à la curie. Je n'étais pas si surpris, le prélat m'avait prévenu qu'il gardait ses ennemis à l'œil. Nous étions toujours sur écoute… Frascatti m'a révélé que le pape et la Curie n'étaient pas au courant de ses agissements. Mandatore avait instrumentalisé la Fondation Spina pour surveiller et abattre les ennemis de l'Église. L'érudit a imploré mon pardon, même s'il n'avait jamais trempé dans l'enlèvement. Choqué, il m'a juré s'être emporté, mais s'était ensuite tu. Je lui ai demandé pourquoi il était rentré dans le rang. Il m'a avoué, les larmes aux yeux, avoir accepté, en échange de son silence, le poste de conservateur au Vatican.

Je lui ai pardonné.

Virginia vivante...

Tout à coup, j'ai repensé à Valeria. J'aimerais tellement la retrouver et partager mon bonheur.

Frascatti nous a donné l'adresse des parents adoptifs. Dans mon état, je suis incapable de m'y rendre. Nieves ira à ma place.

Toutes mes souffrances, la Fondation Spina en est responsable et pourtant ce n'est plus la haine qui m'habite. Je sais maintenant que les épreuves douloureuses que j'ai traversées avaient un sens. Il fallait en passer par là. La douleur, la peur, la colère, le désespoir font partie du chemin initiatique de la vie.

Je me sens libre de mon serment sur le secret de la chapelle Sixtine.

Ils seront punis.

Par l'œil soleil.

Et par ma fille.

52

Majorque
Tramuntana
De nos jours

Agathe se pencha par la vitre de la portière et adressa un signe à la caméra de sûreté fichée au-dessus de l'interphone encastré dans le mur, à gauche des grilles de l'entrée. Puis son regard se porta sur le curieux blason gravé dans la pierre d'un pilier surmontant le même mur.

C'était un œil stylisé et inséré dans une étoile.

Les portes s'ouvrirent en même temps, laissant apparaître un chemin de terre aplani qui s'enfonçait dans une forêt de pins et que des faisceaux de lumière bleue éclairaient par intermittence. Agathe engagea la Fiat 500 sur la piste balisée. Elle avait déposé Nikolas à quelques kilomètres de là. Le policier avait paru sincèrement touché quand elle lui avait appris son cancer. Il l'avait prise dans ses bras et embrassée avant de disparaître dans la nuit.

Quand elle arriva devant la finca, la façade, les palmiers et les oliviers étaient illuminés comme si l'on y organisait un grand bal en son honneur. C'était une magnifique demeure de style majorquin, en pierre claire, avec en son centre une tourelle carrée qui ressemblait à un pigeonnier. Agathe songea qu'il lui faudrait bosser mille ans pour se payer un tel palais.

Un homme costaud, en jean et pull noir, l'attendait devant le perron et se précipita pour ouvrir la portière. Une voix familière jaillit du haut des marches.

— Agathe, quel plaisir de te retrouver !

Nieves portait une robe blanche toute simple qui mettait en valeur sa chevelure brune et épaisse. Elle étreignit Agathe avec effusion.

— Considère cette maison comme la tienne. Suis-moi.

Elles pénétrèrent dans un charmant patio où l'en entendait l'eau couler d'une fontaine de pierre en forme de serpent. Des fougères foisonnantes débordaient de jarres joufflues en céramique couleur océan.

— Je vais te présenter à mes amis.

Elles arrivèrent dans un vaste salon doté de larges baies vitrées en arc de cercle. Au loin, on apercevait la mer éclairée par une lune laiteuse. Agathe balaya la pièce du regard et admira la décoration. Murs blancs et épurés, mobilier en bois clair minimaliste. Une impressionnante peinture de soleil orange flamboyait sur l'un d'entre eux. Au centre de l'astre, un œil énigmatique dardait un regard aveugle sur Agathe. Elle reconnut le motif du blason de pierre à l'entrée de la maison.

Nieves intercepta son regard.

— L'œil soleil... L'œuvre ultime de Yann. Tu comprendras bientôt.

Une table avait été dressée au centre, avec des candélabres surmontés de chandelles jaune et orange. Tout autour se dressaient quatre chaises hautes, dont deux étaient occupées. Une femme brune, assise de dos, faisait face à un jeune homme aux cheveux châtains et ondulés. Un serveur était posté dans un coin du salon et versait du vin dans une carafe.

Nieves prit Agathe par l'épaule et s'approcha du petit groupe.

— Mes amis, voici Agathe, qui arrive de France. Je vous en ai parlé ces derniers temps.

La femme, d'une cinquantaine d'années, se retourna et la gratifia d'un sourire chaleureux. Agathe nota la présence d'un verre de vin à moitié rempli devant la quatrième chaise, vide. Nieves approcha une chaise pour Agathe et elles s'assirent. Le jeune homme fit tinter son couteau.

— Passons aux présentations. À ta gauche, j'ai la joie d'accueillir Estella Mendoza, directrice de l'ONG Hope, qui vient passer quelques jours de détente parmi nous. Peut-être en as-tu entendu parler, Agathe ? Elle a lancé son réseau social Infinity, portail virtuel de toutes les religions. Il y a eu beaucoup d'articles, chrétiens, musulmans, juifs, hindous, paganistes en tout genre, new âge, etc. L'ONU virtuelle des spiritualités. Hélas, ce fut un échec.

— Oui, j'ai vu passer des infos, dit Agathe.

La directrice de l'ONG hocha la tête.

— Nous avons embauché une armée de modérateurs pour gérer les conflits et les altercations. Le problème venait surtout des adeptes des trois grandes religions. C'est devenu un champ de bataille ingérable.

— Et pourtant, ils croient tous au même Dieu de bonté ? ironisa le jeune homme. Quelle crétinerie cosmique.

— Je continue, nous avons donc Nast, que tu dois connaître. L'un des influenceurs les plus cool et les plus suivis dans les pays occidentaux. Cent millions de followers, c'est ça ?

— Tu me fais rougir, répondit-il en portant son verre de vin à ses lèvres, mais ce n'est pas loin. Et chez moi, ils ne s'entretuent point. Amen.

Agathe avait déjà scrollé ses photos. De mémoire, il était l'un des rares de sa catégorie à se passionner pour la spiritualité et la pleine conscience. Il partageait cette passion entre une séance d'alpinisme sur l'Everest et un saut en parachute depuis la plus haute tour de Dubai.

Son téléphone vibra, elle le posa sur sa cuisse et jeta discrètement un œil sur le message qui s'affichait. Nikolas progressait, mais estimait à une heure son arrivée à la finca. Elle occulta l'écran par prudence alors qu'une porte claquait doucement derrière elle. Un serveur voulut remplir son verre de vin, elle déclina.

— Ah non, Agathe, lança Nieves, nous fêtons la mémoire de Yann. C'est un moment de joie.

Agathe se crispa.

Un salopard qui m'a refilé un cancer.

— Yann était le prophète des temps nouveaux, ajouta la directrice de l'ONG, l'un des plus grands ethnologues au monde. Il était ouvert, généreux, curieux de tout. C'est lui qui a eu l'idée d'Infinity. La vie l'a éprouvé, mais son héritage reste intact. Au serpent !

Agathe se raidit alors que les deux invités levaient leur verre en même temps que Nieves. La curiosité la dévorait.

— Pourquoi ce surnom ?

— Il avait acquis des connaissances fondamentales sous l'influence des serpents cosmiques. Il en a tiré un enseignement que nous suivons tous.

La jeune femme gardait son calme, mais se demandait dans quelle secte elle avait mis les pieds. Heureusement que Nikolas approchait. Le serpent… Elle voulait des réponses.

— Si je vous dis Zmiya, ça vous évoque quelque chose ?

Les deux invités et Nieves échangèrent des regards complices, puis une voix féminine surgit dans son dos alors que deux mains se posaient sur ses épaules.

— Remercie-moi. Je t'ai appris ce mot magique.

Agathe connaissait cette voix. Elle n'avait pas besoin de tourner la tête pour identifier la femme qui se tenait derrière d'elle.

Virginia.

53

Majorque
Finca del Sol
De nos jours

Virginia s'assit sur la chaise qu'elle occupait plus tôt. La tueuse blonde était vêtue d'un jean et d'un pull blanc qui accentuait son minois juvénile. Elle échangeait des regards de connivence avec les autres invités. Agathe restait silencieuse. Tous ces gens étaient ses ennemis. Nieves prit la parole.

— Virginia, ma fille. Tu la connais…

— Il y a des failles dans son éducation. Elle a voulu me faire la peau à Paris. Et elle a assassiné un homme au cimetière du Père-Lachaise. Par ailleurs, sachez que la police espagnole est au courant de ma présence ici. Si je ne reviens pas, ils enquêteront.

— Grand bien leur fasse, répondit la directrice de la finca, imperturbable, je saurai les accueillir, mais je ne vois pas pourquoi ils viendraient. Tu ne risques rien ici. Tu es chez toi.

Agathe se sentait comme une souris au milieu d'un festin de chats. Ils la couvaient d'amabilité, elle se trouvait à leur merci. Mais la peur s'était évanouie. Ces tarés détenaient des réponses et elle comptait bien les obtenir. Coûte que coûte.

— Je suppose que je vous dois ces maudits coups de fil. J'ai failli mourir dans un accident il y a un mois. Et maintenant je me tape un cancer du cerveau.

Virginia but une gorgée de son verre et lui répondit.

— Tu te trompes sur toute la ligne. J'étais venue à Paris te protéger et te faire évoluer.

— C'est une blague ? Le couteau dans le métro, l'attaque dans le caveau du cimetière ?

Nieves posa sa main sur l'épaule d'Agathe qui se dégagea aussitôt.

— Ne me touchez pas...

— Calme-toi, je te demande seulement d'être ouverte sur certaines informations qui peuvent dépasser ton entendement. Tu pourras ensuite te forger ta propre opinion.

Elle fit un signe au serveur qui apporta un cahier à spirale en moleskine noire, usé sur les côtés.

— Ceci est un journal écrit avant ta naissance. Rédigé par ton père. Car Yann était bien ton père. Lis-le. Ça ne te prendra pas beaucoup de temps. Tu y trouveras un début de réponse.

Agathe fixait le cahier, n'osant pas tourner la couverture. Elle passait la frontière d'un pays inconnu. Un pays pour lequel elle n'avait aucune carte, aucun repère. Elle leva les yeux vers le quatuor qui l'entourait. Ils ne semblaient nullement hostiles, même Virginia paraissait amicale et lui envoyait des sourires engageants.

Elle ouvrit le journal. Sur la première page de garde, son auteur avait rédigé un titre en lettres noires et épaisses.

Journal de l'Œil soleil.

Yann Karech.

Elle passa la main sur le papier jauni, c'était l'écriture d'un homme qu'elle ne connaissait pas. Celle d'un père.

Un étrange dessin, semblable au blason et à celui peint sur le mur du salon, occupait la page suivante du journal. Elle se cala contre le dossier de son siège et entama la lecture.

Journal de l'Œil soleil

Juillet 1990

Je rassemble ici les notes sur les événements que j'ai vécus à Rome. La version originale de ce journal

ainsi que les enregistrements audio seront mis en lieu sûr.
Anthropologue et athée, j'ai toujours privilégié une approche scientifique dans mes travaux. Et pourtant, malgré leur nature stupéfiante, les faits relatés ici se révèlent authentiques. Ma raison s'est fracassée comme un miroir brisé et ses fragments se sont dispersés dans les profondeurs de ma conscience. Je n'arrive pas à y croire, encore aujourd'hui.
Je dois maintenant examiner minutieusement mon journal et reconstituer les événements survenus dans la ville éternelle. Leur donner un sens. Une fois ce puzzle assemblé, je prendrai ma décision.
Le temps presse. Mes ennemis me traquent et ne me feront aucun cadeau. Nous connaissons tous les deux l'enjeu ultime. J'ai peur. Peur de mourir. Mais quelle importance représente ma courte existence face au secret éblouissant que je pourrais révéler à l'humanité ?
Le secret de l'œil soleil.
Tout a commencé…

54

Majorque
Finca del Sol
De nos jours

> *Toutes mes souffrances, la Fondation Spina en est responsable. Je sais maintenant que les épreuves que j'ai traversées avaient un sens. Il fallait en passer par là. La douleur, la peur, la colère, le désespoir font partie du chemin initiatique de la vie. Je me sens libre de mon serment sur le secret de la chapelle Sixtine.*
> *Ils seront punis.*
> *Par l'œil soleil.*
> *Et par ma fille.*

Agathe referma le cahier à spirale et resta silencieuse. Trois quarts d'heure s'étaient écoulés pendant lesquels elle avait tourné les pages à toute vitesse. Les convives qui s'étaient éclipsés pour la laisser tranquille revinrent s'asseoir à la table.

Nieves posa sur la table une photographie sertie dans un cadre en verre.

— Tes parents, Yann et Valeria.

Agathe contempla le couple, beau et souriant, assis dans un restaurant. Elle avait du mal à réaliser que ces inconnus lui avaient donné la vie. Ils étaient penchés l'un contre l'autre et se parlaient ou voulaient s'embrasser.

— C'était un mois après leur voyage dans la grotte. Tu étais dans le ventre de Valeria.

— C'est triste. Comme ils ont souffert...

Elle contempla à nouveau la photographie de ses parents. Quelque part sur cette terre, cette femme aux yeux mélancoliques était peut-être encore vivante.

— J'aimerais la retrouver. Elle a le droit de connaître la vérité. Même si elle ne remplacera jamais ma mère adoptive.

— Nous t'y aiderons, Agathe, quand le moment sera venu.

Les pensées se bousculaient dans sa tête. Elle devait mettre un semblant d'ordre dans ce chaos d'informations qui la submergeait.

— Je résume... Je suis la fille d'un ethnologue et d'une mère musicienne et j'ai été conçue dans une grotte sacrée à Majorque, sous Ayahuasca. Mes parents sont donc deux camés, adeptes de trip hallucinogène.

Nieves secoua la tête.

— L'Ayahuasca n'est pas une drogue comme on l'entend. Il s'agit d'un breuvage sacré. Initiatique. Mais il n'est pas destiné à tous. Tu as lu ce qui est arrivé à Frascatti. Le pire cauchemar de sa vie. Et Talastiera, lui, s'est suicidé à cause de ses fautes. J'en suis revenue, moi aussi. Ici, j'ai vu de nombreux invités qui en ont pris à tort et à travers. Ton père avait raison. Le pouvoir est en nous. Plus besoin d'Ayahuasca.

— Vomir ses tripes, très peu pour moi. Je continue. Ma conception par voie naturelle et chimique aurait donc fait de moi un enfant doté d'un cerveau différent. Paniqué, le Vatican m'a alors kidnappée à ma naissance pour me confier à des parents adoptifs. Afin que je sois élevée dans la foi chrétienne. Et pour me remettre sur le droit chemin.

Nieves opina, le visage grave.

— Le cardinal Talastiera percevait en toi la réincarnation de la déesse serpent. Une abomination. Une version féminine de l'Antéchrist. Mais ce n'est pas tout. Il pensait que ton père serait si éprouvé par ta mort et le chaos de son couple qu'il abandonnerait ses recherches sur le secret. Il n'avait pas tort.

— Quelle chance de ne pas avoir été assassinée.

— Ils ont des péchés à se reprocher, mais je ne les ai jamais crus capables de tuer qui que ce soit.

— Tu es naïve, mère, répliqua Virginia, le regard buté, ce sont eux les démons. Les oppresseurs. Il faut les abattre.

— Ce n'est pas le moment, ma fille. Laisse parler ta cousine.

Agathe contemplait, songeuse, la couverture du cahier.

— Merci. J'en arrive au cœur de l'énigme. À Rome, mon père découvre donc deux secrets dans les œuvres de Michel-Ange. Le premier concerne la déesse mère de l'humanité, la Magna Mater. Elle est représentée en tant que femme-serpent dans la fresque du péché originel et sous la forme d'une jeune femme au visage angélique dans celle de la création d'Adam.

— Oui, répondit Nieves, la Magna Mater soutient le dieu barbu. Le message est limpide. Dieu possède une double nature, féminine et masculine. La déesse mère doit sortir de son long sommeil, afin de rétablir l'équilibre originel du monde.

Virginia, qui rongeait son frein, intervint d'une voix forte.

— Je ne partage pas ton interprétation, mère, ni celle de mon oncle. Et tu le sais. La déesse mère doit abattre définitivement l'emprise de Dieu et reprendre son pouvoir. Régner comme elle le faisait avant l'arrivée des trois religions maudites. Ils ont opprimé les femmes pendant des millénaires et conduit le monde à sa perte. La peur doit changer de camp. L'homme doit trembler.

— Ne te laisse pas emporter par la colère et la peur. Ne fais pas comme eux.

Agathe observait sa cousine qui ne répondit pas. Elle sentait en elle une force redoutable.

— Apparemment, lui dit-elle, tu appliques à la lettre ta vision du monde. Tu as assassiné Frascatti au Père-Lachaise et Talastiera au Mexique.

— Non, répliqua Virginia sur un ton ironique, je ne les ai pas tués. Ce n'est pas l'envie qui m'en manquait, mais ma mère me l'a interdit.

— Je confirme, ajouta Nieves.

— Difficile à avaler… Et les coups de fil que j'ai reçus le mois dernier et qui ont tout déclenché ? Et tes menaces physiques ?

— Tu es une étoile unique. Je te l'ai dit au cimetière. Quand Yann a appris ta nouvelle identité, j'ai obtenu ton numéro de téléphone par ton père adoptif et il a activé ton éveil. Zmiya, c'était le surnom que te donnait ta mère pendant sa grossesse.

— Activé comment ?

— Tu le sauras plus tard, quand nous ouvrirons le coffre. Pour revenir à ton père, Yann t'a appelée le mois dernier, mais il n'avait presque plus l'usage de la parole. Les muscles de sa bouche étaient paralysés. Il était si heureux de t'entendre. Ensuite, Virginia est venue pour te guider.

— Elle m'a menacée.

Nieves secoua la tête.

— Selon l'enseignement de l'œil soleil, on doit éprouver la peur pour grandir. Et s'éveiller pleinement. C'est un processus initiatique. La peur n'est rien d'autre qu'une illusion, mais elle nous enferme en nous-mêmes. C'est une petite mort. Il faut la surmonter pour accéder à l'éveil. Toutes les traditions dans le monde clament cette vérité depuis des millénaires. Ne plus avoir peur, mourir, puis renaître.

Virginia posa sa main sur celle d'Agathe.

— Jamais je ne t'aurais poussée sur les rails du métro. La peur a fait resurgir le serpent caché en toi. N'as-tu pas senti une différence dans ta personnalité ? Tu ne t'es pas sentie plus libre ? Je suis passée par là moi aussi.

Agathe enregistrait les informations au fur et à mesure. Son esprit continuait de mettre bout à bout les pièces du puzzle. Virginia passait du statut de psychopathe à celui de maître Jedi version chevalière de l'œil soleil, pourquoi pas... Mais des zones d'ombre obscurcissaient ce tableau idyllique. Elle haussa le ton.

— Si je comprends bien, je dois tous vous remercier. J'ai été pourchassée, menacée, je ne dors plus depuis un mois et j'ai développé un cancer. On m'a diagnostiqué une tumeur déclenchée par les manipulations démentes de feu mon père, ce génie. C'est ça le cadeau suprême ?

À sa grande surprise, l'homme et les trois femmes échangeaient des sourires complices.

— Ça vous fait rire ? ajouta Agathe, une boule de colère coincée dans la gorge.

Nieves posa à nouveau la main sur la sienne.

— Et si je te disais que tu ne risques rien ? Ce n'est pas une tumeur, mais un joyau qui a été déposé dans ta tête. Tous les gens assis autour de cette table ont reçu ce don.

Agathe les détailla longuement, incrédule. L'influenceur prit la parole.

— Nous avons joué le rôle de cobayes volontaires de Yann. Sans prendre de l'Ayahuasca. Il l'a écrit dans son journal : nous sommes les maîtres de nos esprits. Après avoir parcouru les mêmes épreuves que toi. Je pourrai te montrer l'IRM de mon cerveau, ma « tumeur » pinéale tout aussi impressionnante que la tienne. On me l'a diagnostiquée l'année dernière. Et je me porte toujours bien, plus en forme que jamais. Mieux, le procédé guérit les insomnies chroniques. J'en ai souffert pendant des années, comme nous tous ici. Et depuis, je dors comme un bébé. C'est un *rewind* total de la glande pinéale. Si on le commercialisait, ce serait un marché colossal vu les centaines de millions d'insomniaques dans le monde.

— Je confirme, ajouta la directrice de l'ONG, les insomnies ont duré deux mois et j'ai ensuite retrouvé un sommeil normal.

Nieves les regardait avec tendresse, puis se tourna vers Agathe.

— Nous sommes devenus les Éveillés. Toi aussi, maintenant.

Agathe les dévisagea en silence. Soit ces gens étaient fous à lier, soit ils mentaient. Ou alors ils racontaient une vérité incompréhensible à entendre. Et elle n'avait pas encore toutes les réponses qu'elle était venue chercher. Sa voix se fit plus tranchée.

— Soit, admettons que j'avale votre histoire de retour de la déesse mère. Pour rétablir une parité sacrée ou pour défoncer Dieu, ses serviteurs zélés, Adam et tous ses rejetons mâles. Que cet éveil nous libère de nos peurs et de nos inhibitions. Que nous puissions entrer en contact avec Dieu…

— Nous sommes éveillés et libres, la coupa Virginia.

— Certes, mais vous ne m'avez pas révélé quel était le second secret, ce don offert par mon père. Celui qu'il n'a pas voulu avouer au Vatican et sur lequel il a conduit des travaux. L'œil soleil ! Le journal n'est pas clair.

Estella Mendoza s'approcha d'elle.

— Tu l'as lu trop vite. Il y avait un indice.

— Lequel ?

— Qui est la femme représentée dans la fresque de la création d'Adam ?

Agathe reprit le journal, tourna les pages rapidement et finit par trouver le passage.

— La déesse mère qui a plusieurs noms. Cybèle, en l'occurrence.

— Oui ! Vénérée par les Romains comme la déesse suprême. Plus puissante qu'Athéna, Junon, Hécate et toutes les autres divinités féminines. L'incarnation de la Magna Mater.

— Et donc ? s'impatienta Agathe.

— Lis mieux… Ton père raconte son dernier entretien avec Mandatore. Ils sont dans une cour du Vatican, dans laquelle trône une gigantesque sculpture d'une pomme de pin en bronze. Qui fascinait le pape Jean-Paul II. La pomme de pin est le symbole de Cybèle. Une pomme de pin qui trônait au sommet du panthéon du temps où elle régnait sur l'Empire romain. Déboulonnée et exposée en trophée de guerre spirituelle.

Nieves se leva, les autres l'imitèrent.

— Le deuxième secret, celui de la déesse mère Cybèle, est caché dans la pomme de pin. Nous allons te le révéler. Suis-nous !

55

Majorque
Finca del Sol
De nos jours

Les convives quittèrent la table, alors qu'un serveur ouvrait en grand l'une des baies vitrées. Une brise fraîche envahit le salon, Agathe prit son blouson. Virginia se rapprocha d'elle au moment où ils sortaient tous du salon.

— Ai-je bien joué la psychopathe ? Tu ne m'en veux pas ?

— C'était plutôt réussi, répondit prudemment Agathe, mais si ce n'est pas toi qui as tué Frascatti au Père-Lachaise, qui ?

— Un envoyé du Vatican, je pense, intervint Nieves, ils ont dû intercepter l'appel dans lequel Frascatti nous révélait ton existence. Et n'oublie pas qu'il voulait te parler au cimetière, juste avant de mourir.

Agathe n'écoutait plus, un signal d'alerte résonna dans son cerveau. Si le Vatican était coupable, alors elle connaissait son bras armé. Elle l'avait même introduit sur l'île. Et il rôdait dans la nuit. Tout proche.

Nikolas.

Il se trouvait au Père-Lachaise et était apparu comme par enchantement juste après qu'elle découvre le conservateur en train d'agoniser. Nikolas la manipulait peut-être depuis le début.

Mais Virginia pouvait aussi avoir menti. Quelque chose dans son regard la troublait. Un éclat farouche et exalté.

Agathe jeta un œil sur son portable, le policier n'avait rien envoyé depuis son dernier message. Le texto remontait à une demi-heure. Il ne serait pas là avant un quart d'heure. Elle avait encore le temps de prévenir Nieves et d'alerter ses employés. Mais une petite voix lui susurra de se taire. Ces gens étaient tous bien barrés.

Virginia la prit par la taille.

— J'étais folle de joie quand j'ai appris ton existence. Tu te rends compte, je porte ton prénom de naissance ! Nous sommes des âmes sœurs. Les filles de la déesse serpent.

Agathe lui renvoya son sourire, ne sachant quoi répondre.

— Nous allons propager le secret de l'œil soleil, continua Virginia, le combat ne fait que commencer.

— Ce n'est toujours pas clair pour moi. Pour le moment, il est question d'une pomme de pin.

— Ne sois pas impatiente, tout va s'éclairer.

Le groupe avait quitté le salon et se dirigeait vers un pin parasol majestueux, aux ramures nervurées et puissantes. Il se dressait à l'aplomb d'un promontoire terminé par un à-pic vertigineux. Agathe fut saisie par le panorama envoûtant qui s'offrait à ses yeux. Sur une mer douce et immobile, la lune étirait un ruban de satin vers l'infini. De chaque côté, à perte de vue, se dressaient les silhouettes sombres, solitaires et titanesques de montagnes nées bien avant le premier murmure des anciens dieux. L'une de ces terres sacrées où l'âme du monde chuchote à celle des hommes. Agathe comprit pourquoi ses parents avaient effleuré, ici, l'éclat indicible et éphémère du bonheur. Cette nuit enchantée était comme une offrande à ses insomnies.

Elle rejoignit le groupe rassemblé autour du pin dont les branches les plus hautes tutoyaient la lune. Nieves ramassa l'une des nombreuses pommes de pin et la déposa dans la paume d'Agathe. Elle était lourde et presque de la taille d'un ananas.

— Michel-Ange a peint la déesse Cybèle à côté de Dieu, articula lentement Nieves, et il les représente tous les deux à l'intérieur d'un cerveau. Cybèle, dont le symbole est la pomme de pin. Nous sommes d'accord ?

— Oui, jusque-là je suis.

— Il s'agit du second message caché. Ton père l'a décrypté, sous Ayahusca. Cybèle, la déesse mère, est une pomme de pin. Mais une pomme de pin nichée dans ta tête et dans celles des cent milliards d'êtres humains qui ont arpenté cette planète. Elle contient le secret qui ouvre l'œil soleil.

— C'est absurde ! Quel rapport avec mon cancer !

L'influenceur intervint à son tour, le sourire aux lèvres.

— Je suis passé par là moi aussi. Au début, j'ai cru que Nieves se moquait de moi. Écoute la suite.

— Cette tumeur qui t'effraie tant, reprit Nieves, le neurologue de la clinique Morpheus t'a-t-il expliqué dans quel organe du cerveau elle se logeait ?

— La glande pinéale.

— En effet. Cette glande est nichée en plein cœur de notre cerveau, entre les deux hémisphères. Minuscule, à peine la taille d'un grain de riz, elle sécrète la mélatonine pour réguler notre sommeil et nos ondes cérébrales, mais aussi notre joie de vivre avec la sérotonine. Sa dysfonction te rend insomniaque. Mais elle exerce aussi une fonction encore plus importante. Connais-tu l'origine de son nom ?

— Je n'y ai pas prêté attention.

Les membres du petit groupe s'approchaient d'Agathe, chacun avec une pomme de pin entre les mains. Nieves reprit d'une voix lente.

— Pinéal est un dérivé du latin *pinea*, qui signifie... pomme de pin. En grec, *kornarion*. Ce sont les médecins grecs de l'Antiquité qui l'ont appelée ainsi en raison de sa ressemblance avec la pomme de pin.

Agathe comprit. Les pièces du puzzle s'emboîtaient à toute vitesse. Le voile se dissipait. La déesse Cybèle représentée à l'intérieur d'une coupe anatomique de cerveau était la glande pinéale. Où se localisait sa tumeur, responsable de ses insomnies chroniques.

— Et si c'était une simple coïncidence ?

— Non, répondit Nieves, Michel-Ange se passionnait pour l'anatomie dans le cadre de son travail. Il avait une connaissance très fine du corps humain.

Estella Mendoza intervint.

— Sur le plan mystique, la glande pinéale joue un rôle central. En Orient, elle symbolise le troisième œil, celui de l'éveil spirituel. C'est Ajna, le sixième chakra de l'illumination et du sixième sens. En Europe, je pourrais te citer le philosophe René Descartes, qui écrit dans son plus célèbre ouvrage, *Le Discours de la méthode*, que la glande pinéale, le *corpus pinéal*, est le *siège de l'âme*. La porte d'entrée dans le cerveau pour dialoguer avec Dieu.

Une remarque du docteur Aubert revint à l'esprit d'Agathe.

— Le neurologue m'a révélé que mon cerveau bégayait en ondes thêta et gamma, les ondes de Dieu...

— Oui ! La glande pinéale est notre troisième œil, l'œil soleil qui libère nos inhibitions, chasse nos peurs et met en communication avec un autre monde, spirituel, du moins s'il est correctement activé. Rassure-toi, il va bientôt revenir à la normale. Tu dormiras moins, mais ta puissance et ton entendement des chants du monde seront décuplés, ajouta l'influenceur. Nous l'avons tous en nous, mais cette fonction divine reste endormie.

Nast sortit son smartphone, tapota rapidement et lui montra l'écran sur lequel défilaient d'antiques bas-reliefs, des sculptures et des peintures surgies du fond des temps.

— La pomme de pin, symbole sacré du lien avec le divin, se retrouve dans toutes les civilisations. Sur la tête d'un bouddha au Cambodge, dans les mains d'une divinité sumérienne Annunaki, sur le pommeau du sceptre du dieu égyptien Osiris, entrelacé de deux serpents, et aussi le symbole associé à Cybèle, la suprême déesse païenne, un temps reine de Rome. Et même dans les sanctuaires chrétiens.

Il zooma sur la statue d'une Vierge à l'enfant d'ancienne facture.

— La Vierge noire du monastère de Montserrat, en Catalogne, Jésus tient dans sa main une pomme de pin.

Je pourrai t'en montrer des centaines similaires de par le monde.

Estella Mendoza approuva avec enthousiasme.

— La pomme de pin est considérée en botanique comme la forme la plus parfaite de structure conique dans le règne végétal. Ses spirales se développent selon le nombre d'or. Le nombre de l'harmonie parfaite que l'on retrouve dans la nature et dans certaines œuvres d'art.

— Chez les juifs, ajouta Nieves, le cône, représentation du pin, est le symbole de la Shekhina, l'incarnation du féminin sacré.

Agathe hocha la tête. Le tableau complexe du puzzle prenait forme. Peu à peu. La pièce de la fresque de Michel-Ange, la pièce de la glande pinéale, celle de son cancer, de l'œil soleil...

— Il faut que j'assimile toutes ces informations, dit-elle en choisissant ses mots, ma tumeur de la glande pinéale n'en est pas une. Cette glande censée représenter le troisième œil a libéré mes inhibitions, c'est déjà pas si mal. Et son nom vient de celui de la pomme de pin, symbole sacré par excellence. La glande pinéale serait donc le fameux œil soleil ? J'en déduis que mon père aurait trouvé un moyen de l'activer ?

— Oui, et sans passer par l'Ayahuasca ! Il était persuadé que tous les êtres humains, hommes et femmes, peuvent libérer ce pouvoir qu'ils ont en eux.

— Mais comment ?

— Je vais te l'expliquer là-haut, dans le bureau. Il est temps d'aller ouvrir ce coffre pour découvrir le fruit des recherches de ton père. C'est lié à la glande pinéale. Ton héritage, le mien et celui de toute l'humanité.

Un craquement de branches sèches résonna derrière eux.

— Le bonheur de l'humanité... rien que ça ! Navré de vous interrompre.

Un homme venait de surgir dans la nuit. Le cœur d'Agathe s'accéléra.

C'était le lieutenant Nikolas.

Il braquait un pistolet dans leur direction.

56

Majorque
Finca del Sol
De nos jours

— Agathe, éloigne-toi d'eux. Ces gens sont dangereux.

— Nikolas, baisse ton arme, répondit la jeune femme.

— Non. Une dernière fois, éloigne-toi.

Agathe se déplaça sur le côté. Le policier était arrivé plus tôt que prévu.

— Ne l'écoute pas, lança Virginia, il travaille pour nos ennemis. La Fondation Spina, qui a plongé tes parents dans le désespoir. Nous rêvons d'un éveil de l'humanité, eux et les autres religions veulent garder le pouvoir sur les esprits.

Nikolas se rapprocha tout en les maintenant en joue.

— Le mensonge, l'arme favorite du serpent, lança-t-il avec assurance. Si tes amis étaient si vertueux, ils n'auraient pas assassiné le cardinal Talastiera à Teotihuacán. Comme par hasard je découvre ici Estella Mendoza, l'organisatrice du colloque.

— Nikolas, vraiment ? demanda Estella narquoise, la dernière fois que je vous ai croisé, vous portiez une soutane. De mémoire, vous vous appeliez le père Santino.

Agathe fronça les sourcils.

— C'est vrai ?

— Oui, j'en ai le droit et je peux prendre n'importe quel nom en mission.

— Tu ne t'appelles pas Nikolas ? La carte de police que tu m'as montrée était fausse ?

Il hésita quelques secondes.

— Nous utilisons plusieurs identités, mais peu importe. La présence d'Estella Mendoza prouve que l'invitation au colloque mexicain était un traquenard pour Talastiera. Et nous avons celle qui l'a tué sous la main. Ici. J'ai reçu de mes collègues mexicains une courte vidéo amateur tournée la nuit de la mort du cardinal. Virginia est reconnaissable, même avec sa perruque brune.

— Explique-toi, demanda Agathe en observant Virginia sourire.

L'homme qui se faisait appeler Nikolas s'approcha d'elle et lui montra l'écran de son téléphone. On reconnaissait distinctement les traits de Virginia avec une coupe carrée noir corbeau. Agathe se tourna vers sa cousine.

— Tu l'as vraiment assassiné.

— Ne crois pas ce flic du pape. Il s'agissait juste de lui faire boire de l'Ayahuasca et qu'il éprouve une peur intense. Celle de ses péchés. Il s'est jeté tout seul du haut de la pyramide. Et pour ta gouverne, il m'a dit avoir vu un bébé lui apparaître pendant son délire. Toi ! Je ne verserai pas une larme sur ce salaud. Ce n'est que justice après ce qu'il a fait endurer à tes parents.

Le policier s'impatientait.

— Et Frascatti, le crâne fracassé sur la tombe du Père-Lachaise, c'était aussi pour lui faire expier ses péchés ?

Le visage de Virginia changea d'expression. Elle perdit son sourire en un éclair.

— Ce n'est pas moi.

Agathe les observait à tour de rôle. L'un des deux mentait et elle était incapable de savoir lequel.

— Nous perdons du temps, dit Nikolas, puis se tournant vers Agathe, je ne suis pas ton ennemi. J'ai eu de nouvelles instructions. Ma mission est de récupérer le contenu dans le coffre.

Agathe s'approcha de lui, le regard lumineux.

— Et voler mon héritage, répondit-elle d'une voix sèche. Le Vatican t'autorise aussi à violer les dix commandements pendant tes missions ? Tu ne tueras point... Au Père-Lachaise, c'est toi qui as assassiné Frascatti ?

Le policier continuait à tenir en respect le quatuor alors qu'elle se collait à lui.

— Je veux la vérité.

— Non, souffla-t-il, tu ne...

Il ne put terminer sa phrase, Agathe frappa sa tempe droite avec sa lourde pomme de pin et se jeta sur lui de tout son poids. Il tomba à terre et lâcha son arme. Une détonation retentit. La balle se ficha dans le pin, des éclats d'écorce jaillirent comme une éclaboussure. Passé le moment de surprise, Nikolas, la tempe ensanglantée, repoussa brutalement Agathe sur le côté et rampa pour récupérer son pistolet. Virginia avait été plus rapide que lui, et lui colla le canon sur le haut du crâne.

— Ça suffit, debout !

L'influenceur aidait Agathe à se relever.

— Félicitations pour ta réaction.

— Avant, jamais je n'aurais été capable de réagir de la sorte, avoua-t-elle, le cœur battant, j'aurais été morte de trouille face à un type avec un flingue. C'est venu naturellement.

— Tu as l'œil soleil. Tu ne connais plus la peur.

Alertés par le coup de feu, deux employés avaient surgi. Sur un signe de Nieves ils s'emparèrent du policier du Vatican. L'un d'entre eux avait enlevé sa ceinture de cuir, il se mit derrière lui et la noua autour de son cou. Puis il le poussa en avant.

— Rentrons, dit Nieves, nous n'en avons pas fini.

Elle prit Agathe par l'épaule.

— Tu aurais dû me prévenir qu'il était sur l'île.

— Je n'avais aucune raison de vous faire confiance.

— C'est vrai, mais tu as fait le bon choix en le désarmant.

— Le nudge... Il a envoyé le mauvais signal. Je t'expliquerai.

— Tu m'expliqueras, allons au coffre.

Le groupe était passé dans le salon et se dirigeait vers un large escalier de bois ciré.

— Qu'allez-vous faire de lui ? Vous n'allez pas le...

— Non, il nous accompagnera au coffre, après tout il a le droit de savoir. Et ses maîtres aussi.

Le policier essayait de se débattre, mais il était solidement maîtrisé avec la laisse autour du cou.

— Agathe, je te jure que je n'ai pas tué Frascatti.

— Pourquoi mens-tu encore ? Et ton vrai prénom ?

— Tu ne m'aurais pas cru, Michelangelo.

Elle sourit. Ce n'était pas un prénom de policier. Alors qu'ils grimpaient les marches d'un vaste escalier qui menait à l'étage, Virginia se rapprocha d'elle et murmura à son oreille.

— Je sais qui a tué Frascatti. Ce n'est pas lui.

Le groupe était monté devant eux, Agathe s'arrêta à la moitié des marches. Elle avait gardé la main sur la rampe.

— Explique-toi !

— Je ne voulais pas te le dire, pour ton bien. Regarde.

Elle lui tendit son portable. C'était une vidéo.

Frascatti et un homme de dos semblaient se disputer, ils faisaient des grands gestes. À un moment, ce dernier poussa violemment l'Italien en arrière, celui-ci tomba, tête contre le coin supérieur de la dalle. Et il glissa sur la tombe. L'inconnu se pencha vers lui, comme pour le redresser, puis se leva brusquement et tourna la tête dans tous les sens.

Agathe se figea. La séquence vidéo s'arrêta net. Elle reconnut en un éclair le visage.

C'était son père.

57

Majorque
Finca del Sol
De nos jours

Agathe restait prostrée sur le téléphone. Virginia continuait.

— Au cimetière, j'avais vu Frascatti te remettre le bout de papier. Un autre homme l'avait aussi suivi à distance. Intriguée, j'ai fait de même. Je ne savais pas que c'était ton père. Quand ils furent devant la tombe, j'ai filmé et écouté la fin de leur conversation.

— Que se sont-ils dit ?

— Ton père l'a menacé. Il voulait savoir ce que Frascatti comptait te révéler. L'Italien lui a dit qu'il était envoyé par Rome, ça a rendu ton père dingue et il l'a poussé violemment sur la dalle. Je te le répète, je ne connaissais pas son identité à cet instant. C'est pour ça que je voulais te cacher dans un caveau. Nieves l'a bien sûr reconnu sur la vidéo, bien après. Elle l'avait rencontré chez lui, moi jamais. Mais elle a jugé bon de ne rien te dire. Cela t'aurait fait du mal et c'était un accident. Viens.

Agathe monta lentement. Elle comprenait mieux le comportement étrange de son père au cimetière, sa fébrilité, son désir pressant de quitter les lieux avant l'arrivée de la police.

— Mais alors Nikolas n'est pas coupable.

— Non mais c'est toujours un moine-soldat du Vatican. Notre ennemi.

Les deux femmes arrivèrent dans une pièce plus petite que le salon et qui servait de bureau. Elle était située dans la partie la plus haute de la finca. Une tour carrée, aux murs percés par de larges fenêtres orientées aux quatre points cardinaux, emblématiques de l'architecture des résidences campagnardes des riches familles majorquines du XIXe siècle. Une bibliothèque ancienne, un bureau en chêne clair et deux fauteuils complétaient le décor.

Nikolas était assis dans l'un d'entre eux, le cou toujours enserré, sous la garde des employés silencieux. Nieves et ses amis se tenaient en cercle au centre de la pièce devant une sculpture mobile en acier qui pendait du plafond. La forme rappelait à Agathe les assemblages d'atomes dans ses cours de chimie au lycée.

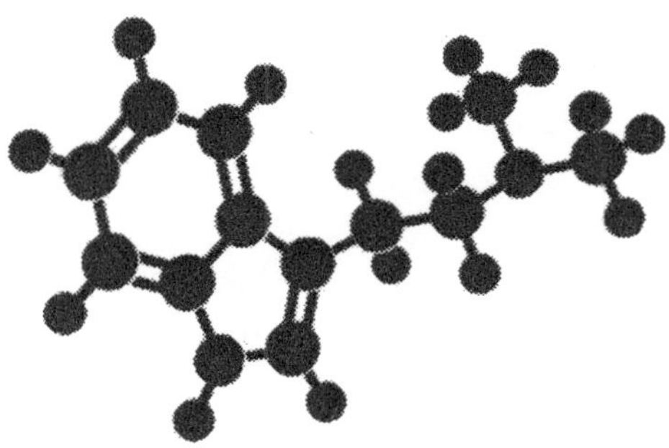

Nieves fit osciller l'œuvre qui tourna sur elle-même, renvoyant des reflets argentés.

— La glande pinéale ne fait pas que sécréter la sérotonine et la mélatonine, elle produit aussi une molécule très particulière, la DMT, N-diméthyltryptamine. Une molécule produite en seulement deux occasions, les rêves et juste au moment de mourir. Tu as sa composition chimique sous les yeux. Œuvre de ton père.

L'influenceur stoppa la rotation du mobile et se tourna vers Agathe.

— Or cette DMT est aussi la substance hallucinogène contenue dans l'Ayahuasca. La même !

Agathe écoutait avec attention. C'était incroyable.

— Notre cerveau produit naturellement de la drogue…, murmura-t-elle.

— Oui, et c'est la seule molécule hallucinogène qu'il sécrète, répondit Nast exalté, elle possède presque la même composition que la mélatonine et la sérotonine. À quelques atomes près.

Nieves reprit la parole.

— Ton père n'était pas chimiste, mais cette molécule a été étudiée par les scientifiques. Quand tu bois de l'Ayahuasca, la DMT file dans ton cerveau et provoque un big bang. Elle déconnecte les zones rationnelles et stimule celles liées à l'imaginaire. Et tu bascules dans un état altéré de conscience. D'où les visions en cascade. La DMT nous ouvre un canal endormi, celui de la perception extrasensorielle. C'est la prise directe USB sur la déesse mère. À dose infime, elle libère les inhibitions en agissant sur d'autres zones du cerveau.

Nieves croisa les bras.

— À la suite de ses visions, ton père a eu l'idée de son projet, l'œil soleil. Débloquer la glande pinéale sans Ayahuasca pour réveiller le troisième œil. Celui connu de toutes les traditions. Lui permettre de sécréter de la DMT à volonté. De reprendre le contrôle de sa vie, de se libérer de tous les tabous, de toutes les inhibitions qui nous entravent. Et nous maintiennent dans le rôle d'esclaves de la société.

— Et mieux encore. Ouvrir ce troisième œil à volonté, ajouta l'influenceur. De basculer en ondes thêta et gamma. En ondes de Dieu. Tu imagines ? Les grandes religions n'auront plus aucun intérêt, chacun sera libre de tutoyer Dieu, la déesse mère, le grand architecte de l'univers, une force cosmique ou toute autre entité énergétique ou spirituelle. Plus besoin d'intermédiaires professionnels…

Agathe secoua la tête.

— Je ne comprends pas. Dans ces conditions, pourquoi ne pas synthétiser la DMT sous forme de pilule ? À prendre comme un antidépresseur.

— Ce n'est pas si simple, répondit Nast, hélas, la DMT doit être d'origine cérébrale et contrôlée par la glande pinéale sinon l'effet devient imprévisible.

— Vous êtes tous des malades !

La voix de Nikolas avait jailli. Tous les regards se tournaient vers lui. Il continua, toujours emprisonné dans le fauteuil.

— Sécréter de la drogue à volonté… Vous réalisez l'absurdité monstrueuse de votre projet ? Un monde rempli de camés, sans inhibitions, sans contrôle. L'humanité plongera dans le chaos. Ce n'est pas Dieu qu'elle rencontrera, mais le diable.

Virginia s'approcha de lui et le gifla.

— Ça te dirait un peu d'Ayahuasca pour rencontrer la serpent ?

Agathe se rua sur sa cousine.

— Laisse-le s'il te plait.

Nieves s'approcha à son tour.

— Cet homme n'a pas tout à fait tort. Le pouvoir de l'Ayahuasca ne doit pas être pris à la légère. Sa popularité a grandi au fil des ans, pour devenir, hélas, un filon touristique au Pérou. Et une partie de ces assoiffés de trips psychédéliques revient avec des séquelles psychologiques graves. Des hallucinations à répétition, une paranoïa incontrôlable. Yann y est retourné l'année dernière, avant sa maladie, il était effaré par l'ampleur de l'engouement. L'un des chamans Shipibo se lamentait de ce dévoiement.

Les Occidentaux avaient perverti l'enseignement de la liane magique. Estelle Mendoza intervint :

— Il existe désormais des cliniques pour soigner les bad trip sous Ayahuasca. Voilà pourquoi ton père a eu une idée de génie pour se passer de la drogue sacrée. Un moyen simple et harmonieux. La musique secrète de l'univers. La note magique.

Agathe se souvint du passage du journal sur la rencontre tardive de son père avec le physicien.

— Le piano aux milliards de touches. Les fréquences sacrées. Mon père travaillait sur les vibrations ?

— Oui. Ta mère, la première, l'avait mise sur la voie, indirectement, confirma Nieves, elle était spécialiste des gongs et travaillait sur le pouvoir des sons. Mais le physicien américain a redonné l'impulsion à Yann.

— Mais comment ?

— Il a parlé à ton père des derniers travaux scientifiques sur la glande pinéale. Et lui a appris qu'elle contient des minéraux très particuliers. Des cristaux de calcite qui émettent des ondes électromagnétiques quand ils sont stimulés. Par le son, à une fréquence très précise.

Estella Mendoza enchaîna avec un débit plus rapide.

— Yann a découvert le chant du serpent. Une modulation de trois fréquences, capable d'activer le pouvoir caché de la glande pinéale. La combinaison des trois vibrations correspond à la fréquence exacte du nombre d'or. Le même nombre d'or que l'on retrouve partout dans l'univers. Y compris dans les spirales de la pomme de pin !

Virginia s'appuya contre un mur.

— Le sifflement du serpent sacré, reprit Estella. Le chant de la déesse mère. L'écouter, c'est ouvrir les portes de la perception.

Agathe hésitait, l'avertissement du policier l'avait ébranlée.

— Je ne suis pas certaine que l'humanité soit prête pour un tel cadeau…

— Tu as raison, répondit Nast, pas question que le monde entier soit éveillé. Il suffit d'un groupe déterminé. Une avant-garde éclairée. Toutes les révolutions, politiques, spirituelles, scientifiques, sociétales et culturelles, ont été déclenchées par une poignée d'individus qui partageaient le même idéal. Nous serons ces nouveaux porteurs de flambeaux. Grâce à ton père. Le serpent.

— Et au son qu'il t'a envoyé par téléphone. Le nom Zmiya n'était qu'un élan du cœur. Agathe, c'est le moment tant attendu. Ta clef !

— À une condition.

— Laquelle ?

La jeune femme jeta un œil sur le policier, reclus dans un coin de la pièce. Leurs regards se croisèrent. Une petite voix la poussait à prendre le risque.

— Michelangelo ! Relâchez-le quand on en aura fini. Vos hommes ont récupéré son pistolet. Il ne présente plus aucune menace.

— Pas question, siffla Virginia, il nous détruira.

— À prendre ou à laisser.

— On pourrait t'arracher cette clef des mains sans souci, menaça Virginia.

— Ça suffit, Virginia, coupa Nieves. C'est d'accord, tu as ma parole.

La demi-sœur de Yann Karech se pencha et fit glisser sur le côté un tapis de laine beige. Laissant apparaître un carré de métal noir mat. Une série de chiffres lumineux rouge clignotait dans un boîtier.

Agathe sortit la clef de son sac, se baissa à son tour. Et l'inséra.

Il y eut un déclic. La porte du coffre se déverrouilla. À l'intérieur, il y avait un objet conique, en métal blanc nacré, en forme de tête de vipère. Sa taille avoisinait celle d'un briquet. Un nom était gravé sur l'une des faces.

Zmiya.

Il y avait aussi une lettre.

Nieves les retira du coffre pour les poser sur le bureau.

— La lettre est pour toi, Agathe.

La jeune femme la prit entre ses mains et la dévora d'une traite.

À toi, Virginia, ou plutôt Agathe, ma fille que je ne connais pas.

Si tu lis cette lettre, c'est que Nieves t'a tout expliqué. Tu connais maintenant toutes les épreuves que j'ai traversées. Ma vie fut merveilleuse et désespérée. Mais c'était ma mission sur Terre. J'espère que la tienne sera tout aussi riche.

La tête de serpent que tu as entre les mains est un boîtier qui peut se connecter à n'importe quel ordinateur sur réseau wifi. Il contient le détail de tous mes travaux pour réveiller la glande pinéale. Ainsi que le chant sacré de l'œil soleil, basé sur les harmoniques du nombre d'or. On trouve ce dernier dans les pommes de pin et dans la fresque de La création d'Adam*, c'est la distance qui sépare les deux index.*

Quand je t'ai appelée sur ton téléphone, je te l'ai joué. Il t'a éveillée.

Pour le moment il n'agit que sur les hommes et les femmes atteint d'un dérèglement de la glande pinéale. Les insomniaques, celles et ceux qui sont déjà éveillés. L'un de ses premiers pouvoirs est de guérir ces insomnies. N'aies pas peur, les tiennes disparaîtront dans quelques temps.

Mais ce n'est que le début des recherches. Un jour viendra où d'autres iront plus loin. Je ne suis qu'un modeste pionnier. Le temps m'a manqué pour perfectionner mon dispositif, mais il est d'ores et déjà acquis que ces modulations peuvent s'entrelacer entre les notes de musique existantes. C'est juste une question de résonance entre fréquences harmoniques. Avec l'aide de Virginia, dont c'est le métier, tu pourras, à terme, diffuser le chant de l'œil soleil avec la musique de ton choix. Et le propager…

Je n'ai pas voulu enclencher le processus. Je ne m'en sens pas la force. Toi qui es née avec la déesse serpent dans ton esprit, tu sauras prendre la bonne décision. Demande conseil à Nieves, elle pourra te guider. Virginia aussi, bien que son tempérament la porte davantage aux excès.

Tu détiens le pouvoir de changer le destin de l'humanité. De l'éveiller.

Agathe prit le boîtier entre ses mains et le fit tourner devant ses yeux.

La tête de serpent semblait la narguer.

Sa décision ne prit que quelques secondes.

Seul subsistait l'ultime choix.

Rétablir la parité originelle entre masculin et féminin sacrés, comme le souhaitait son père, ou anéantir la domination de Dieu, et suivre la voie de Virginia.

La paix ou la guerre ?

Nieves Almendra s'approcha d'elle.

— Te sens-tu le courage pour cette tâche colossale ? Tu peux encore reculer.

Agathe secoua la tête.

Elle ferma les yeux pour se concentrer. Dans le livre de sa vie, qui n'était jusqu'alors rempli que de pages blanches, s'ouvrait un nouveau chapitre. Un chapitre qu'elle écrirait elle-même. Et elle en connaissait déjà les premières phrases. Le nudge... Elle ouvrit les yeux, fixa les autres éveillés et reprit la parole :

— Je comprends vos intentions, elles sont louables, mais vous faites fausse route.

Nieves recula d'un pas, le visage contrarié. Virginia, elle, la fusilla du regard. Agathe continua dans un sourire :

— Moi, je n'avais rien demandé. De quel droit trafiquez-vous le cerveau des gens ? Chacun doit être libre de choisir, sans être influencé ! De croire à Dieu, à une déesse mère ou à... rien. DMT ou pas.

— Ta naïveté est touchante, l'humanité est sous influence depuis des millénaires. Et ça s'accélère. Pas seulement sur le plan religieux. Tu t'es vue avec ton portable ? Scotchée sur les réseaux sociaux en permanence. Tu sais pourquoi ?

— Tu vas me le dire...

— C'est comme la DMT, mais en plus pernicieux ! Ça s'appelle la dopamine. La putain de dopamine, l'hormone addictive du plaisir, que tu sécrètes à coups de likes[1]. Les entreprises qui possèdent les réseaux sociaux le savent parfaitement et font appel à des neurologues. Ils manipulent nos cerveaux en permanence. Pour nous le laver. Depuis quand n'as-tu pas lu un livre, trop occupée à scroller des images et des vidéos stupides. La dopamine...

Agathe resta de marbre.

— Raison de plus pour ne pas se comporter comme eux.

— Tu ne comprends rien. Rien. Tu es devenue plus forte ! Tu as démissionné et repris le contrôle de ton

1. Authentique.

existence, grâce à ton père, répliqua Virginia, tu veux revenir à ta petite vie triste et banale ?

Agathe haussa le ton.

— C'est ma vie et j'en suis fière. Je l'ai construite toute seule. Elle est peut-être ordinaire à tes yeux, mais tu n'as aucun droit de la juger.

Agathe mit le boîtier serpent dans sa poche et continua :

— La discussion est close. Je retourne à Paris, vérifier si vos assertions sur ma tumeur est exacte. En fonction, je vous ferai part de ma réponse sur l'usage de cette découverte.

Virginia se dressa devant elle avec un air de défi.

— Pas question, tu as reçu un pouvoir fabuleux, celui d'activer l'œil soleil chez les humains, assume-le !

— Non.

Sa mère s'interposa.

— Laisse-la partir. Je la crois. J'ai promis à son père, sur son lit de mort, de suivre ses dernières volontés.

Estella et l'influenceur opinèrent.

— Vous êtes tous stupides et vous faites une erreur colossale, répliqua, acerbe, Virgina, puis se tournant vers le policier : et en plus ce salaud s'empressera de nous dénoncer au Vatican.

Agathe s'approcha de Michelangelo et le fixa, les yeux brillants.

— Je m'en porte garante. N'est-ce pas ?

Le policier hocha la tête.

— Vous avez ma parole.

Nieves fit un signe aux deux hommes qui tenaient Michelangelo.

— Libérez-le.

Agathe prit la main de Nieves et murmura avec une expression énigmatique.

— Merci pour ta confiance. J'ai ma petite idée sur l'usage de l'œil soleil.

Épilogue

Paris
Un mois plus tard

La clinique Morpheus était pleine à craquer.

Une musique d'ascenseur insipide planait dans la salle d'attente. Tous les sièges étaient occupés. Une bonne vingtaine de patientes et cinq hommes attendaient leur tour. Tous affichaient des visages torturés par le manque de sommeil. Debout contre un distributeur de boissons, Michelango consulta sa montre. Agathe n'allait pas tarder. C'était sa quatrième visite chez le neurologue. La plus importante. Le Dr Aubert avait confirmé les affirmations des Éveillés : l'opacité dans la glande pinéale s'était résorbée, ce n'était pas une tumeur. Agathe lui avait expliqué en détail l'histoire de son père et sa découverte. Et lui avait fait part de son idée. À sa grande surprise, le médecin s'était enthousiasmé. Il avait demandé un temps de réflexion pour accepter. Le moment était venu.

Alors qu'il allait se prendre une canette, il vit arriver Agathe dans la salle d'attente. Elle le rejoignit, le pas décidé.

— Il a accepté, dit-elle en lui prenant la main.

— Tu es sûre de ton choix ? demanda-t-il d'une voix tendue.

— Oui.

La musique sirupeuse s'arrêta d'un coup. On entendit des sortes de modulations étranges, puis un accord de guitare s'infiltra dans les haut-parleurs et une voix douce et féminine jaillit. Une voix surgit du passé… « *Now I can smile and say Destino, My heart was sad and lonely, In knowing that you only, Could bring my love to me, Destino…* »

Agathe pencha la tête vers son écran.

— Ça ne va pas tarder, maintenant.

Un cri jaillit à l'autre bout de la salle. Suivi d'un autre. Des femmes se levèrent brusquement. Agathe et Michelangelo se rapprochèrent des sièges alors que la clameur montait.

Tous, femmes et hommes, saignaient du nez.

Satisfaite, Agathe prit son compagnon par la main et murmura :

— Si tout va bien, dans deux mois, leurs nuits blanches se teinteront d'une bienfaisante laque noire. Avec l'aide du Dr Aubert, la découverte de mon père guérira des centaines de millions d'insomniaques. Et les rendra plus forts.

— Et pour le reste ? Le contact avec la déesse mère ?

— *Destino*, mon amour… C'est la chanson que j'ai choisie pour faire passer l'onde magique. Laissons donc faire le destin. Ou le hasard…

Madrid
Plaza de Cibeles

Virginia se tenait devant la gigantesque fontaine et contemplait avec un sourire la déesse de pierre. Souveraine, impérieuse. L'incarnation parfaite de la majesté et de la puissance. Deux lions enchaînés tiraient son char sur lequel elle trônait telle une reine. La jeune femme détailla avec mépris les fauves rugissants, destinés à servir la Magna Mater.

Pendant ses études d'ingénieure du son à Madrid, elle était souvent venue admirer cette œuvre, attirée par elle de façon inexplicable, sans en comprendre le sens. Mais depuis la transformation de sa glande pinéale, Cybèle avait arraché le voile d'ignorance posé sur ses yeux.

Le message caché de l'œuvre était si évident. Les lions représentaient les hommes. Il fallait les enchaîner. Et prendre le pouvoir. En utilisant les mêmes méthodes.

Elle plongea la main dans la poche de son blouson et serra son téléphone. Il contenait la copie de tous les fichiers du boîtier du serpent. Et elle comptait en faire bon usage. Un usage bien différent de celui choisi par sa mère et sa cousine. Guérir les insomnies, quel manque navrant d'ambition ! Elle avait travaillé avec son oncle sur les fréquences de sons, un domaine fascinant. Au diable *Destino*, cette chanson romantique et stupide choisie par Agathe. Elle, préférait les chants âpres et dévastateurs, aussi violents qu'un ouragan sous les tropiques. Des musiques qui calcinaient l'âme des faibles et fortifiaient celles des forts.

Virginia traversa la place de Cibeles et s'engagea en direction de la plaza del Sol. Une volée de cloches résonna alors qu'elle arpentait la ruelle écrasée de soleil. Elle leva les yeux vers la vénérable église et sourit. Le glas allait bientôt sonner pour les religions du Livre et les pouvoirs temporels, masculins et archaïques.

Elle pressa le pas. Impatiente de se rendre à son rendez-vous. Son entretien d'embauche chez Stella, le nouveau réseau social uniquement autorisé aux femmes. Elle aussi enrôlerait son armée de disciples. Des femmes. Son armée d'éveillées qui propagerait le véritable message de la déesse mère. Un message de guerre. Une guerre pour sauver le monde qui courait à son extinction. Et remettre Adam et ses descendants à leur juste place. Un strapontin plutôt qu'un trône. Et elle était bien résolue à jouer son rôle. À assumer son destin. Après tout, elle s'inspirait des paroles de la Genèse. *Au commencement était le verbe*. Le verbe de Dieu était un son, une vibration. Il fallait juste améliorer la modulation de la fréquence…

Tôt ou tard, elle affronterait aussi Agathe. C'était une certitude.

Rome
Vatican

Le cardinal Mandatore restait silencieux. Assis en face de lui, le pape terminait la lecture de son rapport sur l'affaire du Serpent. Jules III retira ses lunettes et referma le document. Il affichait un visage consterné et fatigué.

— Si je comprends bien, toute cette histoire se solde par un fiasco total. Ce policier, Nikolas, a démissionné pour suivre cette jeune femme. Elle et son groupe détiennent une arme qui pourrait nous faire le plus grand tort.

— En effet, Votre Sainteté.

— D'où tenez-vous tous ces détails ?

— Le portable du lieutenant Nikolas contenait, à son insu, un micro qui enregistrait ses appels, mais aussi les conversations environnantes. Ce fut le cas dans la finca à Majorque. Il nous l'a rendu à sa démission.

Le regard du pape s'assombrit.

— Vos méthodes me répugnent, je vous plains sincèrement, Mandatore. Vous n'auriez jamais dû autoriser cette séance d'Ayahuasca à l'hôpital Fatebenefratelli. Ni l'enlèvement du bébé de cet ethnologue français et de sa compagne. Toute cette souffrance... Trente-cinq ans plus tard, nous en payons le prix.

— Je me suis confessé auprès de l'un de vos prédécesseurs. Je rendrai des comptes à saint Pierre.

— J'en suis ravi pour votre âme et je prierai pour vous. Mais ça ne change rien à l'affaire. Nous ne pouvons pas laisser ce groupe d'illuminés répandre son poison. Le venin du serpent. En *libérant* le genre humain, ces gens vont provoquer l'Apocalypse. Je n'ose imaginer un monde où tout serait permis. Plus personne n'obéirait aux lois divines ou temporelles. Un monde où chacun dialoguerait à sa convenance avec le créateur, une déesse mère ou une divinité androgyne. Et pourquoi pas se prendre pour Dieu ! Tout cela à cause d'une petite glande dans le cerveau. Une pomme de pin, comme celle qui trône dans la cour de la Pigna. Quelle ironie.

— Nous le savions déjà... La Fondation Spina se tient toujours à votre disposition pour écraser les têtes de l'hydre.

Le pontife se leva, étirant son interminable et longiligne silhouette, comme une sculpture de Giacometti qui aurait pris vie. Il fixa, songeur, le Christ en croix accroché à l'un des murs.

— Je désapprouve vos méthodes. La violence engendre la violence. Voyez où elles nous ont conduit.

Mandatore s'inclina.

— Je comptais vous remettre ma démission et me retirer dans un couvent en Ombrie.

Jules III se tourna vers lui, le regard irrité.

— Pas question, j'aurais peut-être besoin de vos services, aussi malfaisants soient-ils. Faut-il stopper ces deux femmes définitivement ou les laisser en liberté ? Et compter sur la Providence.

— Prier ou agir, murmura Mandatore.

Une volée de cloches assourdissantes et joyeuses fit trembler les vitres. Jules III se colla à la fenêtre et jeta un œil sur la place Saint-Pierre, pleine à craquer de fidèles venus du monde entier.

— Je préfère le son des cloches au sifflement du serpent. Et dire que j'ai été élu pour apporter la parole du Christ, une parole d'amour dans ce monde en guerre perpétuelle, et que j'envisage pourtant d'utiliser la violence.

Il revint vers le cardinal.

— Je ne peux pas trancher seul. Une idée m'est venue.

— Laquelle ?

— Nous, les Chrétiens, ne sommes pas les seuls menacés. Les autres religions du Livre sont concernées. Je compte consulter, en secret, le grand imam d'al-Azhar au Caire, le grand rabbin de Jérusalem et le Dalaï-Lama. Ils connaissent tous la figure maléfique du serpent.

Jules III tendit sa main pour signifier la fin de l'entretien. Le cardinal baisa l'anneau papal, puis releva la tête.

— Votre Sainteté, nul besoin de consulter ces éminents hommes de foi. L'avertissement se trouve dans les Saintes Écritures. Le serpent est parmi nous.

— Vraiment, Mandatore ? Éclairez-moi.

Le cardinal se figea devant lui, les yeux brillants.

— Apocalypse, chapitre 12, verset 9 : « Et il fut précipité, le grand dragon, le serpent ancien, appelé le diable et Satan, celui qui séduit toute la terre, il fut précipité sur la terre, et ses anges furent précipités avec lui. »

FIN

Influences, synchronicités et genèse…

Pour la première fois dans ma vie d'écrivain, j'ai éprouvé l'étrange sensation d'être guidé. Disons, une inspiration sous influence. Un état alterné de conscience et d'écriture, sous l'emprise d'une muse énigmatique. Une muse italienne peinte à Rome au Vatican. Des siècles plus tôt, à l'apogée de la Renaissance italienne. La déesse serpent qui apparaît en couverture de ce livre, mais aussi l'énigmatique femme blonde qui soutient Dieu, sans que personne ne s'en étonne. Un envoûtement, un enchantement. C'est une conviction irrationnelle, aussi tangible que la douceur d'un rayon de soleil printanier ou la beauté glacée d'une lune hivernale.

En posant le mot « fin », j'ai su que je terminais un puzzle initiatique. Une énigme composée de pièces disparates, réunies au fil des rencontres, des voyages, des lectures et des hasards. Ou plutôt des synchronicités, ces étoiles malicieuses qui scintillent par intermittence dans le firmament de notre destin.

Ce livre, ce songe éveillé, est né il y a trois ans. Je visitais une exposition captivante sur l'Ayahuasca et son monde au musée du Quai Branly - Jacques Chirac. La femme-serpent était au cœur des visions des chamans. Quelques mois plus tard, je me rendais à Rome pour des repérages pour *La clef et la croix*, écrit en collaboration avec Jacques Ravenne. En chemin, je fis une halte au Vatican et visitai à nouveau la chapelle Sixtine. Alors que je contemplais les œuvres, j'écoutais les commentaires d'un guide espagnol pour un couple de touristes. La langue de Cervantès m'est familière, j'ai vécu sur l'île de Majorque, l'île des pins, encore un hasard. L'érudit évoqua la femme-serpent représentée sur le panneau du *Péché originel*. Je fis tout de suite la connexion. C'était un excellent début de roman.

Pendant que j'écrivais, j'ai vécu de nombreuses synchronicités. À Rome, sur l'île Tibérine, je suis tombé par hasard sur un petit livret froissé racontant la légende du serpent venu de Grèce...

Une semaine après mon retour de la « cité éternelle », on m'a offert le livre de Stéphane Allix, *La mort n'existe pas*. Une enquête sur la vie après la mort, nourrie, entre autres, par sa pratique de l'Ayahuasca. Je pourrais aussi évoquer l'exposition *Le La serpent* au Bon Marché, à Paris ; la bague serpent portée par la responsable des représentants JC Lattès en librairie. Les vidéos du Dr Joe Dispenza sur la glande pinéale (même si je reste sceptique sur sa partie guérisseuse) : une amie m'envoie le lien alors que je travaillais sur la glande pinéale. La liste est trop longue...

Sur la pratique de l'Ayahuasca, je reste troublé. Les témoignages enthousiastes et sincères ont popularisé le breuvage sacré des Indiens péruviens. Avec pour conséquence un tourisme chamanique en plein essor. Si les Indiens l'ont intégrée dans leur culture, et elle force le respect, nombre d'Occidentaux y voient juste un voyage psychédélique. Il existe désormais une clinique qui soigne les bad trips sous Ayahuasca et l'année dernière un réseau entier a été démantelé en Europe.

En revanche, le fait que la glande pinéale sécrète la même molécule hallucinogène, la DMT, pendant les rêves et au moment de notre mort représente un champ d'investigation prometteur. Il s'agit de la seule substance psychédélique que le corps humain est capable de créer naturellement.

Un dernier détail. J'ai découvert la *cala escondida* il y a sept ans, à Majorque avec Jacques Ravenne. La grotte existe bel et bien. Je n'ai pas mis son véritable nom, l'île étant déjà saturée de touristes. À vous de chercher...

Ce roman ne sort pas cette année par hasard. L'année du Serpent de bois, selon les Chinois. Encore un signe. Nous fêtons avec Jacques Ravenne les vingt ans de notre duo d'écriture. Une anomalie, une exception dans le paysage littéraire français. Célébrer cet anniversaire avec une double échappée belle nous a semblé... signifiant. La sienne se nomme *Les Ressuscités*, la mienne, *Les Éveillées*. Que nos lecteurs se rassurent, Antoine Marcas reviendra l'année prochaine.

Rendez-vous sur le site JC Lattès pour en savoir plus sur *Les Éveillées*...

Pour prolonger l'expérience

Remerciements

Nombreux, une fois n'est pas coutume.

Un immense merci à Véronique Cardi d'avoir cru en cette aventure en solo. Et en duo. Un pari audacieux. À Constance Trapenard qui conserve ses cheveux intacts, alors qu'elle aurait pu se les arracher mille fois, compte tenu des délais de remise… Merci à Emmanuelle Pichard, correctrice émérite, j'ai honte du nombre de fautes impardonnable. Merci à toute l'équipe de JC Lattès, en particulier à Claire Charles, Vincent Eudeline. Un clin d'œil à Marietta Lange avec qui je partage quelques lectures éclairées. Aux formidables Arnaud et Solène de l'agence La Bande.

À Jacques Ravenne, mon coauteur et ami depuis quarante-six ans. Une amitié incroyable qui défie le temps. Nous avons tout partagé, tout vécu, les moments de grâce comme les coups durs. Et surtout le succès. Avec la naissance de notre héros, le commissaire Antoine Marcas, il y a vingt ans…

Le personnage de Yann Karech m'a été inspiré, indirectement, par l'anthropologue Jeremy Narby, pionnier dans l'étude de l'Ayahuasca.

À Frederika Van Ingen, dont les ouvrages sur les peuples racines et leur sagesse sont devenus des références. Elle m'a parlé de l'Ayahuasca, il y a longtemps…

À Amandine, qui frissonnait sur *Destino*, au cœur de ses nuits blanches. Et m'a fait découvrir cette œuvre sublime.

Qu'elle ne perde pas sa sensibilité et son âme d'artiste dans le tourbillon de sa nouvelle vie…

À Annabelle, qui nous a contaminés avec le virus de Majorque. L'île des pins… Et m'a reparlé de l'Ayahuasca.

À Aurélie qui a failli passer de l'autre côté, une deuxième fois, mais fut sauvée de justesse. Ce fut ma plus grande frayeur et le plus beau miracle de ce début d'année.

À Béatrice Duval, ma première éditrice chez Fleuve Noir qui a cru en moi. Même après l'échec de mon premier polar. Je lui dois beaucoup. Grande voyageuse, elle m'a laissé son appartement pendant ses escapades à l'autre bout du monde, me permettant ainsi d'écrire quelques chapitres de ce livre. La vue sur la tour Eiffel favorise l'inspiration…

À la duchesse du vingt avril. Le miracle de l'année dernière.

À Virginia Tangvald, autrice du magnifique roman *Les enfants du large*, chez JC Lattès. Elle m'a inspiré le personnage portant le même prénom. Cette jeune maman ne manie pas le couteau et ne veut pas incendier le monde, j'ai tout inventé à son sujet. Mais elle collectionne les yeux de poupées…

À Sabrina Philippe, en souvenir d'une belle rencontre au Festival du Livre de Nice. Ou sur une plage il y a deux mille ans… Son merveilleux roman initiatique, *Tu verras, les âmes se retrouvent toujours quelque part*, m'a fait un bien fou alors que j'écrivais ce livre.

J'imagine que le papillon noir se reconnaîtra s'il ouvre ces pages. Ou pas. Son apparition dans ce livre est de bonne guerre. Disons un solde de tout compte. Il apprendra que sur un plan spirituel chacun de nos actes, bons et mauvais, nous est compté. Cela vaut aussi pour moi, je peux en témoigner…

Clin d'œil à Jérôme Aubert, dont le prénom révèle sa profession.

Enfin, à ma mère, Zdenka, qui a rêvé du Point de jonction, à ma naissance.

Livres de référence

Je cite ici les livres qui m'ont nourri, même si je ne partage pas toutes leurs analyses.

Le serpent cosmique, Jeremy Narby, Georg Éditeur, 1997.
La grande déesse-mère, Shahrukh Husain, Taschen, Evergreen, 2006.
El Laberinto de la Ayahuasca, Manuel Almendro, Kairos, 2018.
La mort n'existe pas, Stéphane Allix, Harper Collins, 2022.
Sagesses d'ailleurs pour vivre aujourd'hui, Frederika Van Ingen, Les Arènes, 2017.
Tout est vibration, François-Marie Dru, Leduc éditions, 2021.

Cet ouvrage a été composé par Nord Compo
pour le compte des Éditions J.-C. LATTÈS
17, rue Jacob – 75006 Paris
contact-lattes@jclattes.fr

Imprimé en France par
CPI BRODARD & TAUPIN (72200 La Flèche)
en avril 2025

JC Lattès s'engage pour l'environnement en réduisant l'empreinte carbone de ses livres. Celle de cet exemplaire est de :
450 g éq. CO_2
Rendez-vous sur www.jclattes-durable.fr

PAPIER À BASE DE FIBRES CERTIFIÉES

N° d'édition : 01 – N° d'impression : 3060970
Dépôt légal : mai 2025
Imprimé en France